おとめ●目次

おとめ

（一）長さんの店

昨日の昼に出した出前の食器を、今朝、出前持ちの春山さんが全部下げて来て、店の裏口に箱ごと積み上げてある汚れて乾いた食器を、今日の昼お店で使った食器と一緒に、大きい方のシンクに入れて熱湯を張り込んでから、かみさんと遅い昼食を始めた長さん、ゆっくり食べて一休みしてから、

「さて、そろそろ洗い始めるかな」

と立ち上がった。

「そうね、私も後片付けしたらすぐに行くかんね」

かみさんがそう言って座り直した時、表の格子戸が開く音がし、ジジーっという蝉時雨と表の雑音が、人より先に入って来る。

「こんちは、遅いけど今からでもいい？」

と言って入って来た小柄で細い体つきのお婆さんが、食器を洗おうとしてシンクの前に立った長さんの前に来て、

「お兄さん、お酒一杯ちょうだい」

カウンターの上に千円札一枚、ぺたんと置いて、ツンとすまして立っている。初めて見る顔である。

「ハイッ、いらっしゃいませ。ま、お掛けになって下さいまし」

長さん、カウンターから出て来て、円い椅子を勧めれば、

「いいのよ私、立ち飲みが好きなの、早くお酒ちょうだい」

「へえっ、清酒で?」

「そう、私ね、日本酒しきゃやらないのよ」

「ハイ分かりました、毎日暑い日が続きますね」

そう言いながら長さん、一合のグラスに酒を注ぐ。

「ほんと毎日暑いわね」

栓を開けたばかりの一升瓶から、トックントックンと、心地よい音が響きほとばしる。なみなみと注がれた酒は、グラスの受け皿にもいっぱいにこぼれて、

「あら、お兄さん、嬉しいねえ」

白くて細い指でグラスを持ち上げ、口を寄せて、スーっと一口飲むと、受け皿のこぼれ酒をこぼさぬように用心し、カチカチ音をさせて、左手に持ったグラスに返し酒をする。受け皿に残った酒は、天を仰いで舐めるようにし、チューと音させて、

「ああ、おいしい!」

その仕種はいかにも慣れた手つきである。左手に持ったグラスを上げ、首を前に出して口を付けると、酒はその青白く透き通るような喉をくっくっと下りていく。見事な飲みっぷりである。見惚れる長さん、

「おつまみを何か?」

と言う口を塞ぐように、

「いいの私、なんにもいらないの」

素早くそう言いながら、口の端から顎を伝わって胸の方に下りていった酒を、右手の甲で拭って笑った顔がなんとも美しい。

「沢庵でも」

長さん、二三切れを小皿に出す。

「あらこれ一等ね、ご馳走さん」

見ればグラスはもう空である。

「いらっしゃいませ」

昼飯の後片付けを終えて、かみさんが両手にお盆を持って奥から出て来て、

「あら、お父さんたら、おつまみ上げなかったの?」

「いいんだよ、あたしゃね、なんにもいらないの。お酒だけ頂けばそれでいいのよ、これがあたしのお昼ご飯なのよ、おかみさん」

「へエー、お昼ご飯がお酒なんですか? すっごーい」

酒が飲めない家系に生まれ、一滴の酒も飲めないかみさんだ。

「おかみさんは、お酒飲まないの?」

「ええ、私、全然駄目。匂いだけで酔っちゃいそう。飲むと体中、蕁麻疹《じんましん》ができちゃう」

「へえ、そりゃあお気の毒だよ」

「お酒くらい飲んでみたいけど」

「お兄さん、もう一杯ちょうだい」

「へいっ」

カウンター越しに注ぐ酒は、未だ心地よい音を立てる。

「ハイハイ、ハイッ、あれまたこんなに、まー大サービスね、お兄さん」

カウンターの向こうで立ったままのお婆さん、半ば天を仰いで二杯目を干し、ゴクゴクという音が何回か聞こえて、グラスは空になった。

「へい、ご馳走さん。おいくら？」

「ありがとうございます。六百円です」

「何処でも大体、同じだね」

と、置いてあった千円札を前に押し出す。

「ありがとうございました。四百円のお返しです」

百円玉四枚を重ねて、かみさんが手渡す。

「ありがと。ああ、いいお酒、おいしかった」

そう言うと、すたすた草履の音をさせて帰って行った。

夏も終わろうとしているが、未だ暑い秋口である。鬢《びん》付け油の香りを残して、よく糊の効いた浴衣は紺地に白抜きの桔梗の花が美しく、ついさっきまで座っていたのだろうか、膝の後ろが大きな皺で折れていて、少し短くなった裾から出ている足が一層白い清々しさである。

少し内股に歩く足運びは、いかにも玄人を思わせる仕種である。

「あのお婆ちゃん、すっごいんねー」

「あっという間に、二杯も飲んで帰っちまった」

「初めてだけど、何処の人なんかねー」

「なんか表に出てから、左の方へ行ったようだったよ」

「あのお婆ちゃん、とってもおしゃれね。あの浴衣と帯の色、見た？　素人じゃなさそうね。白いエプロンも素敵！」

「ヘエー、どんな色だったい」

「うん、なんて言ったらいいんかなー、浴衣と同色に近い鶯色って言うのかなー。とってもいかしてるって感じなの」

「へぇーそうだったかい。ま、いいや。お母さん、暖簾《のれん》を入れて準備中にしてくんない」

「ハイ」

かみさん、外に出て暖簾を入れ、〈只今準備中〉の白いプラスチックの札を提げてくる。

「あのお婆さん、向こうの方に歩いて行くよ」

と暖簾を片手に持ちながら、西の方を見ている。

「あれ、松本さんちの角を曲がって行ったよ。きっと松本さんのアパートに入ったのかも知れないね」

「それにしても、すげーお婆ちゃんだな。一気飲みだ」

長さん、感心することしきりであった。

「もう七十歳を過ぎてるかもね、あれじゃ体に良くないよね。なんにも食べないでお酒ばっかし」

長さんとかみさん、感心しながら、カウンター内に入って汚れている食器を洗浄機に入れ、大量の食器をたちまち洗い上げる。

「お父さん、洗い終わりました」

「そうかい、じゃ乾燥機に入れて休もう」

「うん、内から鍵かけちゃうね」

「あのお婆ちゃん、早いお帰りだったな。水商売だった人かも知れねえな」

「そうかもね、また来ますって言ってたわ」

「あんなに早いお帰りなら、毎日来てくれてもいいな」

「毎日はどうかねー。また来るって言ってたけど、松本さんちのアパートなら近いもんね」

長さん夫婦は奥の六畳間に上がって、かみさんの作った遅い昼食を食べ、昼休みをする。時計を見ると二時半だ。これから夕方五時の開店までの間、誰も来なければゆっくり昼休みができるのだが、その時間をねらって問屋のセールスマンや出入りの商人が来るので、なかなか思うようにはゆかない。でも今日は、誰も来ない、電話も鳴らない。ゆっくりと昼寝のできた二人は、ジリジリとなる目覚まし時計に起こされる。

夕方の五時である、開店の時間だ。長さんは止めてあった寸胴の新しいスープに点火する。麺茹鍋にも新しい湯を張って火を付ける、このお湯が沸く頃にかみさんが暖簾を出す。

これが毎日のことながら、長さんの店は忙しい夜が始まる。夜は来店客が多いので、出前はやらない。工業団地が近くにあり、出前はお昼が多く、出前持ちの春山さんも多忙である。会社への出前は十二時が一分でも過ぎると、大目玉が飛んで来る。従って、お昼の注文受付は十時までとしている。しかし、

「注文を出すの忘れちまって申し訳ないが、是非なんとかしてくれ！　頼む」

なんて言う事務方からの電話が入ると、常連のお客様では断れない。

「申し訳ありませんが、遅くなりますけど。そのようにお伝え下さい」

「うん分かった」

こんな安請け合いをすると大変だ。遅い配達に現場の注文者はかんかんである。

こういう時の一番の被害者は春山さんだ。長さんは、春山さんから怒られるのである。春山さんは夜は来ない。長さんは、かみさんと二人で多忙な夜を切り抜けている。満員の客が、ぽつぽつ減り始め、完全に店を閉められるのはいつも十二時過ぎである。後片付けを終わり、飯を喰って家に帰ると、深夜の一時を回っている。特に忙しい夜などは、高一の長女と中二の長男が手伝ってくれる。あまり体格のよくないかみさんもよく働いてくれるし、長女も長男も気持ちよく手伝ってくれ、家族に頭の上がらない長さんだ。

九月に入って、蝉の声もミンミンからオーシンツクに変わったが、暑さは相変わらずだ。ただ、コスモスの蕾は大きくなって、店の前の道路でいくらかの風にゆれていた。

「昨日のお婆ちゃん、いつもあんな時間に来るのかねえ。本当は暖簾を入れたい時間よねえ」

「うん、だけどあのくらい早く帰ってくれれば悪くはないよ」

「本当に今日も来るんかねえ。昨日は今頃もう来てたんよ」

「そうだったかい」

長さんち、今日の昼は、店も出前もなんとはなしに暇だったので、暖簾は出したまま、早めに二人とも奥の部屋に引っ込んでしまった。長さん、ごろりと横になり、テレビを見ながら休んでいると、表の格子戸が開いた。

「こんにちは。あれ！　今日は誰もいないよ」

と言いながら、昨日のお婆さんが入って来た。長さん、飛び起きて前掛けを締め直しながら、

「いらっしゃいませ」

「お兄さん、お休みのとこごめん」

「いえいえ。今日は暇だったもんで、早いとこ引っこんじゃって、すいませんでした」

「へえ、昨日は随分と忙しそうだった。あたしゃ二回も覗きに来たんだ。大勢いるんで、三回目にやっと入れさせて貰ったのよ」

「あれ、そうだったんですか」

「じゃ、今日はもっと早く来ればよかったね」

「ほんとに」

「一杯ちょうだいね」

「ハイ、毎度。お姐さんはどちらからおいでで？」

「ありがとうございました。またどうぞ」

かみさん、愛想よく送り出してから、暖簾を持って入って来ると、

「もう準備中にするね」

「うん」

「あの爺さん、耳が遠かったんだ。道理で、この間お使いの帰りアパートの前を通った時、二人で並んで外を見てたん、ぽかんと口を開けて、ぼーっとしてるんよ。『こんにちは』って声をかけたんだけど、なんにも言ってくれなかったん、二人とも私の方を見てんのに素見してるんよ」

かみさん、カウンターを拭きながら、ぼやいていた。

「じゃ、お終いにしてお昼にしようよ。私おなか空いちゃった、お父さん」

「今日のお昼はなんだい?」

「私チャーハンが食べたい。暇だったからご飯は沢山あるから、チャーハン作ってよ」

チャーハンは長さんのお得意だ。早速でき上がったチャーハンの熱々、二人で遅い昼食をとる。昼の商いは暇だったのに、夜の商いも暇で、今日は早めに閉店になった。

「こんなに早く家へ帰れるのも珍しいな」

かみさんと喋りながら我が家へ帰って来ると、

「うわー、お母さん、もう帰って来たん。よかったんねー」

子供達の喜びの声を聞いて長さんは、寂しい思いをさせてるんだな、と我が商売をうらめしく思った。

今日は昨日の反動か、えらく忙しい昼時で、てんてこ舞いの長さん夫婦だった。一戦争終わってほっと一息つき、

「やれやれ母ちゃん、一休みしよう」

「そうね。今日は忙しかったんね、良かった。暑いから裏を開けてくるね」

かみさんが裏を開けて来ると、涼しい風がスーっと入って来る。今日は風もあって涼しく、すっかり秋の気配だ。冷房も止めて、開放の表戸から、道路の脇に春先、長さんが植えたコスモスが鮮やかな色をして咲いているのが見えている。

「今年のコスモスはとってもいい色ね」

「そうかい？　去年よりいくらか早く咲いたような気がするけど」

「そうかねえ。今年のはとってもきれい。二、三本切って来てお店に差してもいい？」

「ああ、いいよ。あんなにあるんだから。あっ、おとめお姐さんが来たよ」

「こんちは」

「いらっしゃい」

「いらっしゃいませ」

「今日は爺ちゃんも連れてきたの」

おとめ姐さんの後ろから、少し腰の曲がったお爺さんが入って来た。

「私、お醤油ラーメンちょうだい」

「へイッ、醤油ラーメン一つ」

と言ってお姐さんの顔を見ると、ニヤッと笑って片目をつむってみせる。後から入って来たお爺さん、腰が曲がっているせいか上背はそれほどなく、肩幅広く、体格のがっしりとしたタイプで、丸顔で目が細く、大きな耳たぶが分厚く、でん、と座った鼻も大きい。長さん、初めは盲目かと思った。少し開いたガニ股でそろそろと小幅で歩いて来る。坊主頭の髪もぼさぼさと大分伸びていて、半白のごま塩である。

「俺あ、カツ丼が喰いてえ」

と言う声は細くて高い。黒っぽい木綿縞のぼてぼてと重そうな着物は、いかにも涼しげな白地の浴衣のお姐さんとはえらく対照的である。黒縮緬《ちりめん》の三尺帯が後ろの方にだらりと長く垂れ下がって、そこへもって尻端折りだ。白い褌《ふんどし》の四角い前垂れがひらひら揺れている。毛むくじゃらのすねが丸出しで、外にくの字に曲がっている。小上がりの奥のテーブルに、先に上がって待っていたおとめお姐さん、

「お前《まい》さん、ここにしやしょ」

「うん、ここがいいや」

外が見える奥りに爺ちゃんが胡座で陣取ると、相向かって、おとめお姐さんがきちんと正座する。

「前《め》えの八百屋で、ここいらで一番うんめえカツ丼を喰わせる所《とか》あ、どこだって聞いたら、ここん店《ち》だってんで喰いに来た。兄《あん》ちゃん、一つうんめえのを作ってくんな」

「へイッ、カツ丼一人前ですね」

「うん、ここん店《ち》のは卵のかかるやつかい?」

「ハイッ、卵でとじます」

「うん、それがいい」

早速でき上がったラーメンが、カウンターの台の上に乗る。かみさんが、お盆に載せてお姐さんの前へ、

「お待ちどう様でした。熱いから気をつけて下さい」

「あら、早いねえ。おお、いい匂いだこと」

「ふーん、ラーメンもえらく旨気《うまけ》だな」

と爺さん、体を前に乗り出す。

親子鍋に玉葱の薄切りをたっぷり敷き、揚げたばかりの豚の肩ロースのかつを切ってのせ、長さん自慢のタレを計り入れる。その上に、水に戻した干し椎茸を千切りにして、根三つ葉の刻みとともに振り入れ、蓋をして火にかける。すぐに熱して、タレがぷくぷくと蓋から吹き始める。親子鍋の蓋を取り、割り置いた卵を菜箸でほぐしながら回し入れる。もう蓋はしない。卵が半熟になったところで火を止める。ここが大事なところで最大のコツである。白身が薄白く濁ってきたら、鍋をコンロから下ろす。

かみさんが用意した、柿右衛門の丼に七分目によそられたご飯の上に、親子鍋の柄を持ってスーッと落とし入れると、蓋をして仕上がりである。

いくら長さん自慢のタレでも、タレが多すぎても少なすぎても丼物は旨くない。その辺を気にしながら、

「お待ちどう様でした。どうぞ」

少し怖そうな爺さんの前に、熱々のカツ丼を持って行く。

「これあ大将直々かあ、すまんな」

と、ぎょろりと剥いた目玉の大きいこと。長さん、ギクッとなる。

「イエ、なに」

なんとも態《さま》にならない。

爺さん、黙って喰い始めるが、ややあってから、

「うん、こりゃあ旨めえ」

どんなふうに言われるか気にしていた長さん、ホッとする。

「ありがとうございます」

「俺あ喰うもんにゃうるせえ方だが、ここん店ほど旨えカツ丼は喰ったこたあねえ、こらあ最高だあ」

長さん、すっかり嬉しくなって、

「ありがとうございます。そんなに褒められちゃあ、旦那、一本つけましょうか」

「うん？　酒かあ。俺あ、酒は飲まねえ」

「家の人はお酒は飲めないのよ。私がお酒飲んだって怒るんですもの」

「この婆が酒え飲みに来ても飲まさねえでくんな。少し酔って来ると際限《きり》がねえんだ」

「お酒飲みに来たことなんか、一度だってないよねっ、旦那」

「ほう、冷や汁かい」


「そうですね」

「だけんど、このみそ汁も旨えなあ。ほんもんだな、兄んちゃん」

「ハイ、どうも。旦那の口は凄いですね」

多めの昆布と上等の削り節を大量に使用して、丁寧に採ったダシで作った合わせ味噌の上物である。長さんは嬉しかった。カツ丼を褒める客はいても、みそ汁まで分かる客は今まで一人もいなかった。

「なに、大したこたあねえが、俺あ板前なんだ。高崎の料理屋を振り出しに、東京、金沢、京都、大阪、博多と全国を渡り歩いたが、歳いとっちゃあ、はあ駄目だい」

「それあ、大した先輩に褒められちゃって光栄だなあ」

「俺あ、和食全般なんでもやって来たが、なんでも屋つうのは駄目だな。今じゃこの態だい。兄んちゃんみてえに、ラーメンとかカツ丼一つに突っこんで一筋ってのもいいなあ。まあ、頑張ってやんない」

「そうゆうもんですかね。で、板前やっててもお酒の方はやらなかったんですか」

「そうさ、俺あ酒は好きじゃあねえ。ましてや酔っぱれえは、大っ嫌《きれ》えだ」

カツ丼を旨そうに喰い終わると、

「兄んちゃん、このカツ丼はいくらだい？」

「六百円です」

「へえー、そらあ安いなあ。ラーメンは？」

「ラーメンは四百五十円です」

「ラーメンが四百五十円か。じゃカツ丼は八百円ぐれえしてもいいなあ。こんなに旨くて味噌汁までついて。豚肉は肩ロースか?」

「さすがですね」

「うまく油が回った所だと、肩ロースの方が旨いな」

「私もそう思います」

「そろそろ帰《け》えるべえ」

「あいよ、もう話は終わったかい」

ゆっくりと立ち上がった爺さん、懐から分厚い財布を出し、

「じゃこれで」

と言い、二千円をカウンターの上に置き、

「つりはいらねえ」

「へえ、こんなに頂いてどうもすいません」

「なに、いいから取っといてくんな」

「お兄さん、ご馳走さん」

お姐さん澄まし顔でさっさと出て行く。

「ありがとうございました」

「うん、旨かった。また来《く》らあ」

眠ったような細い目に笑みを浮かべた爺さん、毛ずねを丸出しで、がに股をゆっくり運んで帰って

行った。

「お年寄りなのに、二人とも早食いね」

「ほんとだ。負けそうだな。しかし見たかい？　あのでかい財布。万札がびっしり入ってるんだ。あれにゃ俺もたまげたよ。札片《びら》あ切ったもんだ」

「お父さん、カツ丼えらく褒められたもんね」

「ほんとかねえ。あんなに褒められると、俺も少し照れるよ」

「とにかく、あのお爺ちゃんの口は大したもんよ。お味噌汁だってちゃんと分かるんだもの」

かみさんもすっかりご機嫌である。

「もう、暖簾入れて閉めるね」

爺さん達のテーブルを片付け終わり、かみさんは〈準備中〉の札をかけて閉店にした。

翌日から、おとめ姐さんは毎日長さんの店に通うようになった。雨が降ったり大風が吹いたりしない限り、殆ど毎日来て、二杯のお酒を飲んで、自分の昔話を聞かせた。

（二）集団レイプ

「おとめーおとめー、おまんまだよ。早くおいで」

とめの母親、栄《えい》の疳高い声が呼んだ。

長屋の隅のお稲荷さんの横で、地面に棒で絵を描いて遊んでいたとめは、顔を上げ、声の方を向いた。見ると、目の前に自分より幾つか大きいと思われる悪餓鬼が三人、とめの股間を覗き込んでいるのを見た。とめが顔を上げたので、皆白けた顔で他所《よそ》を見ている。来年四月で三歳になるとめは色白で美しい児である。

大きく開いたその股間から、薄桃色に割れた、女の徴を惜しげもなく露呈していた。

深く屈んでいたので足が痺れていたとめは、急には立ち上がれない、体を揉んで、やっと立ち上がろうとした時、目の前で屈み込んでいた餓鬼どもがパッと泥を蹴上げて散って行った。とめは大声を上げて泣いた。恥ずかしさと悔しさとが入れ混ざって泣かずにはいられなかった。

「おとめ、おとめちゃん、何を泣いてんだい。見られたって減るもんじゃあんめえに、いいじゃねえか」

母、栄の顔が近寄って来てそう言ったが、泣いていた。とめには、今母ちゃんがなんて言ったのかよく分からなかったが、母ちゃんの息が酒臭いのを感じた。

母ちゃんに抱えられて家に入る時、裏口からひょいと外に出て行く男の姿を見た。

「さ、お昼にしよう」

母に背中を押されて家に入ると、卓袱台《ちゃぶだい》の上に湯飲み茶碗が二つ置いてあり、焼酎の瓶が立っていた。母は馬鹿に機嫌がよく、

「さあさあ、とめちゃん、おまんまにしよう。腹が減ったんべえ。今日はおじちゃんが、目刺買ってきてくれたんで、ご馳走だよ」

大きい丼にご飯をよそって今朝の味噌汁を温め、ぶっかけ飯にしてくれた。とめの大好きなおまんまである。さっき見かけたおじちゃんは、時々母ちゃんの所へ来るが、とめはよく見たことはなかった。おじちゃんが来ると、母ちゃんはすぐとめに外へ遊びに行くように言い、いつもお小遣いをくれた。最近ではおじちゃんの顔を見ると、母に言われなくっても自分から外に出ていく。

とめは、おじちゃんなんか嫌いだった。お小遣いも欲しいとは思わなかった。

お店の婆が、

「とめ、またおん出されて来たか。男が来たんだな。栄ちゃんもど助平なもんだ」

と母の悪口を言うから、婆の顔も見たくない。

家の近くで遊んでいた時、母ちゃんが変な声を出して泣いているのを聞いた。

(母ちゃんがおじちゃんに虐められてる!)

そう感じて障子の破れ穴から家の中を覗いてみたら、おじちゃんが母ちゃんを抱いて上から激しく動いているのを見たことがある。母ちゃんの白い足がお尻の方まで見えて、おじちゃんの黒い足に絡まっていたのが、強く目に焼きついていつまでも離れない。

おじちゃんは母ちゃんを、虐めているんじゃないんだと思った。幼心にも大人の情事に異様さを感じたのだろうか。それ以来、とめはおじちゃんが来ると、なるべく遠くに行って遊ぶようになった。

「さあ、とめちゃん、おまんまが済んだら銭湯へ行ぐべえ。銭湯に行ったら、おぶーうに入《へ》える前えによーく洗ってから入るんだよ。泥がくっついてると後で痛くなるかんな」

銭湯に着くと、母ちゃんはとめの着物を脱がせ、浴槽のお湯を汲んで、とめの股間をきれいに洗い流してくれた。

とめの母、栄は武州秩父の出身で小さい頃からよく働き、体も丈夫な元気者だった。日本橋室町仲通りの銘仙問屋武蔵屋へ女中奉公に出た時も利発でよく働く娘だったので、主人千木良仙三に気に入られ、仙三の妻お咲にも可愛がられて、お咲はどこへ行くにも栄を連れて歩いた。

秩父の実家は横瀬村で、秩父市街とは武甲山を挟んだ隣村である。家族は祖母と両親、兄妹の六人暮らしだった。秩父市内の目抜き通りにある、武蔵屋本家の賃機《ちんばた》をやり、豊かに暮らしていた。栄も、幼い頃から母の繰る機の音を聞いて育ち、それを見ながら成長し、機の踏み棒に足が届くようになってからは機を一台増やして、母とともに機織りをやった。

仕上がった反物（秩父銘仙）は、街中の武蔵屋本家の工場まで、きつい峠を越えて、兄と妹の三人で届けに行った。工場からの帰りには横糸を背負うて返るという重労働である。

栄は村でも評判の器量よしで、早くから日本橋のお店に奉公に出るように本家主人、仙太郎に請われていたが、

「東京なんか行きたかあねえ」

と言って断ってきた。ある時、兄の誠一が夏風邪をひいて熱を出し、反物が届けられなくなった。父は長年の腰痛持ちで、重い反物を背負うての山越はできない。武蔵屋からは、早く届けてくれと催促が来る。こちらから受け取りに行ってもいいがと、二度目の催促が来た。そうもできないと、栄が、

「俺が行ぐ」

と言い出した。母は心配して、

「おらも行ぐべ」

「いいから俺と玉江で行ぐからいい。な、玉江」

「うん」

「慣れた道だい。平気だよう」

そう言い、まだ幼い妹と二人で織り上がった銘仙を背負うて山越をした。無事、武蔵屋に荷を届けた。武蔵屋でも若い女二人の峠越しを心配して、若い衆をつけて帰らせようとしたが、栄は笑って断った。それが禍を呼んだ。

武甲山を右に見て峠の登り口に差し掛かった時、脇にあった炭焼き小屋から数人の若い男達が飛び出して来て、栄を取り囲んだ。妹の玉江は「ねえちゃーん」と泣き叫んで、棒切れを振り回して気丈にも男達に抵抗したが、何せ小さい子供のこと、とうてい敵うはずもなく、殴り倒され追い払われた。

栄も手に触れた粗朶《そだ》を両手に持って、必死になって暴れ回ったが、とうてい敵わず、力尽き組み伏

せられ、髪を掴まれて炭焼き小屋の中へ引きずり込まれた。男達に手足を押さえ込まれて素っ裸に引き剥がされ、代わるがわる蹂躙された。

栄、二十二歳の春。その白い体は、六月の山吹の花とともに無惨に踏みにじられた。

逃げ帰った妹の玉江は、家に飛び込むなり、母に、

「姉ちゃんが！　姉ちゃんが！」

と泣き叫ぶのみであった。異常を察知した母親は、風邪で高熱を出して寝込んでいた誠一を叩き起こし、玉江を連れて峠に向かった。気は焦って、急ぐ初夏の峠は蒸し暑い。峠を越え下った所に、普段見慣れた炭焼き小屋はあった。

ぜいぜいと荒い息を吐いて喘いでいる誠一と玉江を外の見張りに立たせて、母、るいは筵《むしろ》の垂れを払いのけ、小屋の中に入った。着物の裾は剥ぎむかれ、下半身を血だらけにされ、気を失ってぶっ倒れている栄を見た。

るいは号泣しながら、谷川の水で栄の汚れた体を洗い清め、身繕いをし、栄を誠一に背負わせて峠を越え、我が家に帰った。

怒った栄の両親は、早速犯行のあった所轄の警察に届け出た。が、証拠は？　医者の証明は？　和姦の可能性もあろうし、なぞと言って、本気で取り上げようとはしなかった。傷物にされたうえ、村中の噂話にされては娘が可哀相と、悔しい思いを飲み込んで、両親はそれ以上何も言わなくなった。

不幸は重なり、兄誠一は重労働が祟り、肺炎を起こして重病人となってしまった。月日が過ぎ、栄が妊娠していることに母親が気づいた。あんなに明るくてよく働いていた栄が、急に塞ぎ込んで元気

もなく、毎日ぶらぶらしているのを見て、隣近所の人々は不審に思い、良からぬ噂話が広まった。

思案にあまった栄の両親は、武蔵屋本家の社長千木良仙太郎夫婦に相談した。悪い噂は山の向こうまで広まっていて、仙太郎達は既に知っていた。襲った男達の中で、自慢げに喋っている者もいるという。しかし栄が妊娠していることまでは、さすがの社長も知らなかった。

（三）日本橋へ

　仙太郎の妻、あさの提案で、栄を日本橋のお店に預けたらどうかという話になった。日本橋武蔵屋の主人、仙三は仙太郎の弟で、外交的な商才の持ち主であり、日本橋の店を一人で創設した凄腕の男だ。栄は仙三にも気に入られていて、以前から東京に出てこいと誘われていた。

「それがいいだんべえ。東京で生むなり、堕胎《おろす》なり、栄ちゃんの気の済むようにさせてやるがいい。村にいるよりどんだけいいかしんねえ」

　社長夫婦にそう言われて、

「そうだいねえ。んじゃ、家へけえって栄にそう話してんべえよう。ねえ、父っちぁん」

　栄の母るいは、夫の又五郎に言う。又五郎も、

「うん、社長さんがああ言ってくんなさるんだ。栄によく話してんべえ」

「まあまあ、えれえお忙しいところをありがとうごぜえました。その折には、是非宜しくお願《ね》げえ申します」

　武蔵屋の親切な申し出に喜んで家に帰った両親は、その話を栄に言うと、あんなに嫌がっていた栄があっさり承諾した。

　武蔵屋社長、千木良仙太郎には、一つ心配事があった。仙太郎のすぐ下の弟、仙次郎の次男に常次という男の子がおり、これが街でも名うての悪で不良仲間のリーダーだった。細面の色白だが、やた

らと喧嘩っ早く強い。以前にも武甲山の登山者の女性を襲い、大問題を起こしたことがあった。もしかして、栄の暴行犯も常次とその仲間達ではないか?という不安である。

栄は泣いて喜び、東京行きはすぐに決まった。


日本橋武蔵屋から仙三の妻、咲が、横瀬村まで迎えに来た。日本橋のお店で働くようになった栄は日増しに元気を取り戻し、一ヶ月もすると元の明るい栄になった。

咲に伴われて行った産婦人科で診察の結果、妊娠三ヶ月であり、生むも堕胎も今が決断の時であると言われた。呪わしい妊娠であったが、栄は咲と話し合って、生むことにした。咲が栄の健康を気遣ったからであった。

子供に恵まれなかった仙三夫婦は、我がことのように喜んだ。

岩田帯を巻いてお腹が目立つようになってからは、お咲は栄をお店には出さず、奥の仕事と勝手周りのことをやらせた。お咲に請われて姉ちゃんと一緒に来た、妹の玉江も元気にお店の手伝いをしていた。

二人の娘を一度に東京に出した横瀬村の大沢家は、急に寂しい家となった。武蔵屋の賃機はやめて、肺炎の悪くなった誠一の看病と、寝たきりの老婆の世話に明け暮れた。

重い妹を背負い、急な峠を登り下りしたことが、風邪で熱のあった体には相当応えたに違いない。

兄ちゃん思いの栄は、

「俺が軽率だったばっかりに、兄ちゃんを重い病気にしちまった」

と悔い、お店からお小使いを貰うたびに、

「兄ちゃんに」

と、栄養になりそうな物を送った。

兄誠一は、その冬の寒い雪の朝、祖母よりも先に死んだ。栄が子供を産むと決めたことを聞くと、

「栄は俺の身代わりを生んでくれる」

と言ったという。その話を兄が死んでから母に聞かされた栄は、号泣した。

お腹の大きい栄は、兄の葬儀には出なかった。櫻花爛漫に咲き誇る四月八日、栄は武蔵屋の奥の間で、元気な産声を上げた女の児を出産した。

栄は、女の児で良かったと思った。もしも男の児なら、兄ちゃんの生まれ変わりに生まれたのかと思うとやりきれなかっただろう。

産後の肥立ちも良く、母子《おやこ》ともに元気で、仙三夫婦も機嫌がいい。妹の玉江も喜んで、

「姉ちゃん、子守は俺がやるかんね」

と言って張り切っている。

秩父から両親も出て来て一年ぶりに姉妹に会い、初孫の顔も見て武蔵屋に丁重にお礼を述べ、名前は武蔵屋さんにお願いしようとの相談もできて、明るい笑顔で横瀬村に帰って行った。

お七夜も過ぎ、女の児には「とめ」という名前がつけられた。

お乳の出も良く、とめはますます元気に育って、色白で目のぱっちりした美しい児に育っていった。

こうして、早くもお誕生日も過ぎ、とめはますます美しい児になってきたが、元気がいいというより少しばかりやんちゃが過ぎるようになってきた。咲は時々、

「とめちゃんは、秩父ん家《ち》の分家《しんたく》の常ちゃんに似てるんね」

と言った。栄は常ちゃんという人は知らないが、そう言われるのが一番嫌だった。二度と秩父の土は踏むまい、と考えているのに、秩父の話が出るのは何故か嫌で嫌で虫酸《むしず》が走った。

とめのやんちゃも段々増長して、お店の反物の山を崩したりして、手に負えなくなった。栄は、これではお店に申し訳ない、反物を汚したり傷物にしたりしてからでは大変だ、お店を出てどこか別の所に住む方がいい、そう考えて仙三夫婦に申し出た。仙三も同じようなことを考えていたとみえて、すぐに借家を探すことになった。

仙三は、なるべくお店に近い方がよいと言い、近場を探したものの、なかなか空き家が見つからずに一ヶ月もした頃、それほど近くもないが、古い長屋の一間が借りられた。本所深川は江戸の名残りそのままの徳兵衛長屋で空き部屋があり、借りられたという。

仙三は大家の徳兵衛とは昔からの知り合いで、仙三が秩父から出て来て銘仙を売り歩いていた時分に、よく銘仙を買ってくれたお得意さまだった。

秩父銘仙は折からの銘仙ブームに乗り、よく売れた。玉糸の丈夫さと染色の堅牢性が強い銘仙は、縦糸と同じ型紙によって捺染された横糸できっちり柄合わせをして織り出す伊勢崎銘仙とはまた風合いが違って、整経のあと捺染し、横糸には構わず製織する、荒っぽく放凡な秩父地方の性格をよく表した解《ほぐ》し銘仙といわれるモザイク模様の美しさによって、日々の人気も上々だった。

仙三が日本橋室町仲通りにお店を構えてからは疎遠になっていた徳兵衛も、大層懐かしがって、番太郎の長助によく話しておくからと言ってくれた。

仙三は、前金で一年分払って来たからいつ越してもいいと言う。


栄が引っ越して来た部屋は長屋の奥の方で、お稲荷さんのすぐ脇の所だった。

母児二人の引っ越しは大した荷物もなく、八月中頃の日照りの続く暑い日に無事に終わり、長助の女房お浜の世話焼きで長屋中に蕎麦が配られて、顔つなぎもできた。

若くて別嬪で子連れの後家さんだってえことで、長屋中が沸いた。特に隣のお浜なぞは、面倒見もいいかわり口も煩く、栄から聞き出した話はその日のうちに長屋中に広まってしまう。

「栄ちゃんは、歳は二十五の後家さんで、子供の名前はとめちゃん。四月で二歳《ふたつ》なんだって」

「へー、二十五で後家さん！　じゃ、家の宿六なんか気い張ってねえと危ねえ危ねえ」

「ほんとだー、ウハハハハー」

栄ととめは、忽ち長屋中の人気者になった。幾日かたち、落ち着いてから栄はとめを連れて日本橋の武蔵屋へ出向いて行った。子供を連れて歩いて行くのには少々遠い道のりで、時間もかかった。とめもよく歩いたが、疲れると途中、おんぶもして貰った。

「まあ！　とめちゃん、遠いのによく歩いて来たんね。さ、叔母ちゃんに抱っこしい」

と言って、玉江は嬉しそうにとめを栄の背から抱き下ろした。

「栄ちゃん、暑かったろ。すぐに行水をしておいで」

そう言う咲に栄は、

「ううん、とんでもねえ、女将さん。俺あ働かして貰いに来てるんだい。お勝手のことは俺にやらしてくんない？　とめも目が離せねえから」

咲も呆れ、

「あいよ。じゃ、お店のお昼御飯の支度をして貰おうかね。ねえ、玉ちゃん」

「へえー、姉ちゃんで大丈夫かね？　女将さん」

「このー、玉江っ。姉ちゃんだっておかずくれえできらい。ねえ、女将さん」

「そうそう、栄ちゃんはなかなかの腕なのよ。お願いね」

「ハイ、分かりました。任してくんない」

こうして栄は、武蔵屋の奥へ働きに毎日よく通って来た。どんなに暑くても寒くても、栄はよく働いた。一年という月日は忽ち過ぎて、とめは、玉江叔母ちゃんに厳しく躾けられて段々とおとなしいよい子になってきた。咲は今も、

「とめちゃんは、新宅の常ちゃんに段々よく似てくるんね」

と言う。栄はそればかりが嫌でたまらなかった、何故か分からないが嫌だった。

武蔵屋は折からの銘仙ブームによって、毎日が多忙で、秩父の本家で織り出す反物だけでは間に合わないほどよく売れた。このブームの仕掛け人、仙三は早朝から夜遅くまで働いた過労からか、突然、脳溢血で倒れ、二日後に死んだ。一大事である。秩父の本家はじめ親戚一同、大騒ぎとなった。

これほどの大繁盛の店を閉めるわけにはいかない。仙三一人で開拓しここまで大きくなった店だけ

に、跡継ぎ問題は難渋した。

盛大な葬儀のあと、ひと七日も済み、咲はお店を開けた。相変わらずよく売れて、製品の仕入れから経理まで多忙を極める咲は、悲鳴を上げた。

（四）恋

製品の補充は本家からの送品でなんとか間に合ったが、奥向きの雑用から経理まではとうてい手に負えない。必然的に栄の雑用も増えた。咲は、

「栄ちゃん、深川を引き払って、またお店に戻って来てよ」

と言ったが、栄は、

「ハイ、いいですよ」

とは、すぐに言えなかった。

大恩のある武蔵屋ではあるが、困ったことになっていた。栄には、時折訪ねて来る恋人がいたのである。富山から来る置き薬屋で、とめがまだ二歳にならない頃の早春の朝のこと、とめが大声で火のついたように激しく泣き出し、どうやっても泣きやまず、手を焼いてほとほと困り果てていた時、

「こんにちは、どうしました？」

と入って来たのが、薬屋の幸吉だった。

「ひどい泣き方だね。疳の虫に触ったんだな。奥さん、何か薬はないんかね。これじゃあ、可哀相だ」

「薬って何？　赤が泣かなくなる薬ってあるんかい？　家には薬なんか何にもねえんだよ」

「そうかい。じゃ、こいつを飲ませてみな」

そう言うと、幸吉は肩から四角い重ね駕籠を下ろし、白い紙に包んである丸い小さな粒々を幾つか栄の手に乗せて、

「さ！　早くこの薬を奥さんの口で噛み砕いて指先につけて、この児に舐めさせてやりぃな」

栄は幸吉に言われるままに実行した。するとどうだろう。五分としないうちにとめは泣きやみ、すやすやと眠ってしまった。栄は驚き、大声で、

「どうしてこんなに効くん？　もう眠っちゃった！　平気なんかねえ」

「大丈夫さ。心配しなさんな。気を静めて落ち着かせる薬も入っているんでね」

「へえー」

「それにこの児も、もう泣き疲れて眠る時期になってたんだろう」

「ふーん。ああよかった。薬つうもんはありがてえもんだこと」

「奥さん、奥さんとこは薬置いてないんか？」

「俺あ、薬なんつうもんは飲んだこたあねえ。とめだって同じだい」

「今日のようなことだってあるんだ。疳の虫が起きると手がつけられねえ。薬は有る方がいい。六神丸と毒消しを置いてくから、困った時には使った方がいい」

「置いていくたって、どうゆうことなんだい？」

「来年また来るから、その時使った分だけお代を頂くってことさ。ただし使いかけは全部使ったこととして、お代を頂くことになってる」

「じゃ、置いてってくれる？」

「早速ありがとう。うーん、疳の虫と毒消し、赤玉に神薬《しんやく》、これだけ置いてこうか。おっと、按摩膏に傷薬もか」

幸吉は赤い大きい袋を出して、それぞれの薬の使い方を説明し、袋に入れて行くが、

「俺あ、頭が悪いからすぐに忘れちまうよ」

「袋に使い方が書いてあるさ」

「俺あ、字が読めねえ」

「旦那に読んで貰いな」

「旦那なんかいないよ」

「えっ、本当かい？　死んでしまったのかい？」

「そんなことどうだっていいじゃねえか。いねえもんはいねえんだよ」

「そうだったのかい。お邪魔したな」

「どうもありがとう。お陰でよく寝ちゃったよ。お茶でも飲んでかねえかい」

「女所帯に長居は無用だあね。じゃあ」

幸吉は帰って行ったが、栄の心に幸吉の顔と姿が焼きついて離れなかった。

幸吉もその後、栄の所へ、とめちゃんの顔を見に来たと言っては立ち寄るようになった。外歩きのせいか、色黒だが細面で目の大きい幸吉は、三十五、六でなかなかの男前である。痩せて背も高く、茶色縞の着物を尻端折り《しりっぱしょ》にして出ている脚もすらりと長い。

ある時、栄が家の上がり框《はな》でとめに乳を飲ませていた時に、

「ごめんよ」
幸吉がひょっこり訪ねて来た。とめが眠りそうなところだったので、栄はそのまま乳を飲ませていた。

「これはおいしそうなオッパイだな」
と言いながら、幸吉は栄の隣に腰をかけ、背中の駕籠を下ろした。とめが眠り込んで開いた口から、乳に濡れたピンクの乳首がぽろりと出た。

幸吉は、すっと立って表の障子を閉めて来ると、栄の背中に手を回し、口づけをした。栄もなんの抵抗もせず、とめを抱いたまま長い口づけとなった。幸吉が口を離した時、栄はとめを炬燵の脇に敷いてあった、ねんねこ半纏の上にそっと寝かせつけた。幸吉は栄を押し倒して、丸出しの白い乳房に口をつけたが、栄は声も出さず受け入れた。幸吉の右手は栄の股間をまさぐっていた。若い二人の肉体は獣欲となって絡まり、重なって果てた。それ以来、栄と幸吉は離れがたい仲となり、長屋のかみさん連中に笑われながら逢瀬を重ねていた。

武蔵屋の咲の頼みを聞かぬわけにもいかず、長屋は借りたままにして、栄は咲に承諾の返事をした。幸吉には事情を話し、明日から日本橋に泊まることになった。

秩父の武蔵屋本家では、日本橋武蔵屋の跡継ぎ問題で連日親族会議が続いていたが、結局咲が跡継ぎとして日本橋武蔵屋を取り仕切ることになった。その補佐役として、秩父から本家社長仙太郎のすぐ下の弟、仙次郎が次男の常次を連れて入ることになった。

栄は仙次郎のことは知っていた。仙三の葬儀の時に挨拶に立ったので見知っていたが、その息子の常次は知らなかった。

仙次郎は本家の工場で整経屋（縦糸を整える人）として働いていたが、整経の仕事は長男の常一にやらせることにして、次男の常次を連れて日本橋武蔵屋へやって来た。

栄が翌日、お店に入ろうとした時、妹の玉江が血相変えて飛び出して来た。

「姉ちゃん、入っちゃ駄目！」

「玉江っ、どうしたん？」

玉江は真っ青になって震えている。

「姉ちゃん、私、秩父へ帰る」

「一体どうしたんだい？」

「姉ちゃん、お勝手から入って、見つからないようにして常次ってえ人見てみな」

泣いている玉江に手を引かれて、勝手口から入って座敷を覗いて見れば、仙次郎親子がこちらを向いて、咲と何やら話し込んでいる。常次の顔を見た瞬間、栄の顔から血の気が失せた。貧血し、倒れそうになった体をやっとこらえて、

「玉ちゃん、俺あ今から帰るけんど、女将さんにもうお店には来ねえって言ってくんない？」

「姉ちゃん、私も秩父へ帰るよ」

栄はとめの手を引くと、さっさと深川へ帰って行った。

忘れもしない面である。豊かで楽しかった、大沢の家を不幸のどん底に突き落とした張本人であっ

た。玉江は咲に、

『常次さんという人は、私達を不幸に追い落とした人です。もうここには居られません。奥様のご恩は忘れませんが、故郷へ帰ります』

と置き手紙を残して、店から消えた。その後二人は二度と咲の前に現れなかった。

（五）　再会

最も恐ろしい顔を見てしまった栄は、日本橋室町武蔵屋から真っ青になって逃げ帰って来た。深川の長屋に着いてからも震えは止まらなかった。悔しい思いが幾重にも重なってきて怒りとなり、一層震えは大きくなってくる。

歳月が過ぎ、やっと忘れかけていたあの日の惨劇がいっぺんに蘇ってしまった。栄を襲った一味の頭目は、常次だったのだ。忌まわしいことは早く忘れて、とめと明るく生きていこう、と懸命に働いてきた栄にとっては、激しく大きすぎる衝撃だった。咲がよく言っていた。

「とめちゃんは、新宅の常ちゃんによく似てるんね」

こう言われるのが最も嫌だった栄は、襲われた時のリーダーの顔ととめの顔がオーバーラップしていたからであった。それが、まさかの常次であったとは。忘れもしないあの時の男の面《つら》であった。

着物は剥ぎ毟《むし》られ丸裸にされた体を数人の男どもに押さえ込まれ、一番先に犯したのが常次だった。事を果たした常次は、薄笑いを浮かべると、

「ふん、なかなかいい道具してやがるで。おい次！　田口、お前えやれっ」

次々と犯され最後の男が終わる頃、栄の意識は朦朧としていたが、

「妹の方はどうした？　何いっ！　逃げた？　勿体《もってえ》ねえことしたなっ。おいっ、いつまでやってるんだ。早いとこずらかるべえ」

玉江は逃げおおせた。そう思った時、栄は意識を失ってしまった。

これほどの汚辱を受け、警察に訴えても冷笑され、相手にもして貰えないこの悔しさは誰にも分かるまい。

「常次なんて男は八つ裂きにしても足らない。峠道に生き埋めにして首だけ出して置き、生竹の鋸で耳を一つずつそぎ落とし、目玉をくり抜き、鼻をそぎ、歯を金槌で叩き折り、生き地獄の苦しみを味わわせてやらなければ気が済まねえ」

と思っていたのに、なんと！　日本橋武蔵屋の後継者として乗り込んで来ようとは、この世に神も仏もいないのか。

「よーし、俺が呪い殺してやる」

「神様も仏様もいるなら、常次にうんと重い罰を加えて貰《もれ》えてえ」

栄の心の中には、常次に対する強い憎しみが燃え盛った。

幸いなことに、仙三のほかに、この深川の栄の住まいを知る者は、武蔵屋にはいない。迎えに来られる心配は先ずないはずだ。一方、玉江もその日のうちに村に帰った。驚く両親に、事の次第を全部話した。

「そうかい。よく帰《けえ》って来たなあ。はあ、いいから家でゆっくりしない。そのうち武蔵屋から何か言ってくるだんべえ」

「ねえ、お父っちゃん、俺あはあ、武蔵屋はごめんだよ。あそこん家《ち》のせえで、俺家《おらが》はこの態だ。玉江の話を聞けば、新宅の餓鬼野郎が御大将みてえじゃねえか。勘弁できねえ」

「そうだなー。武蔵屋じゃねえたって機ぐれえ織らせてくれらあ。なあ、母ちゃん」

「お父っつぁん、俺あはあ、機なんか織りたかねえ。あんな大事《おおごと》をしてえてこんなこった。おお、嫌なこった嫌なこった」

栄の実家は、山間の小さな畑を耕して玉江と祖母と両親の四人で細々と暮らすこととなった。日本橋の店から逃げ帰った栄は、そのまま毎日何もしないで部屋にこもったきり、とめを相手に遊んでいた。この時期、幸吉も富山に帰ったきりである。毎日母ちゃんと遊べて喜んでいるのは、とめばかりであった。

年も明けてとりわけ寒かった冬も終わり、栄も、いつまでも遊んではいられない、そろそろ何か仕事を探して働きたいと思っていた矢先、ひょっこり幸吉が現れた。とめは外に出て行くと、お稲荷さんの前に来て屈み込み、棒を拾ってお絵書きをして一人で遊んだ。

栄と幸吉の久しぶりの長い抱擁は続いた。今日の栄の昂《たかぶ》りは異常だった。

「もっと、ねえもっと、もっと強く。いや、離しちゃいや」

どんなにか待ち焦がれていた幸吉だった。内に籠もる鬱積を情炎に変えて肉体に火を点け、幸吉に体当たりしていった。栄の異常さを不審に思った幸吉は、

「栄ちゃん、どうしたんだ?」

「どうしたって? 俺あ変かい? だって幸ちゃんを待ってたんよ」

「嬉しいことを言ってくれるなあ」

そう言うと、幸吉の右手はまた栄の股間をまさぐっていた。

「えらく濡れたもんだな」

幸吉は腰の手ぬぐいを取ると、濡れぬれに濡れた栄の股間を尻の方から拭いた。

「ね！　あと一回、ねっ」

栄の冷たい手に握られた幸吉の逸物は再び隆々と勃起し、前にも増して長い愛の交換となった。

「栄ちゃん、何か変わったことあったんか？　日本橋に住み込むんじゃなかったのかえ？」

長い抱擁のあと、栄は幸吉に一部始終を話した。とめが生まれることになったことも何もかも話した。幸吉は、包み隠さず話す栄にいとおしさを感じ、

「そうだったのか。うん、働く所はどこでもいいのかい？」

「うん、どこでもいいよ。何でもやるよう」

「そうかい。待合い料理屋ならなんとかなるかも知れねえ。聞いてみようか？」

「うん、聞いてくんない？」

「俺の薬のお客様で、深川の料亭中むらっていうお店で、去年、富山へ帰る際《きわ》まで下働きを探していたんだ。もしもまだ誰もいなければ、頼んでみよう」

明日その方面を回って聞いてくる、と言って、幸吉は帰って行った。

（六）　女中奉公

翌日の夕方、早速幸吉はやって来た。

「栄ちゃん、いい話だ。頼みてえとよ」

「本当!!」

「本当だ。薬屋さんからの話なら、是非逢ってみたい、その女の子も一緒に連れて来るようにって言ってくれたよ」

「ありがとう、幸ちゃん。そんでいつ連れてってくれる？」

「こうゆうことは早い方がいい。明日にでも行ってみるかい？」

「俺も早く行ってみてえけんど、明日はなんの日だんべ」

「いい日を選ぶってことかい？　宿へ帰って調べてみよう。いい日だったら迎えに来る」

「うん、用意して待ってるかんね」

「仏滅でなけりゃあいいよな」

翌日、幸吉は昼近くにやって来た。栄の顔を見るなり、

「栄ちゃん、なんとまあ運のよいこと。今日は大安だぜ」

「本当？　嬉しいよう。はあ、支度はできてるんだい」

「じゃ、これからすぐ行こうか」

「幸ちゃん、お昼を喰ってがねえかい？」

「そうかい。じゃ折角だ。ごちになってぐかな」

とめと三人で、さらさらと簡単なぶっかけ飯を食べてから出かけた。

「同じ深川だが南の方でな。少し歩くが、とめちゃんは大丈夫かな」

話しながら歩く川端の柳の葉が風に揺れている。黒板塀の角を左に曲がった所で幸吉は足を止めると、

「ここなんだ。ちっと待ってろ」

そう言うと、小さい木戸を開けて屈み込むようにして中に入って行った。

料亭中むらの勝手口から声をかけた幸吉は、そのまま随分待たされた。やっと内から戸が開いて、女将らしき小太りで大柄の女性が顔を出し、

「お待たせ、薬屋さんかえ？」

「へえ、富山の幸吉ですが、女将さん、早速昨日話しました女中を連れて参りました」

「あれまあ、早いことね。どこにいるんだい？」

「へ、連れて参ります」

幸吉は、塀の外で待たせていた栄ととめを連れて女将さんに会わせた。

「へえ、この娘かい？　なかなかじゃないか。気に入ったね。お姉ちゃん、体は丈夫かい？」

ぽんぽんとものを言う中むらの女将、りんの威勢のいい江戸弁に栄は物怖じしながら、

「ハイ」

「ハイだけじゃ分かんないよ。仕事は好きかい？」

「ハイ、体は頑丈だし、仕事も好きだい」

「ふーん、見たとこ丈夫そうだし、いい顔してるけど、言葉が悪いねえ。どこの生まれだい？」

「ハイ、秩父の横瀬村です」

「日本橋に何年もいたと聞いたけど、言葉が悪いねえ。ま、いいか。明日っから出ておいでよ。その児も連れといで」

「へえ、女将さん、ありがとうございます。早速ご承知頂いて恩に着ます」

栄よりも先に幸吉が女将に礼を言った。

「うちは夜の商売だからね。お昼頃から出てきておくれ。下働きをして貰うから」

「ハイ、分かりました。明日この児を連れて、お昼頃こちらに来ます」

「さっきも言ったように、夜の商売だから帰りは遅いよ。いいかい？」

「ハイ」

「女将さん、どうもありがとうございました」

幸吉も女将に礼を言って、料亭中むらを出た。このままこの近辺を回って商いをして帰ると言う幸吉に礼を言って別れ、疲れたとめを背負って我が家に帰った。

栄は、翌日から元気よく料亭中むらへ通うようになった。中むらは、栄の長屋からは近く、日本橋の武蔵屋へ行くよりは随分楽になった。最初は下働きとして働いていたが、一年ほどしてから、色白で器量よしのうえ、明るくて元気な働き者の栄は、女将のりんに大そう気に入られ、仲居になるよう

薦められたが、

「遅くなると、とめが可哀相だから」

と、りんからの申し出を断っていた。しかしりんは栄に惚れ込んでいて諦めず、折を見ては栄を口説いた。栄はとうとう負け、りんの再三の頼みに仲居として働くこととなった。

「栄ちゃんなら芸者衆が負けそうだよ。頑張ってね。約束のように、家に住み込んで、とめちゃんも一緒に暮らせばいいんだから」

「ハイ。じゃ、明日にでも引っ越して来ます。女将さん、どうか宜しくお願いします」

翌日、大した荷物もない引っ越しも済んで、長屋を引き払った栄親子は、料亭中むらの一間に移った。このことによって、栄と幸吉の逢瀬は途絶えた。栄は寂しかった。でも、いつまでもあんな状態が続いていては、とめのためにも良くないし、幸吉さんも理解してくれるだろう。そう自分に分別した。

下働きとして一年ほどりんにうるさく言われ、栄の〈俺、だんべえ〉の秩父弁はすっかり消えていた。ある時りんは、

「栄を仲居に上げろって言い出したのは、家の主人なのよ」

と打ち明け話をした。

中むらの主人、中村実太郎は大柄で顎の張った強面の男で、栄など頭を下げて通るばかりだ。倹番の社長でもあり、栄から見れば雲の上の存在である。あのお方が私のことも気にかけていて下さったのか。不思議な気がした。

中むらに住み込んで以来、栄ととめの生活はガラリと一変した。近所にとめと遊んでくれる友達はなく、毎日退屈な日々を一人で過ごしていた。食事の時間も変わった。今朝も、遅い朝飯のような早いお昼ご飯のような、変な時間に食事をした。食事が済むと、とめは裏門を出て道路に沿った黒板塀際に屈んで、一人でお絵書きをして遊んだ。

使いから帰って来たりんがそれを見つけて驚いた。

「まあ、とめちゃんたら、すっぽんぽんで丸出しじゃないか。こんなに大きくなってて、なんてこったい」

とめは手を掴まれて、りんの部屋に連れて行かれた。栄も呼ばれて二人はりんにひどく叱られ、とめは忽ちズロースを穿かされた。

「うちの娘達の穿き古しだけど、穿いてないよりいいやね」

ズロースを穿いたとめは、

「外で遊んでくる」

と言ってまた外へ出て行った。

「全く！　あんなに大きくなっているのに、栄ちゃんたら平気なんだから」

りんはぷんぷんに怒っている。

「あんなに器量よしの女の子が裏通りで大股開いてさ、おまんちょ丸出しでみっともないったらありゃしない。とめちゃん、何歳《いくつ》になったんだい？」

「四月になると三歳になります」

「そう、三歳かい。ねえ栄ちゃん、とめちゃんを私達にくれない？」

「えっ？」

栄は、突然のことに我が耳を疑った。

「藪から棒でごめん。びっくりした？　とめちゃんを私達にちょうだいって言ったのよ」

「女将さん、急にそんなこと言われたって！」

「私達の我がままで済まないけど、ねえ、いいじゃない。どうせこうして一緒に住んでるんだし、とめちゃんはこの中むらの養女になるのよ」

「ええっ、養女ですか？」

「そう。養女になったって、栄ちゃんととめちゃんはやっぱり親子なんだし、なんにも変わらないのよ」

「でもとめがここの家の養女になるなんて！　女将さん、無理なこと言わないで下さい」

「とめちゃんを養女にして小学校に上げるの。読み書き算盤って言うでしょ。これからはそのくらいのことできなっくちゃ駄目よ」

「養女にならないと小学校に上がれないんですか？」

「籍がちゃんとしてないと駄目よ」

「？」

「いい？　とめちゃんは中村とめになるのよ。どう？　中村実太郎とりんの養女になって学校に上がるの。四歳じゃ丁度いいやね。別に栄ちゃんととめちゃんの縁が切れるわけでないし、今まで通りの親子だし、一つ屋根の下で暮らせるんだよ。どう？　よく考えてみて！」

「ハイ」

りんの突然の話にどうしたものか栄は困り、悩んだ。どんなに考え悩んでみても、答えは出なかった。

「栄ちゃん！　どう？　まだ考えているんかい？」

「ハイ」

りんは、栄の顔を見るとそう言った。

（七）養女

そんな折、幸吉が久しぶりに顔を出した。

「あら！　幸吉さん」

「こんにちは。その後どうしているか気になっていたんだが、なかなか来られなくてね」

「暫くね」

そう言うと、栄は幸吉に抱きすがった。

「今、女将さんに会って来た。いい娘を世話して貰ってよかったと喜んでいたよ。俺が女将さんに頼んだんだけど、いいって言うからちょいと外に出てみないかい？」

「女将さんがいいって言ったの？」

「ああ」

一年半ぶりの再会だった。栄は自分からもりんに外出の許可を得て、幸吉と外に出た。秋風の涼しいお堀端を歩いて先を行く幸吉は、角を曲がるとすぐに水茶屋に入った。女中に案内されて玉砂利の敷かれた中庭を通り、太くよく繁った木の葉隠れに見える一戸建ての部屋に通された。

話には聞いたことはあったが、本当にこうゆう所があるんだ。驚きながらも、栄は幸吉の胸に顔を埋めた。

「幸吉さん！」

「栄ちゃん！」

誰にも見られず、とめが帰ってくる心配もない。栄にとっては初めてのうれしい経験だった。二十七歳の栄と、三十五歳男盛りの幸吉との愛の交歓は、激しく長く尽きなかった。

どれほどの時が過ぎたのだろうか。ふと日が西に翳ったような気がした。

「ぼつぼつ帰ろうか」

「嫌っ、嫌っ。帰りたくない」

「そうもいくめえ」

「嫌っ、もいちど。ね、もう一度」

幸吉もこれほど燃える栄を知らなかった。いとおしさは募った。二人の欲情は猛りに猛って果て、そのまま動かなくなった。

「ね、帰りましょ」

しばし桃源郷の中でまどろんだ栄が、身繕いしながら言った。栄の激しさに身体中、汗で一杯の幸吉は、

「うん、帰るとするか」

汗を拭き、立ち上がった。着物をきちんと着直すと、一服点けた。

「幸吉さん、ありがとう。また逢ってくれる？」

「ああ、逢うともさ」

「今度はいつになるんかねえ？」

「うーん、いつになるやろか？」

水茶屋を出た二人はそれっきり黙って歩いた。幸吉の後ろから歩いていた栄は、お店が近くなってくると早足になって、

「幸吉さん、じゃあね。また連れてって」

幸吉を追い越して先に歩いた。

「あいよ」

幸吉の声を背中で聞いて、栄は中むらの裏門を入った。

「只今」

りんは自分の部屋から顔を覗かせ、

「あれ、栄ちゃん、馬鹿に早かったじゃあないか。久しぶりに逢ったのに、もっとゆっくりしてくればよかったのに」

りんにそう言われて、本当にそうだったな、と思った。

「女将さん、幸吉さんに相談してみたら、その方がいいって言うんで、とめの養女のこと宜しくお願いいたします」

「あれ、そうかい。それは嬉しいねえ。だけど栄ちゃん、そんな相談をしに行ったのかい。そんな返事はもっとあとでよかったものを。馬鹿だねえ、全く！」

「いいえ、女将さん、そんなことはありません」

とも言えず、くすりと一人笑いをし、幸福感が胸一杯に広がった。

「栄ちゃん、こっちへ来ない？　今お父さんも検番から帰ってきたとこだから、お父さんの部屋でお茶でも飲もうよ。何かいいお土産がありそうよ」

「ハイ。でも私が旦那様のお部屋になぞ……」

「いいから、いいから。養女のことなぞもお父さんにも話さないとね」

「ハイ。では」

りんとともに、栄は実太郎の部屋に恐る恐る入った。

検番から帰って既に着替えていた実太郎は、リラックスした様子だった。栄は、こんなにニコニコしている旦那様を見たことがなかった。いつも怖い顔をしていたのに、こんなに優しそうな人だったのかと、目をこする思いだった。

「ごめん下さいませ。お邪魔いたします」

「うむ。栄、いつもご苦労だな。今日はゆっくりしてくんな」

「そうそう、私が口が足りなくてごめんよ、栄ちゃん。今日は予約もなく休業だったのよ。久しぶりだったのに早く帰って来ちまって、私がいけなかったのよ。ねっ、ごめん！」

「いいえ、女将さん、いいんです。お休みは知ってました」

「なんのことだね？」

「あのね、お前さん。今日ね、富山の薬屋幸吉さんが久しぶりに顔を出したのよ。だからあたし、二人で遊びに行っておいでよって言ったのよ。二人で出かけたんだけど、すぐ帰って来ちまったの。泊まって来てもいいと思ってたのに、全く可哀相なことしちまって」

「そうかい。だがそれが栄のいいところなんだ。それで充実できればいいんだ」

全くその通りであった。実太郎はお見通しだ。

「そんでね、お前さん。栄ちゃんたら幸吉さんと、とめちゃんの養女の相談して来てくれたの」

「りん、お前が厄介なことを言い出すからだよ」

「とめちゃんを養女にしてくれるんですって。中むらの家は大丈夫よ、お前さん」

「そうかい、そうかい。それは良かった。なー、栄、恩に着るよ。悪いようにはしないつもりだ」

「ほんと、栄ちゃん。私の勝手な我がままを聞いてくれてありがとう」

「とめでいいんでしょうか？」

「いいどころか、私がとめちゃんに惚れちゃったのよ」

「まあ、女将さんたら」

「ほんとよ」

「だけどねえ、栄ちゃん、これだけは言っておきたいの。よく聞いといてね」

と言って、りんが急に真顔になって語り出した。

「私達には娘が二人いるのよ。自分で言うのもおかしいんだけど、よく勉強ができて二人とも大学まで行っちまって、この家業を嫌がって、結婚すると家を出ちまって、中むらには跡取りがいないの。そこでとめちゃんに跡を取って貰いたいと思って、養女をお願いしたってえわけよ。とめちゃんはまだ幼《ちいさ》いから何も分からないけど、大きくなったら何を言い出すか分からないわ。ま、それはそれとして、栄ちゃんにお願いしたいことは、とめちゃんが頭が良くてどんなに勉強ができても小学校までにして貰いたいのよ。この商売は学歴があると煩さがられちゃうのよ。それで、中むらの跡取りになるからには芸事も習って貰いたいの。私も、結婚してこの家に入るまでは辰巳芸者として頑張っていたの。この家に入った今でも、置屋『梅の屋』の女将と、料亭『中むら』の女将で通しているのよ。とめちゃんには私の跡をそっくり継いで貰いたいの」

栄も、とめを中むらの養女にと言われた時から、芸者になって貰いたいと言われることくらい分かっていて、覚悟はできていた。

「女将さん、置屋はどこにあるんですか?」

「ここよ、この中むらには置屋の権利もあるのよ。私がこの家に来た時から」

「そうだったんですか」

水茶屋『千船』で幸吉と逢った時、幸吉からそういうことだろうと言われていたからである。栄は何も考えずに承諾した。どう考えても何も分からないので、

「ハイ。私は何も言いません。女将さんに何もかもお任せいたします。旦那様、女将さん、どうか宜しくお願いいいたします」

「うむ。この中むらは検番に『梅の屋』の屋号で置屋の登録がしてある。『梅の屋』から自前芸者で出ることもできるし、『梅の屋』の屋号を背負って立てるような良い姐になれたら、この料亭中むらの後を継がせて、中むらの名を守って貰うつもりだ」

「まあ、とめにそんな大外れたことができますでしょうか。どんな姐になるか分かりませんが、お父さん達に気に入って頂けるといいけど」

「大丈夫よ」

りんは栄の手を取り、強く握って喜んだ。

「とめちゃんは器量よしのうえに色は白いし様子もとってもいい。気だても素直でいい児だわ。私のこの目に間違いはないわ。そのうえ小学校くらいでも出ていれば、芸者になっても一流よ。辰巳芸者のピカイチだよ」

この養女話をとめに無断で決めてしまった栄は、なんだか急に不安に襲われ、胸で大きな息を一つ吐いた。

我が子が芸者になる、それで良いのだろうか？　それとも間違ったのか？　大きな心配事が胸一杯に膨れ上がったが、喜んでいる夫婦の顔を見ているうちに、その心配もかき消えていった。

とめが芸者を嫌になったら、その時はその時で、止めたければ止めればそれでいい。

「なんだってやってみなけりゃ、分かりゃあしないんだ」

そう自分に言い聞かせて気を静めた。

（八）　中村家へ入籍

お堀端の柳も散り終わり、師走の声を聞くようになると、ここ仙台堀川沿いに並ぶ待合いや料亭、それに挟まる置屋等は多忙を極めるようになってくる。正月も小正月が過ぎる頃になると、やっと落ち着きを取り戻してくる。世間の忘新年会も一段落し、二月に入ると飲食店同士の新年会が始まる。今日は、芸妓組合の新年会が、年番の料亭『角屋』で開かれた。検番の重役、実太郎は勿論、『梅の屋』の主、りんも招かれて出席していた。

毎年のことながら、二月に入ると暇になって、今日のようになんの予約も入らず、静かな日が幾日もある。通って来る仲居達も皆休みで、ガランとした中むらの座敷は寒々としていた。

栄は、とめと二人っきりで広い座敷を掃除していた。もう少しで終わろうという時に、実太郎とりんがご機嫌で帰って来た。

「あんれまあ、栄ちゃんたら、折角のお休みを、お部屋掃除していてくれたの。えーっ？　とめちゃんまで姐さん被りで襷掛けでなんとまあ可愛いこと。さあ、もう止めてお茶でも頂きましょ」

「ハイ、女将さん。すぐにお茶を入れます。用意ができてますから」

栄は襷を外し埃を払って、調理場に用意しておいたお茶を入れて、りんの部屋に運んだ。

「女将さん、お帰りなさいませ。お茶が入りました。お父さんもこちらにお呼びしますか？」

「いいえ、私が呼んで来るから、栄ちゃんはとめちゃんと一緒にここにいて、先にお茶を飲んでて」

「ハイ。じゃ、とめを呼んで来ます。もうひと部屋で終わるとこなんですけど」

「あれそうかい。お掃除なんか皆がいる時にやれば楽なのに。栄ちゃんたら苦労性なんだから、ほんとに」

りんの部屋に実太郎も来て、

「やあやあ、ご苦労だったな、栄。休みの日には、休みらしく休め。とめもそこに座って」

実太郎、少し酩酊らしく、赤い顔でご機嫌が良さそうだ。

「さっ、とめちゃん、こっちにおいで。これね、とってもおいしい羊羹《ようかん》なの。『角屋さん』でお茶請けに出たんだけど、あんまりおいしいんで、とめちゃんにと思ってお父さんの分も貰って来ちゃったの。さっ、お上がりよ」

とめは、りんの隣にぺたんと座ると、

「女将《おかみ》さん、頂きます」

りんは嬉しくて、とめの頭に手をやり、

「まあ、なんて可愛いんでしょ、とめちゃん」

「おいしい！」

見事に練り上がった小倉の羊羹を一口食べたとめは、大きい声を上げた。

「ねっ、おいしいでしょ。栄ちゃんもお上がりよ」

黒文字に刺された一切れを、栄の手に取ってくれる。

「ハイ、頂きます」

「今度羊羹を買う時は家もこれにしようと思うの。どうかしら?」

「ええ、とってもおいしいわ。お父さんの分も頂いちゃってごめんなさい」

「何、俺は甘いものは苦手なんだ。ところで栄、とめの養女の件、もうとめに話してくれたんかね?」

「いいえ、まだ何も言ってません」

「うむ、そうか、言いづらいか? 俺からとめに話してもいいか?」

ぎくりとした栄、一瞬迷ったが、

「ハイ、お願いいたします」

と言ってしまったあと、栄の胸は騒いだ。

「そうか、じゃあ」

実太郎がそう言った時、

「いいわ、私がとめちゃんに話すわ。おとうさんが仏切棒《ぶっきらぼう》に話すより、私がやんわり話すわ」

「うむ」

りんは、脇に抱き込んでいるとめの頭を撫でながら、

「ねえ、とめちゃん。とめちゃんは私達の子供になってくれる?」

と優しく喋り出した。最初はびっくりしたような顔をして聞いていたとめも、分かりやすく話すりんの言葉に、

「とめも小学校に行けるん? 嬉しいなあ」

と言って喜んでいる。

「大きくなったら芸者さんになるん？　いいよっ」

とも言った。

芸者というものがどういうことなのかも知らないとめである。栄も実太郎もりんも、心の中はそれぞれ複雑であった。

「これで話は決まったわね。栄ちゃん、とめちゃん、どうもありがとう。近い内に良い日を選んで、お父さんが役所に養子縁組の届け出をして来ますからね」

「宜しくお願いいたします。お父さん、とめがどれだけの姐になれるか分かりませんが、私も一生懸命頑張ります。どうか宜しくお願いいたします」

「なあに、どんな姐になるかはこれからの教育と躾次第よ。とめは素直ないい児だ。心配しなくていい」

実太郎に心配するなと言われた栄は、自分のことばかり考えて心配していたことに恥ずかしさを感じていた。あの日、幸吉はこう言ったのだ。

「栄ちゃんも心配だろうが、まだ幼いとめちゃんに、あれだけの身代を任せてしまおうと決めた中むらも大変だったろうぜ」

全くその通りだと思った。

三月に入ってから、りんと実太郎は暦を繰って良い日を選んで、とめの養子縁組の届けを済ませた。入籍し、大沢とめから中村とめになった。

「これで、来年の今頃は役所からとめに入学通知書が来るだろう。先ずは目出度いな」

「栄ちゃん、今晩はお祝いしましょ。とめちゃんの好きなもの拵《こしら》えてさ」

「ハイ。お父さん、女将さん、ありがとうございました。これからも宜しくお願いいたします」

栄は実太郎とりんに深々と頭を下げ、何度も何度も礼を言った。

（九）小学校へ

とめは、中村家に入籍して養女となってから、早くも一年になる。小学校への入学通知書も届いて、四月八日から深川尋常小学校へ入ることになった。

「とめちゃん、入学式の日がお誕生日だなんて、なんていい日に生まれたんだろうね。今夜はうんとご馳走しようね。何が食べたい？」

「お大福がいい」

「まあ！　とめったら遠慮もしないで、なんだね」

「おお、そうかい。それじゃお菓子屋さんに注文しとこうね、紅白にして」

ナカムラトメとカタカナで書けるようになって、入学の日、数え七歳になったとめは、風呂敷に教科書を包んで抱え、りんがとめにと新しく誂えた着物を着て、りんに連れられて深川尋常小学校の門をくぐった。校門の脇には大きな櫻の木が、満開の花で美しかった。

受付も済んで教室に入ると、父母に手を握られて立っている子供達が二十人ほどいた。ちりんちりんと鐘の音が廊下を通ると、教室に女の先生が姿を現した。体は小さくて色の黒い先生で、声は大きかった。

「皆さん、お早うございます、私は皆さんを担当する荒木先生です。みんなの机の上に名前が書いてあります。自分で読める人は自分で探して腰かけて下さい」

誰も親の手から放れようとしなかったが、りんはとめの手を離した。とめは一人で出て行き、自分の名前を探し当てて座った。とめが座ると後から二、三人の女の児が出て来て、それぞれ自分の机に座った。あとは親が出て来て探す組、親も子も動かずにいる組もあった。

空いている机の名前を先生が大声で呼び上げて、全員着席となった。

「出席を取ります」

と先生が言って、各人大きい声で返事ができて、先生のご挨拶があり、これからの学習の心構えを聞いて、

「今日はこれで終わります」

さすがに深川で水商売らしい親達も多く、りんは安心したが、少し恥ずかしい思いもあった。とめの同級生の父母達は皆若かった。りんのように五十を過ぎた者はいない。しかし大御所『中むら』のりんを知らぬ者はいないらしく、貫禄のりんに皆会釈をした。とめの手を取り家に帰ったりんは、とめの学校でのことがよほど嬉しくて、夫に、栄に話した。

「机に座るとみんな脇を見たり後ろを見たり、のったりそったりしているのに、とめちゃんは、背筋をぴっと伸ばして脇見もしないで先生のお話を聞いているのよ。まるで歳が幾つか違うような気がしたわ。立派だったわー」

我が児のような手放しの自慢ぶりであった。

養女と決まり入籍が済んだ時から、りんはとめと寝起きをともにし、とめの生活は一変した。今までは母と気ままにしていられたが、中村とめとなってからは厳しくなった。

まだ寒さの残る三月の朝、暗いうちから起こされて、冷たい水で広い玄関から廊下まで雑巾掛けである。母栄の手伝いであるが、幼い手は真っ赤になり、縮み上がった。母が時々手を擦って温めてくれた。庭のお掃除が終わり、朝飯を済ませると、学校に行くのが忙しい。

とめは学校が好きだった。友達もでき、勉強も良くできて楽しかった。学校から帰って来ると、りんはとめの好きそうなおやつを揃えて待っていて、とめがそれを食べ終わると自分の部屋に連れて行き、太鼓のお稽古が始まる。覚えの早いとめを、りんは気に入った様子である。

「この児は、なかなか音感のいい児だよ」

小学校に通うようになったとめは、よく勉強のできる出色の児だった。三年生まではいつも主席だった。できすぎるとめに不安を覚えたりんは、とめが四年生になった時から、午後から太鼓のお稽古の時間を増やした。お稽古が少々長くなったが平気だった。四年生も主席で、優秀な成績で深川尋常小学校を卒業した。

小学校を卒業したとめの日課は一変した。早朝のお掃除は相変わらずだが、朝食が済むと太鼓のお稽古は午前中となり、午後からは街中の検番へ行き、踊りのお稽古である。

小学校の同級生も何人かいて、踊りのお稽古も最初のうちはとても楽しかったが、色白で器量よしのとめは、お師匠さんのお気に入りで、特に目をかけられ、踊りの上達も早かった。こうなると疎まれて、仲の良かった同級生達も段々離れていってしまった。とめは寂しくなったが、寂しくなった分だけお稽古に熱中した。

お稽古が済み、帰って来ると、体はくたくたに疲れ、お腹も空く。

「お母ちゃん」

と言って、母栄の所に顔を出すと、母はいつも大きいお握りを作って待っていてくれ、

「とめ、お腹空いたかい」

とお握りを出してくれた。

「お母ちゃん、おいしい！」

そのお握りは塩味だったり味噌がついていたりして、いつも旨かった。

お握りが食べ終わらないうち、りんの呼ぶ声がした。

「お女将さんが呼んでるから行くね」

りんの部屋に行くと、

「とめちゃん、お稽古随分と頑張ってるみたいだね。昨日、お師匠さんが見えて褒めて帰ったわよ」

「ハイ、お女将さん、一生懸命やってるだけです」

「そうよ、それでいいのよ。もうじき暗くなるから、玄関の水打ち忘れずやっといてね」

「ハイ、すぐやります」

とめは、言われなくとも忘れたことなど一度もなかった。この水打ちの作業が大変な重労働で、裏の井戸から男衆の五郎さんが大きい桶に水を汲んで置いてくれるが、これを小桶に分けて片手に持ち、小さい柄杓で水をまくのである。とめの小さい体では、小桶に水を分ける作業がきつかった。これが終わると、とめの一日の仕事が終わる。

料亭中むらは料理屋であって置屋ではないが、りんは置屋としての資格を持っている。検番への看板料も会費も、置屋『梅の屋』として、中むらとは別に払っている。が、今『梅の屋』に芸者はいないので、事実上『梅の屋』は空き屋であった。

りんが現役の芸者で出ている頃に置屋の権利を買い、芸者をやりながら置屋の女将となって若い子を五人ほど抱えていた。美女で才気も走っていたりんは、仲間内ではいつもリーダー格で、若い妓の面倒見もよく、検番にも協力的であった。そんなことから、検番の重役をしていた料亭中むらの主、実太郎に見込まれて結婚した。りんが中むらへ入ったことで、中むらは料亭と置屋が同居することになった。五人いた若い妓は、りんの友達で『秀の屋』の女将、お照に預け、一人になったりんは料亭の女将に専念するため、置屋『梅の屋』は空き家として検番登録を存続させている。りんの源氏名は「梅吉」で、とめが芸者として仕上がれば、いつでも『梅の屋』から出せるのである。

実太郎と結婚してから一年後に女の児を生み、三年後に生まれた児も女の児であった。二人ともできが良く、小学生の頃から抜群であったが、りんは二人とも芸者になればよいと思って家事と芸事を習わせた。しかし、長女貴子《たかこ》も次女美子《よしこ》も、高学年になると高等女学校へ行きたいと言い出した。また学校の方からも、是非上級学校へ行かせては、と薦められ、高等女学校から師範学校、大学とエリートの道を進んだ。二人ともこの家業を嫌い、長女貴子は嫁に行き、次女美子は大学で助教授を務めている。

ともに父親似で少々顎が張っているが、目の大きな美人である。外に出た娘達は家に入る気なぞは毛頭なく、実太郎夫婦は寂しい思いと同時に跡取りのことで頭が痛かった。

実太郎はこの世界では珍しく堅い男で、若い妓達《こたち》に信用もあり人気もあった。先代の父親が好色で、母親といつも諍《いさか》いが絶えない家で育った。ある時、母親が腰巻き一つの素っ裸で、火の点いた薪を振り上げて親父を追いかけているのを見たことがあった。親父は裸足で逃げて行き、母もそのまま追いかけて行く、という騒ぎがあり、

「お前は、お父っあんのような人にだけはならないでおくれ」

青年になるまで、母にこう言い続けられて育った実太郎である。

母は我が子に教養をつけようと、大学まで行かせてくれた。この頃、大学出の料亭の主はそういなかった。

実太郎は、父のような無様《ぶざま》な振る舞いだけはやるまいと生きてきた。

母は、父の好色のせいか気を病んで早死にした。父も母の後を追うように、脳溢血で倒れて死んだ。倒れたのは女の体の上であり、家に連れて来られてから死んだ。父は女にも強かったが仕事にも強く、才覚もあり、彼一代でこれだけの財を成したのである。ご大身の武家屋敷を買い取って料亭とし、実太郎に残してくれたのである。

りんもまた辰巳芸者を背負って立つ、名うての女性だ。実太郎に女に手を出させるような野暮天ではない。りんが今多少の気がかりがあるとすれば、それは栄である。栄ちゃんはなんとなく尻が軽そうで、油断ができない。年齢《とし》は若いし、店の揃いの着物を着ると、まるで見違えるようないい女になる。栄を仲居に上げるように言ったのも、実太郎だった。

「余計な心配種を拾い込んだもんだよ」

一人で気を揉むりんであった。

「ま、とめちゃんを早く一丁前に仕上げて、がっぽり稼がせて貰いましょ。あの妓はいい芸者になるよ、きっと。あの妓は誰に水揚げさせようか。利権がらみの接待客しか考えられないわ。いずれはそういう人も現れるでしょ。それまではうんと磨いて、ガッポリ頂かなくちゃね」

最近のりんは、実太郎との茶飲み話は、いつもとめの水揚げ客のことばかりであった。

りんには何故だかよく分からないのだが、最近、お店がやけに忙しいのである。今ではもう二週間くらい先まで予約が一杯である。今まで使用したことのなかった部屋まで使うようになった。

「なんだか毎日忙しいわねえ、栄ちゃん」

「ええ、女将さん。軍関係のお客様が多いようですよ」

「そうかい。兵隊さんかいな」

「そうですよ。皆髭を生やした偉そうな方ばっかし」

「ま、忙しいのはありがたいわね。疲れるけど頑張ってね」

「ハイ、女将さん、そのことなんですけど、仲居をもっと増やして頂けますか」

「ああ分かってるよ。今家の人に手を回して貰っているから、も少し待ってね。だけどうちの人も他所のことで忙しいらしくって」

（一〇）米投機

　その多忙な実太郎の元に、栃木の米の仲買人で、以前から当家に出入りの佐藤新一が訪ねていた。新一は思惑買いで米を買いすぎ、この秋にはまた豊作だということで料亭中むらを訪ねた。大きな土蔵を二つも持つ実太郎なら受け容れてくれるだろうと、頼みに来たのだ。

「で、今どのくらい持ってるんだ？」

「玄米で二千俵以上あります」

「うむ、二千俵？　えらく買い込んだものよな」

「ええ、旦那。なんとか助けて下さいな」

「家で買える量もたかが知れてる」

「大きな土蔵をお持ちじゃないですか。米で儲けるってこともありますし、もし米がなくなるようなことがあれば、俺がまた買い戻しに参ります」

「うーむ、米の投機か？　それにしても二千俵とはちと多いな」

「じゃ、半分の千俵でどうでしょう？」

「うーむ、千俵か。俺も米に手を出したことはないでの。ちと不安もある。ま、やってみるか。そちらの手で土蔵まで運んでくれるのか？」

「勿論、運びは家の方で請け負います。旦那、是非宜しくお願いいたします」

「で、幾らになる？」

「へえ、旦那。このくらいでどうでしょう？」

栃木屋の新一、大きな算盤を出し、四と五を置く。

「うむ」

「旦那、今の相場はこのくらい行ってます」

と、五と五を置く。

「そうか。どっちにしても大金だ。女房にも相談してからだ。家内あっての商い屋での」

「左様でございます。奥様にも宜しく申し伝えくださいまし」

「銀行とも相談になるやも知れん」

「こちら様なら銀行だって右から左でしょう？　深川一のお店ですから」

「いや、なかなか」

話が纏まったところで、実太郎自ら茶を入れた。

「ご馳走になります」

栃木屋、出されたお茶を旨そうに飲む。

「りん、おーい、りん。りんはいないのか」

実太郎、大声で呼ぶが、りんの部屋からは賑やかなお囃子が聞こえていて、返事がない。

「ちょいと失礼する」

と栃木屋に断りを言って、りんの部屋に行き、襖を開け、

「稽古中、すまんな。ちょいと話がある」

賑やかだった部屋は急に静かになった。

「あらお前さん、珍しいこと。なんですか。呼んでくれればいいのに」

「うむ、呼んだが賑やかで聞こえねえ。おっ、とめちゃんも頑張ってるな」

「ハイ、おとうさん」

と可愛い。りんは、女連中を皆下がらせると、

「お前さん、なんでしょう。お茶でも入れましょうか?」

「いや、そうもしていられねえ。人を待たせてある。相談があって来た」

「私に相談ってなんでしょう?」

「うむ。米を買おうと思ってな」

「おこめ?」

「そうだ。ちょいと量が多いんだ」

「そう。お前さん、お米なら幾らあってもいいんじゃない? 土蔵だって空っぽだし。ああ、そうそう、最近、軍関係のお客様が多いのよ。なんかきな臭いの。先日なんか、軍に物資を納める商人らしい人が軍人さんみたいな人を連れて来て、何かひそひそ話してるの。米、米って言ってるのが聞こえたわ」

「俺もそういう情報は少しあってな。今、栃木屋が売りに来てるんだ。悪くもないと思って、お前に相談に来たんだ」

「あなた、やりたいようにおやりよ」

「だがな、二つの土蔵を一杯にするには少々銭がいる」

「私も千円くらいなら出せますけど、もし儲かったら私にも分け前をちょうだい」

「うむ。儲かればな」

「今ね、お店の方も毎日大忙しでしょ。お金あるのよ」

「そうか。じゃ、買うぞ」

「ええ、いいわ。だけどなんか変なのよ。髭を生やした厳《いか》つい人ばかし来るし、商人らしい人達がぺこぺこして接待に励んでいるって感じなの。あなた、栃木屋さんのお米みんな買っておしまいよ」

「そうかい？　じゃ、俺の思う通りにやらせて貰うぞ」

「あいよ、おまいさん」

簡単に相談も済んで、

「待たせたな。ところで栃木屋、どの辺で手を打つんだ」

「旦那、さっきも言ったように四、五でお願いしますよ」

「そうか。じゃ、千俵とするか」

「ハイ。じゃ、千俵で納めさせて頂きます。ありがとうございました」

「だがな、栃木屋。なるべく夜間の搬入にして貰いたい。人目につかぬようにな」

「へい、搬入のことは私どもにお任せ下さいまし。で、お支払いの方はどのようにして頂けるんでしょう」

「うむ、そのことよ。銀行がなんと言うか、どれほど出してくれるか、それによってだ。とにかく、最初の搬入の時に手付けとして千円だけ渡す。残額はそのあとの話だ。ま、米を観てみないとな」

「旦那、全部一等米ですよ。ご安心を。長年納めさせて頂いてるこちら様に、そんないい加減な物持って来ません」

「そうだったな。しかし今度は量が多い。とにかく搬入だけは慎重にな。客や隣近所に悟られないように、静かにやって頂きたい」

「へい、よく分かりました。お任せ下さい」

尻上がりの栃木弁でよくしゃべる新一は何度も礼を言い、喜んで帰って行った。今年も暑くて日照が長く続き、雷の多い年であった。雷の多い年は豊作だという。

新一は、腰のてぬぐいを力を入れて抜き取ると、腹の方まで流れた汗を拭きながら、

「今年もまた豊作だな。米はまだまだ下がるかも知れねえに、中村の旦那、よく買ったもんだんな、値切りもしねえで。まさかの商えだった。うむ？　待てよ。こりゃあ、何か裏があるか？　銀行から借りてまで買うと言ったな？　何かありそうだ」

上野駅から汽車に乗り込んだ新一は、中村の旦那の動向をじっと腕組みして考え込んだが、

「分からねえ。どう考げえたって分かんねえ。そんだけんどよー、何かありそうだ。俺あ、残り半分は売らねえで暫く取っといてんべえ。全部買われなくって良かったかも知んねえ」

小山に帰った新一は翌朝、早速運送屋の手配に走った。二軒の運送屋からトラック十台借りることができた。善は急げとばかり、その日のうちに玄米百俵を積んだ大型トラック十台は、暮色の立ち始

めた頃栃木屋の米倉を出発した。目立たぬように、十五分置きに発車した。

一方、深川の料亭中むらでは、昨日、栃木屋からの電話で、

「明日の夜中にトラック十台で着くようにします」

という新一からの連絡を受けて、人手を頼んで朝から土蔵の整理と掃除が始まっていた。土蔵からは、御大身の武家だったらしく書物や絵画、刀剣類が箱に詰められたまま出てきた。刀は湿気を吸い、錆々で鞘から抜けない物もあった。実太郎はそれらの箱の蓋を外して終日陽に当て、風を通した。夕方までかかって二つの土蔵は綺麗になった。太い枕木を置き、その上に分厚い杉の八分板を敷いて並べた。鼠の出入りしそうな所には捏ねた泥を詰めて塞いだ。

人手は大勢だったので、作業は割と早く終わった。これらの人々に日当を払うと全部帰して、実太郎は一人で土蔵の板敷きの上にどっかりと腰を下ろし、

「大勝負だな」

と一人呟く。白く真新しい板木は、良い匂いを放っていた。

「うわあ、土蔵の中って涼しいのね。木の香りもとってもいい匂いだわ」

時に大正五年。暑い盛りも過ぎようとしている。八月も末である。

りんが、大きな声をして入って来た。

「あなた、お茶が入ったわよ。熱いうちに飲んで」

「うむ。今終わったところだ。人足も帰って一休みしていたとこだ。丁度よかったよ。どうだ、綺麗になったろう？」

「そうね。こうなると広くなったみたい。あなた、あれはなあに」

「ありゃあ刀剣と書画だ。古い物のようだ
「へえー、そんな物があったの。さすが御大身のお武家さんね」

「うむ」

「お父様達は知らなかったのかしら?」

「うーむ、それはどうかなー」

熱いお茶を旨そうに飲んだ実太郎は、

「りん、栃木屋の車は夜中に着くと行ってきたが、いつ頃になるかわからん。その前に一眠りしといた方がいいかも知れん」

「じゃ、早夕飯にしましょ」

「うん、そうしよう」

「今夜は何俵くらい来るの?」

「おそらく全部来るんだろう。トラック十台で来ると言うから」

「お支払いは今夜?」

「手付け金として千円払うことになっている」

「私の手持ち出しましょうか?」

「どのくらい出せるかね?」

「せいぜい千五百円くらいかしら」

「じゃ、千円貸してくれ」

「あいよ」

「ああ、ありがとう。それを銀行に預け、小切手を使えば全額今夜にでも払える」

「あれそうですか。良かったこと」

足下にまとわりつく蚊を追い払いながら、りんはお茶の盆を持って土蔵を出て行った。実太郎もゆっくり立ち上がり、土蔵の戸は開放のまま外へ出て、衣服の埃を払ってから顔と手足を綺麗に洗って母屋に入った。汗と埃に汚れた着物を脱ぎ、栄が沸かしておいた風呂に入りゆったりと浸った。慣れぬ仕事の手伝いで、足腰の筋肉が疲れていてこわばっている。

「旦那、こんな頑丈な板を敷いて何を入れるんです？」

人足達のこんな問いに適当に受け答えしながら過ごす一日は気疲れがした。実太郎はこうした米の投機なぞは考えてもいなかったが、栃木屋の言葉に乗り、また自らの多少の情報にも傾いて、初めて乗った大船である。

「大丈夫かな？　うん、大丈夫だろう」

聊《いささ》かの不安を打ち消すように自問自答した末、長湯を上がり、りんの用意した浴衣に着替えて、待っていたりんと夕食にする。

「ご苦労様でした。疲れた？　あなたどう？　綺麗でしょ」

「うむ、萩か。なかなかいいもんだな。部屋が賑やかになったな……。うーん、少し疲れたよ」

りんは裏庭に生い茂る九部咲きの豆萩を、大きい伊万里の花瓶にいっぱいに挿して部屋に飾った。

赤紫の花と濃い青緑の葉は、花街の女将の部屋にしては地味な造りの中にひときわ美しく映えていた。

りんはよく冷えたビール瓶を持って、実太郎の持ち上げたグラスに注いだ。

「ご飯食べたら、早く寝た方がいいわ」

「うっほ、良く冷えてるな」

旨そうに一気に飲むと、グラスを空けて、

「お前もやらんか?」

「ありがとう、頂くわ」

一本のビールを二人で空けて、実太郎は好きな茶漬けをさらさらやって部屋に戻り、布団に入った。空きっ腹に効いたビールが、すぐ眠りに導いた。

どのくらい時が経ったのであろうか。よく眠り込んでいた実太郎は、りんの声で目を覚ました。微かに響く低いエンジンの音が聞こえた。

「来たか」

着物を着替え、急いで外に出る。夜中の十二時一寸過ぎである。実太郎の姿を見た栃木屋が飛んで来て、

「旦那、ただいま着きました」

「栃木屋、いつまでエンジンを回してるんだ。早く止めろ」

「へい、旦那。土蔵の入口だけ灯《あかし》を点けて下さい。そこに車を着けたいんで。へい」

「ああ、そうか」

早速土蔵の入口に灯《とも》が灯されると、米を積んだトラックが移動し、エンジンが止まった。

「栃木屋、ご苦労だった。一台に何俵積んで来た?」

「ハイ、百俵積んでます。十台来ます」

「えっ? 今夜中に全部来るのか」

「ハイ、全部来ます。旦那、トラックの手配ができましたので、早い方が良いと思いまして」

「そうかい。じゃ、声を出さないようにして静かに下ろしておくれ」

「へえ、大丈夫です。静かにやります」

頑丈そうな男が二人、車の助手席から身軽に飛び降り、運転手と三人で口も利かずに静かな荷役が始まった。次々とトラックが着いて、段々と人数も増えて荷役も早まった。米俵は土蔵に綺麗に積み上げられて、思ったより早く荷役も終わった。

「二つの土蔵に旨く収まりましたな。丁度良かったようで」

栃木屋も満足そうである。

「お陰で早く旨くいった」

「ありがとうございます」

「さっ、栃木屋。精算するから中へ」

実太郎は新一を伴って、自分の部屋へ案内する。

「さあ、栃木屋さん、お座りになって下さいまし。なんにもありませんが、さっ、どうぞ」

りんは酒肴を用意して、先に座って待っていた。

「さっ、あなた。あなたも早くお座りになって下さい」

「うむ」

実太郎、座りながら新一にも座を勧めれば、

「へい、こりゃあどうも。遠慮なく座らせて頂きます。奥様、お陰様で無事収めさせて頂きました。トラックも一台だけ残して全部帰しましたので、静かになりました。そろそろ夜も明ける頃でしょう。お二人とも眠いんじゃあありませんか」

「いいや、なあに。先に一眠りしたので大丈夫です。栃木屋の方こそお疲れだったろう。今夜は家に泊まって、明日ゆっくり帰りなせえ」

「へえ、ありがたいお言葉ですが、残したトラックで帰るつもりです」

「そうですか。ま、お一ついかがです?」

「へえ、こりゃあどうも。頂きます」

雑談をを交わし盃を重ね、差しつ差されつ飲んでいたが、

「あなた、栃木屋さんもお帰りになるんじゃ、早くお支払いをしなくては」

「おお、そうだった。じゃ、お支払いする。料亭中むらの小切手で宜しければ、全額お払いする」

「ハイッ。こちら様の小切手ならば喜んでちょうだいいたします。全額頂けるんですか? ありがとうございます。四千五百円でございます」

「四千五百円也。小切手ですが、お受け取り下さい」

小切手に四千五百円也と記入し、中村実太郎の名を自署し、銀行届出印を押して栃木屋に手渡す。

栃木屋、これを頭を下げて両手で押し頂きながら、

「手付け金だけと伺っておりましたに、全額頂けるなんて誠にありがたいことで、さすが中村様でございます」

「何々。栃木屋の方こそ一度に全部運んでくれたじゃないですか。私だってそれにお応えしなきゃ、江戸っ子が泣きまさあ」

実太郎、りんのお陰で銀行から借りなくても支払うことができた。うっすらと東の空が明るんで来た頃、栃木屋は夫婦に参拝九拝し、トラックの助手席に乗って帰って行った。

土蔵を覗き込んだ実太郎、入口までびっしり積み込まれた米俵を見て、

「こんなに買い込んでしまって、大丈夫かな?」

あり金はたいて勝負に出た実太郎の脳裏に、微かな不安がよぎった。

翌朝、りんは、向かいと両隣の待合いに挨拶に行った。清酒二本を、昨夜の騒音のお詫びにと配った。どちらの家でもなんのことやらよく分からない様子だったと、実太郎に話した。

「そうかい。それは良かった」

と喜んでくれた。

（一一）　越中の女一揆

仙台堀川に黄色い柳の葉が浮いて水面に飛ぶ蛾が多くなり、跳ね上がる鯉の水音も盛んになってきたこの頃、りんはとめの成長ぶりに目を細めつつも、自らの商売の多忙さにも驚いていた。昨年まではこんなことはなかった。今年はもう今から年末年始の予約も満席である。

一体どうゆうことなのかしら。料亭中むらだけのことではないらしい。

仲居も増やして賑やかになった。料亭中むらに出入りする芸者衆も多く、検番の役員である実太郎も多忙だった。

「あなた、芸者衆《こどもたち》を公平に回してやってね」

「あいよ、分かってらあな。だけどよ、妓供《こども》の指名と茶屋の指名が入ると、文句が出ないように回すのは大変なことだなあ」

「そうよ、そこがあなたの腕の見せどころじゃないの。芸者衆にしてみれば戦争だもの。命がけなんですからね」

「戦争かあ」

最近は、新聞を開けば戦争のニュースばかりが目に飛び込んでくる。日本のことではないが、暗い世相である。

新聞によると、ヨーロッパでは戦争が始まっているらしい。イギリス・フランスの連合軍とドイツ軍が戦っているという。ドイツはロシアとの関係も良くないらしい。日本も連合軍から参戦を要請されていると報じている。いつ自分達の国に飛び火するかも知れない情勢のようであった。

しかしながら、日本経済の実態は、この時点以前から盛んになってきていた。いわゆる軍需景気の前触れであった。日を経ずして日本も参戦し、世界中が戦争に捲き込まれていき、大戦となってしまった。

この大戦を通じて日本経済もいよいよ空前の盛況を示し、輸入超過に苦しんでいた貿易は一挙に出超へ転じ、戦争景気による各種の成金が生まれていた。中でも世界的に不足がちであった船舶により造船ラッシュが捲き起こり、造船業が大いに栄え、海運業・貿易業をテコにして日本経済は発展をみるのである。

軽工業においては紡績・製糸業が発達し、織物業の機械化が進み、重工業では鉄鋼業や機械器具工業が著しく成長した。とりわけ電機産業の躍進は目を見張るものがあり、動力部門では電気が蒸気を追い越すようになった。金融資本の部門も飛躍的な発展を遂げ、日本の独占資本主義もこの頃完成したのである。

深川の一料亭の中年夫婦に、このような世界的な情勢が分かろうはずもなく、日々忙しくなる己れの商売に忙殺されていくのみであった。

実太郎は買い込んだ米を売るに売れず、二年も抱えたままでいた。昨年、米の相場は大分値上がりし、今年はもう一俵十三円にもなった。

「今年は不作で米が穫れません。シベリア出兵の思惑買いもありまして、世間が騒がしくなっておりますから、そろそろ手放した方がいいのでは？」

と、栃木屋も心配して言ってきていたが、栃木屋の言う世間が騒がしいという意味が、実太郎にはよく分からないでいた。

暫く後、新聞は富山県で米騒動が起こっていると報じた。遠くの出来事で、大したことはあるまいとたかをくくっていた。だが、富山のこの一揆が大々的に新聞に報道されるや否や、それが引き金となったかのように、いっぺんに全国に火が点いた。米の高騰は東京も例外ではなく、民衆が米屋を襲い、米穀取引所も襲われる騒ぎとなった。

実太郎夫婦は真っ青になって震え上がった。

「お前さん、家もやられるかしら」

「うん。えらいことになったもんだ。だが今さらどうにもなるまい。その時はその時だ」

「でも、料理屋がやられた話は聞かないわ」

「俺が米を持っているのを知っているのは栃木屋だけだ。うまく逃れられるといいが」

この騒ぎの始まりは、富山県の海岸一帯に米価引き下げ、米の県外移出禁止を要求する大衆運動が起こってからである。新聞に『越中の女一揆』と報道されたこの騒ぎは全国に広がり、数千人の群衆が米屋をはじめ米の投機商人、米穀取引所などを襲い、安売りが受け容れられない場合は、しばしば打ち壊し・焼き討ちにした。

この騒動に、政府は軍隊まで出動させた。続いて新聞報道を禁止し、各府県に指令を出して、富豪の寄付金による米の廉売のほか、恩賜金三百万円を各府県に分配したうえ、政府支出金一千万円を用意して対応する旨発表した。

一千俵の玄米を抱えた実太郎夫婦は、生きた心地がしなかった。

暑い夏も終わりに近づき涼しい風が吹くようになる頃、実太郎らはほっと胸を撫で下ろした。七月に始まった米騒動も、九月半ばに漸く鎮まったのである。少し見えるくらいだった実太郎の白髪は、この長い夏の間に真っ白とも言えるほど白くなってしまった。抱えた米は売るに売れず、思案のうちに夏を越した。

栃木屋も襲われたが、求めに応じて安く放出したため焼き討ちだけは免れた、と知らせて来た。実太郎からの見舞状が届くと、栃木屋は早速東京に出向いて、実太郎に逢った。

軍の商人に売ればいいと考えていた実太郎であるが、栃木屋に懇願されて彼に売ることになった。しかし、今ここで一千俵からの米を動かすのは危険だ。今年の産米が出回るようになる秋口まで待ってからにしようということになったものの、手持ち米がない栃木屋は今すぐにでも欲しい。とりあえず、トラック二台に五十俵ずつ積んで、百俵だけ持ち出すことで話を決めた。

この時、米の相場は一俵十八円四十銭であり、買った時は四円五十銭だった。

「この米を買った時、あんたは一円値引きしてくれた。俺も値引きして、十七円丁度でいい」

「旦那、ありがとうございます。お陰様でいい商いをさせて貰えます。しかし旦那も強運な方で、恐ろしい思いもされたでしょうが、そのあとの金儲けの気分はさぞかしいい気分のことでしょう」

「うむ。この頭を見てくれ。真っ白になっちまったよ。だが、お陰で大儲けさせて貰った。礼を言う」

支払いは、残した米の搬出の時に現金でということにして、栃木屋は帰った。翌日、栃木屋手配のトラック二台が来て、目立たぬように五十俵ずつ積んで幌を掛けて静かに帰って行った。

この年、米価はさらに上昇したが、実太郎は栃木屋と約束した十七円で売った。初めてやった米の投機が恐怖の米騒動に巻き込まれて、生きた心地がしなかった実太郎だが、約二年半、玄米を抱いていて四倍の価格になったのである。穫れ秋が来て、うまく残りの米を運び出した栃木屋は、実太郎夫婦に厚く礼を言い、一万七千円を現金で払って小山に帰った。

実太郎はりんを部屋に呼び、

「今、栃木屋が帰った。お陰で儲けさせて貰った。ありがとう、これを返す」

と言い、五千円をりんに渡す。

「まあ、四千円もくれるの。すっごいわあ」

「うむ。先ずは良かったな」

「儲け分も一緒だ」

「あなた凄腕ね。でも怖かったわね」

「うむ。あの時はどうなることか、生きた心地がしなかったな。でも搬入の時、慎重にやったので助かったのかも。これも土蔵のお陰、ご先祖様のお陰だ」

全くその通りで、土蔵のあったお陰で、実太郎は二年半、玄米を保管していただけで一万二千五百円を儲けたのである。

（一二）　半玉お披露目の準備

「あなた、今夜はとってもいいお話よ。聞いてちょうだい」

「うむ、なんだね？」

「あのね、とめちゃんのことなの。とめちゃんね、とっても覚えが良くて、もうそろそろ出せそうなの。今度のお誕生日が来れば十四でしょ。半玉《はんぎょく》で出そうかなって思ってるのよ」

「ほう！　そうかい」

「そろそろお三味線も教えようかと思うのよ。もう太鼓も全部できるし、踊りだって達者で筋がいいの。あなた、一度見てやってくれる？」

「いいや、俺が見なくっても、お前がいいならそれでいい」

「そうですか」

「うむ。じゃ、明日にでも半玉として検番に登録しとこうか。歳はいくつになった？　名前はなんとするね？」

「そうね、いい日を選んで私が届けに行きますから、それからにしてちょうだい。名前は梅奴《うめやっこ》の予定よ」

「梅奴か。じゃ、お前の源氏名をくれてやるってことかい？」

「そうよ。とめちゃんならいいわよ。あの妓ね、どこへ出したって恥ずかしいような妓じゃないわ。

顔も姿もとってもいい。あなたが見てもそうでしょ?」

「うーむ、そんなにいい妓になったたか。随分と惚れ込んだものよの」

「そう、私の目に狂いはなかったわ。一流よ、とめちゃんは」

「そんなにうまく仕上がったのかい?」

「そうよ、とめちゃんは私の秘蔵っ妓なんだから、水揚げ話が出たら思いっきり超高値をつけてちょうだい」

「うむ、分かった。で、どのくらいならいいんだね?」

「そうね、最低でも一万円ね。上は幾ら積んでもいいけれど、下は駄目よ。相手によれば幾らでも取れますよ。滅多にいない上玉なんだから。いい相手を捜して高く売ってね」

「分かった」

「お披露目、派手にやりたいわ」

「いつ頃やる気だ?」

「着物も作りたいから、来年の四月頃にしようかな」

「来年の四月か、半年も先だな」

「そうよ。お披露目の着物や帯その他色々用意しなきゃならないし、半年でも忙しいくらいかも知れません。とめちゃんのお誕生日は四月八日だったわ。その辺でいい日を選んでやりたいわ。そうすればとめちゃんも十四歳になるし、半玉には充分だわ」

そう話が決まると、何故か気忙《きぜわ》しいりんであった。

千円が五千円になったりんは毎日が楽しい日々である。どんなに派手で賑やかなお披露目にしようか。頭の中はそのことばかりでいっぱいであった。

とてもいい仕事をして丁寧だという噂を聞いて、りんは、その呉服屋を日本橋から呼んだ。その呉服屋は旭屋と言った。なかなか良い見本を持って、早速深川平野町亀久橋袂は料亭、中むらの屋敷にやって来た。りんの部屋いっぱいに拡げられた見本の反物や帯は、豪華さで目も眩むばかりであった。よく喋る呉服屋の親父は、終日話し込んだ。

あれこれがやっと決まって、長袖三着、丸帯三本、長襦袢肌襦袢三枚ずつ。りんは金のことなど全く考えず、惜しげもなく注文した。呉服屋はいい商いである。

これが仕上がるのに、約半年かかると言う。りんは他に自分の着物も作ることから、

「こんなくらいな物で半年ですって？　それじゃお願いできないわね、芸者が相手なんだから、早用が足りないところとはお交際《つきあい》はできないよ。折角だけど、ほかを当たるからお帰り下さいな」

「へえー、これは参りましたな。総動員でやらせて頂きますんで、そうおっしゃらずにお願いいたします。家は余所様と違い、仕事は丁寧で仕上がりはとっても美しゅうございます。それだけに時間もかかるんでございますが、とにかく一生懸命早くやらせて頂きます。仕上がった物から順にお届けに上がります。どうぞ宜しくお願いいたします」

「いい仕事するって聞いたので、初めてだけど来て貰ったのよ。幾らなんでも半年は長すぎるわよ」

「はい」

「三ヶ月くらいで必ず仕上がるなら、お願いするわ。家は四月初めにお披露目があるので、その時

に着たいの」

「ま、奥様、できる限り総力を挙げて急ぎます。どうぞこれからも宜しくご贔屓にして下さいまし」

お披露目用のとめの着物一式は急いで仕上げるということで、呉服屋は帰った。


年末年始の馬鹿忙しい時期を無事終えて、料亭街は今静かな時を迎えている。冷たい風が隅田川を渡り、ここ深川仙台堀川の川面を吹き抜け、名物の空っ風となって砂埃とともに飛んで行く二月の末、

「おお、寒う」

何重にも巻いた上等の襟巻きを目元まで上げて、砂埃を避けながら料亭中むらの門を入ったのは、日本橋呉服屋の旭屋である。

暖かいりんの部屋に通され、仕上がったとめの注文品一着分を拡げ、りんの目は輝いていた。

「ふーん、さすが噂に違わず良く縫えてるわ。よく早くできましたこと」

「奥様の物も二、三日もすれば仕上がります。あとの一着分もそう遠くないうちにお届けできると思います、へえ」

「あれそうかい。それは良かったこと。さっ、とめちゃん、これ羽織ってご覧」

「これを？　これ私に作ってくれたんですか、女将《おかあ》さん」

「そうよ。これ全部とめちゃんのよ」

「女将さん、ありがとうございます。これ、とめっ。女将さんにお礼を言いなさい」

一諸に呼ばれて来ていた栄も驚いている。

代わる代わる羽織ってみる鮮やかな着物は、色白のとめにはどれもこれもよく似合う。

「着られる方がお美しいので、一段と輝きます。私どもも作り甲斐があります」

腕の良い縫子を選び総動員で仕上げ、余所からの仕事は一切受けずに仕上げたこと、上物ばかりなので神経を使いましたなどと、くどいほど喋ってから大きい風呂敷をたたみながら、

「白足袋五足持参いたしました。これは私どもの気持ちでございます。大きさは八文半位かと思いまして持参いたしましたが、いかがな物でございましょう？　もし違いましたらお取り替えいたします、お嬢様」

「あれ、八文半！　ぴったりだわ」

「これとめ、そんな言い方はありませんよ。まあ、旭屋さん、ありがとうございます。お急ぎ頂いたうえにお心遣い頂きまして、本当にありがとうございます」

「大きさが丁度よいようで何よりでした。それに、こちら伊達締め三本を無料でお付けしておきましたので、どうぞお使いになって下さい」

「あらあらそんなに。済まないねえ」

「いえいえ。ほんの気持ちでございます」

「旭屋さん、これ私の気持ち」

りんは、熨斗袋に十円札一枚を入れて差し出す。

「へえ、これは恐れ入ります。こんなにして頂いちゃあ申し訳ありません。ありがたくちょうだい

いたします」

「注文の品が全部仕上がったら、またこの妓の着物急いで作らないと、お座敷着に困るわ。五、六枚は必要よ。若い妓は汚れが早いから」

「ハイ。それも私どもにやらせて頂けますんで?」

「そうね、私の着物次第よ」

「奥様のお召し物は、黒紋付き縁なしの下がり藤、縮緬の長着、帯は銀地に金襴織り模様の丸帯に通し柄、それに肌襦袢と長襦袢でございました。これももう、縫いに入っておりますので、一週間ほどで仕上がる予定になっております。何しろ私どもでは、こちら様のような玄人衆のお召し物を扱うのは初めてでして、いろんな面で面食らっております」

「色々な面で面食らったって、どうゆうこと?」

「へえ、先ず上物ばかりのこと、数の多いこと、それに忙しいことでございます」

「確かに物は上等の物を選ぶわ。だけどいつでも急がせるわけではないわよ。数だってそうよ。今回は特別なのよ。この妓のお披露目だから、一通り揃ったらあとはぼちぼちよ」

「左様でございますか。これからも一生懸命やらせて頂きます。どうか宜しくご贔屓のほどお願い申し上げます」

旭屋、丁重に礼を述べて料亭中むらの裏門から外に出ると、抱えていた襟巻を巻いて、寒風の中を早足で帰って行った。

数日後、りんの着物を持った旭屋は再び中むらへやって来た。りんは機嫌良く部屋に通し、仕上がった着物を拡げさせた。今回も見事な出来映えで、いたく満足した。これで、とめのお披露目の準備は万端整った、と安堵したのである。

「奥様、これは私どもから奥様に特にお使い頂きたく、お作りした帯締めでございます。長着と同色無地で仕上げました物で、豪華な帯を一層お引き立てすることと思います。お使い頂けたら光栄にございます」

「まあまあ、これはこれは。私、何を締めようかと考えていたところなの。こんな立派な物を頂いていいのかしら。これは豪勢だわ」

りんは大喜びであった。

「じゃ、私はこれで失礼いたします。ありがとうございました。お嬢様のもう一着分も近々持参できますので、またお伺いいたします。今日はこれにて」

「あら、旭屋さん、一寸待ってよ。今日はお勘定を済ませたいのよ。あとの分も入れて全部ね」

「左様でございましたか。でも今日は奥様の物をお届けに上がったまでで、お嬢様の方の見本も持って来ていませんので。それに領収書も持っておりませんし、また後日見本を持参いたしますので、お勘定もその折にお願いいたします」

「そうですか。それからね、とめちゃんの長着なんだけど、お座敷着だから派手なのがいいわ。その時帯の見本もね」

「はい」

「ああ、それから男物の見本もお願い。羽織も帯もよ」

「はい、承知いたしました。これも見本をお持ちいたしますが、こちらの旦那様の物でしょうか？」

「そう、家のお父さんの」

旭屋は、畳に額を擦りつけるように挨拶して帰った。

（一三）　半玉登録

大正六年四月十日、深川平野町亀久橋袂、料亭中むらの女将、りんの待ちに待った日である。半玉『梅奴《うめやっこ》』誕生の日だ。りんは、とめの誕生日四月八日にしたかったが、暦を繰ってみれば十日の方が良かった。大安、成る、氏、という日である。

大安は、吉日、旅行、移転、婚姻、開店その他万事吉。

成るは、金談、その他、開店、披露、柱立て等大いに吉。

氏は、嫁取り、門開き、石垣積み、店開き吉。

重吉の最良の日が選べた。

昨日降った雨も上がって快晴の好天に恵まれ、早朝まだ外の暗いうちから起きたりんは、顔を洗うと外に出た。四月とはいえ、早朝は浴衣一枚では寒さを感じた。見上げた空は満天に星が輝き、良いお天気である。東の空が薄紅くなって浮き雲は紅に染まり、なんとも美しい風景であった。

「この最良の日に、晴天を与え賜うた神々に感謝します」

りんは合掌して天の神に感謝し、我らの多幸を祈った。りんの下駄の音に目覚めたのか、栄もとめも外に出て来た。

「お女将さん、お早うございます」

「あら、お早う。今日はいい天気になりそうよ」

「ほーんと綺麗なお空だこと。雲が赤くてとっても綺麗」

「とめちゃんも早いじゃないか。お母ちゃんに起こされたかい？」

「ハイ」

りんは、我が目にかなったとめが可愛くて仕方がない。一昨日、十四歳になったばかりのとめは益々美しくなって、その白い肌ははち切れんばかりに輝き、笑うと脇にへこむえくぼが一層可愛い。この深川に芸妓多しと言えども、これだけの妓はいない。この妓に今日、お披露目の衣装を着せたらどうなろうか。人々はなんと言うだろうか。りんの優越感は膨れ上がった。

実太郎も女どもに続いて起きて来た。身を清め、若水を汲んで御神灯を上げ神棚にお参りした。

空はすっかり明るくなり、栄の作った早い朝食が終わる頃、呼んであった髪結いのお時が来た。お時は出髪ではないが、今朝は特別に出向いてやってくれるというのである。

お時の家は古い店で、江戸の頃より続く髪結い床で、亀久橋の角にあったことから亀床の名で知られていた。深川の芸妓連も多くが利用していた。料亭中むらとは相向かいで近く、りんや仲居の髪は殆どお時の手にかかって、りんお気に入りの髪結いであった。お時の結う髪は、いつも格好良く仕上がり、いつまでもしっかりしていて型崩れしない。

箱を抱えて入って来たお時は、

「とめちゃん、お披露目おめでとさん。今日はとっくり気を入れてやらせて貰うよ。とめちゃんの頭は初めてだね。こんな綺麗な妓は深川中探したっていやしないよ。ありがたいことだよ。床屋冥利に尽きるってもんだよ。ねえ、りんちゃん」

「あれあれ、お時さんには随分と褒められちゃってるよ、とめちゃん」

「やだー」

「おほゝゝ、りんちゃんも半玉の時からやらせて貰った妓で、綺麗な妓だった。だけど、今のとめちゃんには敵わなかったかな。ごめんね、りんちゃん」

りんは、気性を知り尽くしているお時の言葉の中に、とめを褒める心地良い響きを感じていた。

開いた口が塞がらないほどよく喋るお時が、三人女の髪を仕上げて帰ったのは昼少し前であった。

お時が結い上げた髪も見事だったが、着付けも立派で、旭屋自慢の加賀友禅が一層映えて見事に決まった。半玉故裾は引かないが、色白の長い首に紅い半襟が艶めかしい。

りんととめは軽い昼食を済ませて、呼んであった二台の人力車で、先ず検番に行った。りんは先に、置屋『梅の屋』営業の手続きを済ませ、とめの半玉を登録した。これで、料亭中むら内『梅の屋』も復活し、置屋として活動できることになった。

実太郎はじめ他の役員達からも祝福を受け、送り出されてから、置屋十数軒を回り、その後料亭回りである。既に店から届いている贈り物の折り詰めと赤飯のせいか、皆一様にとめを祝福し、美しさを褒め、着物の豪華さを讃えた。前後に例を見ない引き出物の豪勢さに、料亭中むらの勢力が見えた。

りんは実太郎のお陰で、豪勢なお披露目ができたことに感謝した。

りんは訪れた置屋、料亭の玄関で、

「お女将さん、本日から半玉の梅奴でございます。どうぞ宜しくお願い申し上げます」

と、きっちり挨拶もできたとめに満足した。

とめは、りんから見ても美しい。

「若いっていいな。この妓にはもう敵わない。これで『梅の屋』の看板ができた。もう大丈夫だわ。私が育てた梅奴が、辰巳芸者一番の売れっ妓になって『梅の屋』の揚がりマンになりますように」

りんはそう願った。

二人の車夫に厚い御祝儀袋を渡し、漸く我が家へ帰ったのは西の空が美しい夕焼けに彩られる頃となった。明日もまた良いお天気か。仙台堀川も紅くきらきらと輝き、新芽の柳も緑の風に揺れている。

「さあさあ、とめちゃん疲れたろう。早く着物を着替えようね。今日はお天気も良くて助かったけど暑かったわね。ご苦労様でした。薄物に着替えましょ」

二人はりんの部屋の屏風の向こうで着替えた。

「とめちゃん、お風呂に入ろう」

「私、お着物をたたんでから入ります」

「いいから、いいから。お風呂揚がってからたたみましょ。私も疲れたわ」

「ハイ。じゃ、ご一緒でいいんでしょうか?」

「ああ、いいともさ」

お風呂場に行くと、とめはりんの後ろに回り、背中を洗い流した。

「お女将さんのお背中、とっても綺麗ね」

「あら、とめちゃんにはとっても敵わないわ」

二人はゆっくりと湯船に浸ってから、桃色に染まり美しい肌を惜しげもなく見せて揚がってきた。脱衣所は涼しい風が通っていて、火照った体に気持ちがいい。とめは汗を収めて、鏝と糊の効いた浴衣を着た。少し濡れた髪が襟足に大人びた色気を発散している。脱いだ着物をきっちりたたんでからとめは、

「お父さんのお部屋へ行って、ご挨拶して来なくっちゃ」

「もう帰ってるかしら」

「私、一寸見て来ます」

とめは実太郎の部屋を覗くとすぐに帰って来て、

「お父さんお帰りになってます。お女将さん、ご一緒にお願いいたします」

「ハイハイ、一緒に行きますよ。栄ちゃんも呼んであるのよ」

「あーら、母ちゃんも一緒？」

「そうよ。今日はお祝いでしょ。お店も休んだし、栄ちゃんもお休み。今板場で何か作ってたようだから、呼んでおいで」

「ハーイ」

とめは板場に飛んで行った。調理場で何か拵えていた栄は、とめを見るなり、

「とめちゃん！」

「お母ちゃん！」

母娘はひしと抱き合った。栄は怺《こら》えていた感情を抑えきれず、くっくっと喉を鳴らし、抱いた我が

娘の背に力を込めた。これから芸妓という荒波の中で苦界を行くであろうことを思い、泣けたのである。とめも母につられて何故か泣けた。温かい母の胸から顔を離し、

「お母ちゃん、お父さんのお部屋に行こう」

「うん、行こう」

栄は涙を拭き、とめとともに実太郎の部屋へ行った。

「さあ、栄。こっちにお座り。なんだ、泣いてんのか？　今日はめでたいお祝いだ。涙はいけねえよ」

「そうそう。ご馳走もこんなにあるし、お酒もあるわ。これから内々のお祝いよ」

「とめ、今日は綺麗だったよ。母ちゃんね、脇の方から見てたの」

「そうよ。栄ちゃんたら、とめちゃんの支度ができ上がったら、一番先にお目見えするようにって言ったのに、嫌だって言って出て来ないんですもの」

「ごめんなさい。立派な着物を着せて頂いて、私の手元から飛んで行っちゃいそうで、哀しいような寂しいような、何か急に胸が一杯になっちゃって、涙を見せられないから逢わなかったの」

「お前はこの家の仲居、とめはここん家の妓、ともに同じ屋根の下に住んでいるんじゃないか。別れ別れになるわけでもあるまいに、何が悲しいもんか」

「お父さん、そんなこと言ったって、栄ちゃんにしてみれば悲しかったのよ。腹を痛めた子だもの。ねえ栄ちゃん、女ってそういうものなのよね？」

「ハイ、ごめんなさい。今日は本当にありがとうございました。これからも宜しくお願いいたしま

す。それから今回、とめにかかった諸費用の方はどうゆうことになるんでしょう?」

「あは、、、、何を心配してるんだい栄ちゃん。とめちゃんは私が望んで出した妓だよ。嫌だね全く。この中村の養女じゃないかね。私持ちよ。私もそうだったけど、とめちゃんは借金なしの自前だよ。一丁前になったら、うんと稼いで貰うからいいのよ」

りんは大声で笑い飛ばした。こうしてその夜の中むらでは、とめのお披露目祝いが盛大に始まった。りんが三味線を弾き唄い、とめが太鼓を叩き、実太郎が舞った。とめも踊った。栄はとめの踊りに目を見張った。いつのまにこんなになったんだろう? りん、とめとともに今朝お時に髪を結って貰った栄も、普段とは見違えるほど美しかった。平素りんがよく言っていた。

「栄ちゃんにちゃんと支度させたら、そこいらのチャンチキ芸者じゃとても敵わないよ」

座が盛り上がり、一段と賑やかになった時、

「栄、お前の十八番をやれ」

実太郎に請われて、栄の得意の秩父音頭が飛び出した。皆が立ち上がり、輪になって踊りも始まった。栄は美声で良く通る高い声で唄った。

《はーあーああああえー燃ゆる紅葉を谷間の水にいい燃ゆる紅葉を谷間の水に、コラヨット 載せてなーあーあああえーええ載せて荒川 アレサアー 都までー》

その夜、料亭中むらの奥座敷は遅くまで賑わい、いつまでも灯りが消えなかった。

（一四）お座敷

お披露目から数日後、早速とめにお座敷がかかった。普通、なかなかこうはいかない。半玉のお披露目をしても、知名度がないから大変なのだ。自家のお姐さんに連れ出して貰い、段々名を売るのである。とめは、検番の重役を父に持った役得である。

りんの朋友、秀の屋のお照の所の妓で、国太郎の供で出ることになった。

国太郎は元々りんが抱えていた妓だったが、実太郎と結婚して料亭中むらに入り、梅の屋を空き家にした時点で秀の屋のお照に預けた。国太郎はきっぷのいい妓で、面倒見もいい。色の黒い妓で、色白のとめを見知っているから、最初は嫌がっていたが、りんに初見せだからと言われると、

「よっしゃ！　任せとき」

と引き受けてくれたという。

今夜の客は、船成金の高木桑太郎であった。りんはこの高木が嫌いで、とめの初見せになんで高木なのか?と実太郎に苦情を言った。高木には高箒木《たかぼうき》という仇名があった。花街の嫌われ者である。

「何も、よりによって高木さんのお座敷にとめちゃんを揚げなくったって」

「でもな、高木さんは高く売れる客の一人だぜ」

「お前さん、一体幾らで揚げさせるつもり?」

「うむ、一万かそれ以上だ」

「とんでもない。高木さんが一万なんか出すもんですか。それに高木さん、秀の屋の国ちゃんなのよ。国ちゃんが承知しっこないわよ。できない話よ。それにあの人、案外どケチなんだから」

「ま、なんと言うか金の無い連中よりはいいだろう。一万じゃ不足かい？」

「一万ならいいわ。で、どこの誰と組ませるの？」

「国太郎さ。高木の奴、秀の屋の妓達総なめにしておいて、今国太郎に落ち着いているのさ。国太郎の床上手に参っちまって、夢中で入れあげてる。国太郎も離さんだろう」

「そう。国ちゃんならいいわ。面倒見はいいし、鉄火で割り切りもいい妓だから」

花街で箒木と言われるのは、同じ店の中で相妓《あいかた》を次々と替えて平気で寝る男を指し、最も嫌われる行為であった。高木には高箒木という仇名があって、花街中の嫌われ者だった。姓が高木故に高箒木の仇名がついていたのだ。

普通、一夜をともにすると次の回は裏を返すと言い、以後はそのまま続くのが上客で、これが花街でもてる遊び方の一手である。相方が落籍《ひか》されていなくなった時や重い病で長く休む場合は別であり、この場合は店の方から客の好みにあった妓を選んで貰って遊ぶ。軽い病くらいであれば、見舞いに行くなどすれば忽ち花街中の評判になり、どこへ行っても、もてもてである。

色里の遊びというものは、常連になればなるほど金もかかり厳しくなる。これが色の道というものである。

りんは、とめを連れて秀の屋へ出向いた。

「国ちゃん、この妓が梅奴なの。宜しくね」

「あーら、お女将《かあ》さん。わざわざ出向いて頂いて。私ね、梅奴は知ってるのよ。検番で逢うから。ねえ、とめちゃん?」

「いいの。この妓、今日が初見世なの。国ちゃん、うまく教えてやってね。これ、私の気持ち」

りんは国太郎の手を握り、小さい熨斗袋を握らせる。

「あら、お女将さん。駄目よ、こんなこと」

「いいから。私の気持ちだから」

「すいません。じゃ、おちょうだいしときます」

「ほんの少しよ」

「頂いたから言うわけじゃないけど、梅奴って全く綺麗な妓ね。私、大変なのを預かっちゃったみたい。ターさん、すぐ手を出したいだろうな。どう? 私が高くふっかけてもいい?」

「何言ってんだい。高木さんはあんたのお客様だろうに、できもしないこと言うんじゃないよ」

「ハイハイ、冗談でした」

「ちょいと国ちゃん、こっち来て」、
とめをそこに置いて、隣の部屋に行き、

「だけどね、国ちゃん。あの妓超高なのよ」

「超高ってどのくらい? このくらいかしら?」

と指一本、出す。

「ううん、十本よ」

「ふーん、いくらターさんでもそれは無理かな。ま、頭に入れとくわ」

「とにかく国ちゃん、今晩お願いね。梅奴の初見世うまく頼むわ」

「ええいいわよ。お女将さんがこうして、私の所へわざわざ出向いてくれたんだもの。私だって意気に感じちゃうわ」

国太郎、ぽんと胸を叩いた。

「ありがとう、国ちゃん。梅ちゃん、こっちにおいで」

りんはとめを呼ぶと、

「梅ちゃん、国太郎お姐さんにご挨拶なさい」

「お姐さん、今晩から梅奴です。どうぞ宜しくお願いいたします」

国太郎の源氏名は、元の女将りんがつけた名前である。親分肌の国太郎、今日はいい気分である。

いよいよ梅奴初見世の晩である。とめは、りんから今まで何回となく教えられてきた行儀作法を復習してみた。

日が落ちる頃、国太郎は、三人の若い妓を連れて梅奴を迎えに来た。梅奴の支度は既にできていて、すぐに出かけた。行く先は、料亭中むらから一軒置いた隣の料亭川上である。りんは国太郎に梅奴のことを宜しくと頼み、火打ち石を叩いて送り出した。

川上の脇玄関に立った五人女の賑やかなこと、

「こんばんはー」

「ハーイ、いらっしゃい。あら国ちゃん、ターさん、お待ちかねよ」

「あれ、あのスケベ野郎もう来てんの？」

「まあ、なんてこと！」

「お女将さん、梅奴よ。今晩が初見世なの。どうか宜しく」

「梅奴です。お女将さん、どうぞ宜しく」

「これはこれはご丁寧に。りんちゃんから話があってお待ちしてました。いつも綺麗な妓だなーって見てたけど、今夜はまた一段と綺麗になっちまって、女が見ても見惚れちゃうねえ。ま、頑張ってちょうだいね」

「こんばんはー」

女将、幸に案内されて、高木らの待つ座敷に通された。高木は他に四人連れていた。

座敷は急に賑やかになり、華やぐ。それぞれの客の前に一人ずつ座り、

「失礼します。おひとついかが？」

互いに酌が始まり、一層賑やかである。

「おっ、こりゃあ可愛い妓が来たねえ、今夜は」

高木は早速とめに声をかけてくる。

「ターさん、その妓ね、梅奴よ。今夜が初見世なの。宜しくね」

国太郎が高木に紹介してくれる。

「梅の屋の梅奴です。今夜が初めてなんです。どうぞ宜しくお願いいたします」

「ほー、今夜が初めてかい。こりゃあ美しい妓だね。ま、こっちに来て、俺にも一杯酌をしてくん

な」

高木、梅奴をそばに呼び、抱え込むようにして座らせれば、国太郎、高木の太股の辺りを思いっきり強くつねりあげる。

「あっ、痛たた痛たた。何すんだよ、国太郎！」

「早々と手を出すんじゃないよ」

「わわ、分かってるよ。酌くらいさせたっていいじゃないか。ああ、痛え」

「全く油断できないんだから！」

賑やかに三味線、鉦、太鼓で宴が始まった。国太郎の三味線と唄で、銀次郎と梅奴が踊る。初見世の初めての舞台で、梅奴は緊張していた。りんが選んだ加賀友禅の着物は、ひときわ映えて美しかった。細身の梅奴の姿は、まさに等身大の博多人形が踊る態である。

「ほー、見事だ」

見惚れていた男達は声もない。舞が終わった。

三味線の名手、国太郎は三味線を取り替え、軽い細身の三味線を出して爪弾きが始まった。小唄の国太郎の出番である。この深川で、小唄と言えば国太郎、国太郎と言えば小唄と言われるほどの名手である。

小唄は、唄三分、三味線七分と言われる。三味線の送り、替え手など、名手と言われるのはなかなかに至難の業である。この時代、通人やら遊び人の多くは小唄の持つ軽快さと色気と洒落を好んで、自ら三味線を爪弾く者も多くいたからである。

国太郎の唄声は美しく唄に絡まる。追っかけ三味線の音色は抜群であり、少しかすれたりする唄声は妙に艶っぽく人気があった。今流に言うなら、ビートの効いた痺れである。

「銀次郎、梅奴、踊って」

国太郎に催促されて、またも銀次郎と梅奴の踊りが始まった。踊りも唄と同様、お色気が求められる。銀次郎の振りは柔らかくお色気たっぷりであるが、梅奴の踊りは堅く、意識して柔らかく踊ろうとするが、どうしても堅くなってしまい、うまく踊れない。

しかしそれは見慣れた者の目にはかえって新鮮に映ったらしい。姿形の美しい者は得をする。舞が終わり、座って一礼すれば拍手が起こり、

「いいぞー、梅奴」

「おおう、梅奴、良かった良かった」

皆梅奴に声が掛かった。とめは客の前で踊るのは初めてである。汗びっしょりで踊った。春とはいえ、部屋の中は暑く、喉が乾いていた。

「梅奴、こっちに来て一杯やらんか」

高木が呼んでいる。国太郎が隣に座っていた。高木は座の正面に座っている。国太郎は、

「梅ちゃん、ターさんがお呼びよ。こちらへいらっしゃい」

「ハイ、お姐さん」

「梅奴、ほい一杯やれ」

出された杯に酒が注がれた。そのまま下に置くと、

「それそれ、杯を下に置かんと飲みなさい」

「ハイ」

一旦下に置いた杯を両手で持ち上げて一気に飲んだ。生ぬるい変な味がした。冷たい物が飲みたいと思った。

「私、冷たいのが飲みたいわ」

「おお、冷酒がいいか？　おおーい、お姐さん、冷酒《ひや》一本持って来てくれんか」

そばにいた仲居が、早速冷酒一本用意した。

「そらそら、冷てえのが来たぞ。これでやれ」

使わずに脇に置いてあったビールのグラスに注ぐ。

「じゃ、頂きます」

よく冷えた清酒は渇いた喉においしく、ゴクゴクと一気に入っていく。胃の中まで冷たくなって、息もつかずに飲めた。

「うおー、お見事お見事。もう一杯どうだ？」

「ハイ、頂きます」

ゴクゴクという音とともにグラスは忽ち空になった。高木は一升瓶を持ち上げて、

「ほーら、もう一杯いけ」

「ハイ、頂きます」

とめはお腹も空いていて、幾らでも飲めそうな気がした。お酒って初めて飲んだけど、こんなにお

いしい物だとは知らなかった。三杯目も軽く飲めた。

「それ梅奴、もっと飲め」

高木が調子づいて冷酒を奨めれば、

「ターさん、いい加減にしいよ」

国太郎、脇から高木の手を抑えて、

「梅奴、そのくらいにして、もう一踊り踊って」

「ハイ、お姐さん。暑くてあんまり喉が乾いてたもので、ごめんなさい」

「いいんだよ。お前、汗いっぱいかいてんだね」

「ハイ」

「じゃ、お次いこうかね。桃子、京子、踊ってちょうだい。梅ちゃん、一休みね」

国太郎の三味線はますます冴えて、その名調子に絡まる唄声も一段と艶っぽく、聞く者を興奮させて心の中まで沁み入りそうである。とめは、

「よく観ておいで」

と言ったお女将さんの言葉を思い出していた。

国太郎の三味線は言うに及ばず、銀次郎や春駒姐さんの踊りも半端な物ではなさそうだった。長々と続いた賑わいも、国太郎姐さんが三味線を置くと静かになった。まもなくお開きという頃、秀の屋から花代姐さんが呼ばれて来た。高木ら五人は、川上にお泊まりである。

やがて宴もお開きとなった。秀の屋の五人の妓達は皆、高木の手の着いた妓である。

「じゃ、梅ちゃん、今夜はこれでお開きよ。ご苦労さん」

そう言うと国太郎、高木に肩を抱かれて部屋を出て行った。それぞれいつのまにか相妓が決まった様子で、次々に消えた。あとから呼ばれてきた花代が、一番若そうな男と最後まで残っていた。

「梅奴、こっちへ来んかい。もう一杯やらんね？」

「梅ちゃん、こっちへおいでな。飲み直そうよ」

花代お姐さんも呼んでくれる。

「ハイ、頂こうかしら」

さっき運ばれた冷酒はもう終わっている。皆を部屋に案内して戻って来た女将に、

「お女将さん、冷酒をもう一本頼む」

「ハイ、お持ちしますけど、梅ちゃんが飲むの？」

「イヤ、皆で飲む」

早速仲居によって運ばれた冷酒は、封を切られて梅奴に注がれた。冷酒はとめの口にやけにおいしかった。

「あんた随分飲めるんね。まだ全然酔ってないじゃないか。もっとどんどんお飲みよ」

花代はとめの脇に座って、

「頼もしいわね。随分若そうだけど、あんた幾つなの？」

「十四になったとこ」

「へー、私も十四で半玉になったけど、お酒は飲めなかったわ、あんた大したもんだわ」

「そうですか？　でも私、お酒は今夜初めて飲んだの」

「へぇーたまげたもんだよ。まだ全然効いてないみたいだよ。私も今はお酒大好きなのよ。梅ちゃん、今夜は沢山飲もうね」

三人は互いに注ぎ合って、残り料理を摘みながら忽ち一升瓶を空にして、

「お女将さん、もう一本頼む」

お女将、幸はきっとした顔になって、

「梅ちゃん！　たいがいにしときよ。わたしゃね、梅の屋のお姐さんに言われてんだよ、早く帰してって。花ちゃんもいい加減にして、お部屋へ行ったら」

「おっと、お女将さんがおかんむりだ。お開きにしようぜ。花ちゃん、おねんねしましょ」

若い男は腰を上げると花代を抱きかかえるようにし、女将に連れられて部屋に向かった。仲居に案内されて玄関に出たとめに、人力車が待っていた。それに載せられて、一軒置いた隣の中むらに帰った。ほんの少し歩けばいいところだが、これは川上の女将、幸のりんに対する気配りであった。

（一五）初潮

翌日、とめが目を醒ますと外はもう陽が昇っていて、慌てて起きた。寝間着のまま、りんの部屋を覗き、

「お女将さん、お早うございます。朝寝しちゃってごめんなさい」

「あらお早う。初めてで疲れたろう。いいんだよ、ゆっくり寝てて。ところでとめちゃん、あんた随分とお酒が飲めるんだってね。あたしゃ話を聞いてびっくりしたよ。川上の女将さんがお喋りして、今帰ったとこよ」

「ごめんなさい」

「いいえ、芸者がお酒飲めなくてどうするの。沢山飲んでくれるほどありがたいんだよ、お店の方はね」

「ハイ、喉が渇いてたもので」

「お水の代わりかい、お酒が。は、、、。で、全然酔ってないようだったけど？」

「うん、なんともなかったよ」

「ふーん。あんた相当飲める妓になるよ。どんなに飲んでもいいけど、悪酔いしないようにね」

「ハイ。私、着替えて来ます」

「ああ、そうだね。お腹も空いたでしょ。一緒に朝飯食べよう。目刺しのいいのが入ってるんだ」

とめは自分の部屋に戻り、顔を洗い、好きな黄八丈を着た。黒の半帯をきっちり締めて、髪を梳き、根本で結わえ右手でくるくるっと巻き上げ、上に持ち上げてからピンでパチンと止めて襟足を下から梳き揚げると、十四歳とはとても思えない女らしさ、艶めかしさが増した。一寸膝を屈めて、姿見に後ろ姿を映して黄八丈の襟をちょいと下に引くと、粋な女ができ上がった。りんの部屋に急いで行く。朝食の用意ができていた。

「さあおいで。待ってたんだよ。おお綺麗だこと。一人で帯を結んだのかい？　着物も粋に着られたわね」

「はい」

「ほー、粋なもんだね。まだ十四だってえのに、私が見ても惚れぼれしますよ。さあ、頂きましょ」

「ハイ、頂きます」

これは毎朝殆ど決まっていて、あさりの味噌汁とご飯に香の物、それに今朝は鰯の目刺しがついた。ほどよく火が通っていて、おいしい。

「昨夜は殆ど食べなかったそうじゃないか。お腹空いたでしょ。沢山お上がり」

「ハイ。お女将さん、国太郎お姐さんのお三味線って凄っごいんですね。私、痺れちゃったわ」

「そうよ、国太郎は名手よ。辰巳芸者で三味線握ったら、国太郎の右に出る者はいないって言われてるのよ。三味線は私が教えたんだけど、今じゃ私も敵わないわ。お床の方も上手だって評判だけど」

「男の方？」

「そうよ、お床の方よ。お床って分かる?」

「男の人?」

りんは、ぷっ!と吹き出し、箸を持った手で口を抑えた。

「ま、それでもいいか」

「えっ?」

「お床ってね、お布団の中のことなの」

「お布団?」

「困ったわね、全く。あのね、芸者っていうのは、特に辰巳芸者って言われる私達深川の芸者衆は、殆どの者が宴会が終わるとお客様と一緒に一つ布団に寝るのよ。そしていいことするの」

「いいこと?」

「そう、とってもいいことよ。とめちゃんも、それはそんなに遠いことではないと思うわ。それはお客様が教えてくれるわ。今は分からなくていいわよ、でも大体のことは自然に分かってくるものよ。お喋りしちゃったね。もっとご飯お上がり。お代わりしなさい」

「ハイ。お女将さん、お代わり下さい」

「あいよ」

「とめちゃん、まだ聞かないけど、あんた月のものまだないの?」

「月のものって、前にお女将さんが教えてくれたこと?」

「そう、あのことよ」

「まだありません」

「体の方はそんなに艶っぽくなったのにねえ。そのうちきっとあるわ。色町の子にしては遅いねえ」

「私、遅いの？　その時はどうなるの？」

「お腹が痛くなったりする人もあるらしいし、人によって皆違うらしくて、一概には言えないけど、何か変わったことがあったらすぐに知らせてちょうだいね、私か栄ちゃんに。他人様の前でみっともないことのないようにね」

「ハイ、気を付けます。どうもご馳走様でした」

「あいよ、沢山食べたかい？」

「ハイ」

とめは自分の部屋に戻って来た。

とめの部屋は八畳一間で、箪笥一竿が置いてあるが、一寸広い。お母ちゃんと二人一緒でもいいと思っている。料亭中むらにはこんな部屋が幾つもあって、仲居や芸妓が何人住み込んでもいいようになっていた。が、今はとめと母の栄二人だけなので、別々の部屋に住んでいる。

こういう時間は退屈で詰まらない。敷きっぱなしになっていた布団を片付け、箱枕を首の下に入れ畳の上にごろりと横になって、さっきお女将さんが言った話を思い出していた。

いいことってなんだろう？　もしかしてあのことか？　とめの頭の中では大体のことは想像ができていた。それは母ちゃんと薬屋さんがしていたことかも知れなかった。ああいうことがいいことなのかしら。どうするとああなってゆくのかしら。想像しているうち、なんとなく妙な気分になってきた。

股間が濡れてきたような気がして、右手の指を入れて触ってみると、ぬるぬるしてべったり濡れている。さらに指に力を入れて動かしていると、痺れるような変な気分になってきた。動かす指にも段々力が入って、ぐぐっと身体中に痺れが走ってのけぞった。その時、何かとろっと出たような、気持ちの悪い温かさがあった。何故か生臭い匂いが揚がってきて、鼻を突いた。慌てて指を抜いてみると、真っ赤に濡れた指が生臭かった。

これがお女将さんの言う月のものなのか。お尻の辺りが温かいような冷たいようなイヤな気分だ。首に巻いてあった手ぬぐいを取り、股間に当てて立ち上がった。濡れた着物の箇所が脚に触れると冷たい。栄の部屋に向かった。

「お母ちゃん、いる?」

栄は部屋にはいなかった。どこへ行ったのかしらと思いながら、りんの部屋に行ってみるが、りんもいなかった。もしかしてと思い、調理場を覗いてみる。いたいた。りんも栄もいた。調理台を囲んで、板長、煮方、焼き方と実太郎、りん、栄と丸くなって何か話している。一寸声をかけにくい雰囲気である。黙って顔を出すと、栄が見つけて、

「すいません、一寸失礼します」

栄は皆に謝りながら出て来て、

「とめ、なんだい。どうしたん?」

と声をかけてくれた。とめは母の手を引くと、廊下をどんどん渡って自分の部屋に連れて行った。

それを見送ったりんの目は素早かった。ぽんと手を打つと、とめの後を追って来た。とめの部屋を開けるなり、

「とめちゃん、おめでとう！」

栄がきょとんとしている。

「お祝いだね、栄ちゃん、お祝いだよ」

「へえ？」

「月のものよ、栄ちゃん。とめちゃん、月のものがあったみたいだよ。ねっ？　とめちゃん、そうでしょ？」

「そうみたい」

「そうよ。そうに決まってますよ。あたしゃね、とめちゃんの後ろから着物を見た時一目でそう思ったたの。今夜はお祝いだわ。栄ちゃん、お赤飯の用意して」

りんの素早い勘に、とめは喋らないうちに用が済んでしまった。

「とめ、私のお部屋にいらっしゃい」

栄はとめを我が部屋へ連れて行き、

「とめ、その着物を脱いでこれを着て」

そう言うと、栄は自分の着物をとめに渡し、かねてより用意しておいたのかガーゼの下帯と脱脂綿を出し、使い方を教えた。

「とめ、着物とお腰ここに置いてね。私の物だけど暫くこれを羽織ってて。お水汲んで来るから」

栄は裏の井戸から水を汲んで来ると、手ぬぐいを浸してきっちり絞り、

「ハイ、これで綺麗に拭いて」

「ここ?」

「そうに決まってるじゃないの。イヤな子だねー」

「お母ちゃん、ここから血が出るとなんでお祝いなの?」

「それはね、とめが一人前の女の体になったってことなのよ。月のものって言ったり月経って言ったりするの。これがあって初めて女は一人前の体になるんだよ。だからお祝いするんさ」

「お母ちゃんもお祝いして貰った?」

「ああ、して貰ったともさ。お母ちゃんも十四だったよ。お母ちゃん時は、おこわと饅頭だった」

「ふーん。じゃ、私ももう一人前になれたってことなの?」

「ううん、一人前の女になれるってことだよ」

「どうすればいちにんまえになれるの?」

「結婚できる資格ができたってとこかな」

「結婚すれば一人前なんだ」

「そうよ。結婚して赤ちゃんができて、ちゃんと育ててその子が立派に成人したら、女として母親として一人前よ」

「ふーん、そうゆうことかー」

お喋りしながら栄は、とめの汚れた着物を部分洗いする。

「これ裏へ干しといで。風があるからすぐに乾くわ」

「ハイ」

裏へ出たとめをりんが呼んだ。とめは急いで裏庭からりんの部屋へ上がった。

「とめちゃん、何してたの?」

「ハイ、お母ちゃんがお腰と着物洗ってくれたので裏に干したの」

「あらそう。随分と甘い栄ちゃんね。そうゆうことは自分でやるものよ、とめちゃん」

「ハイ、お女将さん」

「それから今夜はお祝いするんだけど、とめちゃん、何が食べたい? お赤飯のほかによ」

「私、そんなに食べられない」

「おほゝゝ、何かほかに食べたい物言って。お赤飯だけじゃつまらないわ」

「へー、なんでもいいんですか。じゃ、言っちゃおうかな。でも、お母ちゃんに叱られるから」

「いいから、なんでも早くお言いよ。栄ちゃんには私からよく言うからサ」

「私、お寿司が食べたい」

「そうかい。それなら握りにしよう。お鮨屋に頼めばいいんだから」

りんは栄を呼ぶと、赤飯は少な目に仕込むようにと言う。栄がわけを聞くと、握り寿司を注文すると言う。

「とめが言ったんですね?」

「ううん、私が決めたのよ」

「全く、とめったら遠慮も何もないんだから」

「栄ちゃん、違うったら。私の気が変わったのよ」

「お女将さん、ほんとにすいません」

「いいええ、あんたもくどいねえ」

栄の作った赤飯もでき上がって、鮨屋からとめの望んだ握り寿司も届いた。祝いの用意もできて、俄か仕立ての祝膳である。

「今日はなんだい？」

実太郎が尋ねる。女同士顔を見合わせ、お互いにニヤッと笑う。

「分かった。とめか？」

と実太郎も飲み込みが早い。

「お父さん、ご馳走様です」

「うむ。とめちゃん、おめでとう。だがちと遅かったな。家の娘達はもっと早くなかったかい？りん」

「そうね、とめちゃんより一年くらい早かったわ。二人とも」

「そうかあ、どおりで赤飯の色が薄いと思ったよ」

「すいません。急な仕込みな物で、いい色が出ませんでした」

「この寿司は福鮨か？」

「そうよ、福鮨よ」

「相変わらずいいネタしてるね」

「シャリもいいわね」

「お父さん、すいません。私がお女将さんにおねだりしたんです」

「おお、そうかそうか。とめの注文か。それは良かった。そうさくく言って貰うと余計に可愛いもんだ」

「とめったら、さくすぎて申し訳ありません」

「栄ちゃんも、とめちゃんのように早くさくなってね」

「はい、すいません」

俄づくりの肴で、とめの初潮祝いは四人だけで静かな祝いであった。

（一六）　初指名

数日してから、高木からお座敷がかかった。今度は、料亭中むらを使いたいということで、芸者衆は秀の屋から五人、それに梅の屋の半玉梅奴とのことである。梅奴のご指名は初めてであった。それは高木の商友、岩崎のたっての願いであった。岩崎は、梅奴という美少女の話を高木から聞いて、

「これぞ！」

と思ったのである。我が商域を拡げる唯一の手段に、とめを選んだのである。高木が今晩の宴席を料亭中むらに指定したのも、岩崎の頼みからであった。美しい半玉梅奴の話を高木に聞かされ、千載一遇の好機で、是非中むらを紹介してくれと頼み込んだのである。岩崎は陸軍省出入りの食料商である。

株式会社岩崎商会は、今回のような戦争状態になると大量の荷が動き、巨万の富が転がり込む。造船屋の高木を介してさらに商圏を拡げ、海軍省にも入り込もうとしていた。

今夜の主賓は二人の海軍将校である。軍令部参謀黒田大佐は補給担当総務官であり、横山小尉は黒田のお付き武官である。軍令部は、陸軍参謀本部に相当する海軍最高指令機関であり、横須賀、呉、佐世保にそれぞれ鎮守府を置いた。補給担当官は、各鎮守府に弾薬、武器、燃料、糧食、畜草等の完全なる補給業務を担当する要職である。

高木、岩崎が部下を一人ずつ連れた、合計六人の宴席である。

暮れに刈り込んだ黐《もち》の木の枝にも新芽が吹き、若葉となって風に揺れて光っていた。この黐の木は、とめが中村家の養女として入籍された日に、記念樹としてお父さんが植えさせた木である。庭師の源さんが、日頃から中むらの庭に黐の木がないことから、実太郎に勧めていた木であった。とめの入籍を祝って、表玄関の斜前に巨大な三波石の赤石とともに植えられた。黐、もっこくと言い、庭木には是非必要な常緑樹だ。

この樹が植えられてから水やりは、とめの仕事になった。庭師の源さんはとめに、

「あまり水はやらなくともいい。日照りに弱い木になるから」

と言ったが、この木は私の木だと思っているとめは、一生懸命に水を遣った。

「とめちゃんがよく水をやるから、俺の予想よりも早く、太くていい木になった」

源さんはそう言って、最近はとめの木を褒めてくれるようになった。

早かった日暮れも五月に入ってからは大分遅くなってきて、とめは三波石《さんばせき》に水を打ち直した。軒灯にも灯を入れた。石は少し風が吹くとすぐに乾いてしまう。

辺りが少しほの暗くなってきて、軒灯が目立つようになってきた。裏口に回って揚がろうとして濡れた足を拭いていると、表が急に賑やかになった。国太郎達が来たようだ。

と、殆ど同時に表玄関に黒塗りの乗用車が止まった。とめは慌てて足袋を穿き、廊下に出ると、りんが小走りに玄関の方へ行くところだった。とめも後を追った。乗用車から降りた高木は外に立っていて、なかなか入って来ない。どうしたのかなと思っていると、もう一台の黒塗りの乗用車が静かに着いた。助手席から若い男が降り、その後ろのドアが開いて、よく太った初老の男が背広のボタンを

かけながら降りた。運転手は急いで降りると、後部座席のドアを開け、最敬礼をしている。後部座席からは背の高いガッチリとした男が二人、背広姿でスッと立ち上がったところを、車越しに胸から上が見えた。高木が飛んで行ってペコペコと挨拶し、先導して料亭中むらの玄関に入って来た。

りんととめはにこやかに客人を迎え、仲居達も皆座って広い廊下にズラッと並んで迎えた。りんが顔中笑みにして挨拶している。とめも並んで頭を下げれば、高木が、

「やあやあ女将、お世話になるよ。おっ、可愛い子ちゃんも一緒か。宜しくな」

と、とめの背中を指で叩いて行く。あまり大きくない高木の後ろに、背が高く肩幅の広い中年の紳士と、やはり背が高く細身の若い男性が立っていた。その後ろに、いかにも商人らしい男が三人、頭をペコペコさせて三和土《たたき》に立っていた。

「いやあ、こちらさんは綺麗に水が打ってあって、お庭先の綺麗なこと。はやり三波石はいいですなー。水に濡れた庭石ってえものはなんとも風情があります。瑞々しいですな。こりゃあ女将さん、私は、こちら様には初めて寄らして頂きます、岩崎と申します。今日は、高木の紹介でお邪魔をさせて貰います」

「中むらの女将りんでございます。岩崎様、どうぞ宜しくご贔屓のほどお願い申し上げます」

仲居頭の栄に案内されて、六人は宴席に着いた。

りんは改めて着座の客に挨拶をする。高木は一見の客を一人一人紹介していく。

正面に座った二人はやはり今晩の主賓、海軍将校黒田正純大佐と、お付き武官横山雄一小尉であった。りんがビールを持って一番先に挨拶に行くと、

「海軍の黒田だ。宜しく」

と態度は大きい。

「横山雄一です」

若い武官の方は幾らか柔軟であった。

「さあ皆さん、お願いね」

りんの声を待機していたお姐さん達が賑やかに出て来て、

「こんばんはー」

「こんばんはー」

いっぺんに座敷は賑やかになった。

「こちら、おビールかしら?」

「あら、お酒?」

ひと渡り酒やビールが注がれると、高木が立ち上がって挨拶する。今晩の宴席は黒田様の昇進祝いであるが、内々の宴で外部に知られたくない、依って芸者衆諸君にはくれぐれも口外なさらないで頂きたい旨の挨拶であった。そのまま高木の音頭で乾杯となった。野太い声や黄色い声が入り交じって乾杯も済み、大きな拍手とともに一同着席である。賑々しい宴が始まった。

とめは、一目見たときから横山少尉に惹かれ、横山様のおそばに行ってお話したい、一緒にお酒が飲みたい、そう思ってじりじりしていたが、なかなか上座へは近寄れない。上座では黒田様、横山様を中心に高木、岩崎とりん、国太郎達が取り巻いている。とてもとめの近寄れる状態ではなかった。

「梅ちゃん、あんたあの若い軍人さんに気があるみたいね。さっきからあの人の方ばかし見てるのね」

「あら、そうかしら」

秀の屋の花代姐さんにそう言われて、とめは、はっとした。

「軍人さんに惚れちゃ駄目よ」

花代姐さんが耳元で囁く。

「あら、どうして？」

「苦労するだけだよ」

「そうかしら？」

「そうよ。いつだって一人ぼっちの生活でさ、つまらないでしょ。戦争でも始まれば忽ち駆り出されて、戦死でもすればそれでお終いよ。軍服着ている時は格好良く見えるけど、軍人さんは駄目よ」

どうして好きになってはいけないのか、まだ子供のとめにはよく分からなかった。

「梅ちゃん、ちょいと」

下座で花代や男達とお喋りしていたとめに、国太郎が声をかけた。

「梅ちゃん、国太郎姐さんが呼んでるわよ」

花代に言われて、

「ハイ」

と答えてその座を立ち、上座へ行く。

「おお梅奴。今晩はまた一段と美しゅうなったの。さあ、一杯やらんかね。ああそうだ。この妓は冷酒が好きなんだそうだ。女将、冷酒を四、五本頼む」

「ハイ、冷酒なら何本でもございますから。これっ、富ちゃん、冷酒を五、六本運んでおくれ」

「ハイ」

仲居の富子と良によって冷酒六本が座敷に運ばれ、壁際にずらりと一升瓶が立ち並んだ。

「おっ、これは凄えや。誰がこんなに飲むんだ？」

黒田が驚いて声を出せば、高木は、

「黒田様、岩崎さん、紹介します。この妓がこちら中むら、いや梅の屋の梅奴です」

と紹介する。

「梅奴でございます。どうぞご贔屓に」

「やっぱりこの妓でしたか。もしかして梅奴ではないかと先刻から見惚れていました」

「さっ、梅奴ちゃん、そんな所にいないでこちらへ来てくれ。これ、早く来んかね。そうそう、黒田様の隣に座ってお酌しておくれ。冷酒も沢山揃ったし存分に上がっておくれ」

「ハイ、ありがとうございます。では黒田様、どうぞ」

「おお、よか女子たいね。お前がこん酒ばやっとか？　儂にゃ敵わんとじゃろが、飲み比べばやらんね」

「あら、私はとてもそんなに」

「ま、よか。一杯やらんね、そん椀ば持たんか」

「えっ、これですか？」

「お前は大分飲めると聞いちょる。うん、そんでよか」

黒田に言われるままにお椀を持てば、黒田は今栓を開けたばかりの一升瓶から豪快に注いでくれる。軽く一口頂いてから満杯の椀を下に置いて、

「黒田様も」

と言って一升瓶を持てば、

「よか。お前はそん椀を空けい。そん椀で儂も飲むけ」

「まあ、私こんなには」

そう言いながらも椀につがれた冷酒を口に運ぶ。今まで外に置かれていたのか、酒はよく冷えていて非常に旨い。くっくっと音をさせ、天を仰いだ時には椀はもう空になっていた。今口にしていた辺りを懐紙で拭い、

「ご馳走様でした。ご返杯します」

「うむ。見事なもんよの。儂も負けてはおれんの」

黒田は片手で椀を受け取る。とめは重い一升瓶を両手で抱え上げ、立て膝になってその黒く美しい漆塗りの椀に酒をなみなみと注いだ。透明な液体の表面に浮かび上がった金箔の露草の花模様が、美しくとめの目に映った。こぼれそうな酒を静かに口に運んで軽く干した。

「黒田様、お見事でございます。もひとつどうぞ」

「うむ。よか酒じゃ」

黒田は何も言わず椀を出す。再び満杯に注がれた冷酒を置きもせず、旨そうに飲み干した。

「今度はお前じゃ」

黒田の差し出す椀を受け取ったとめは、椀の上に手を伏せて、

「黒田様、少し休ませて下さいな」

「そうか、休むか。そんもよか」

「ありがとうございます。黒田様には敵いません」

とめと黒田の飲み比べが始まったと、固唾をのんで見守っていた一同、ほっとした。

国太郎らによるお囃子が始まった。静かだった座敷に賑やかさがいっぺんに戻った。銀次郎、桃子、春駒の踊りも加わって、一層の賑わいである。三人が舞い終わり、座に着いた時、国太郎がとめを呼んだ。

「梅ちゃん、一つ踊って」

国太郎の小唄が始まった。相変わらず見事な三味線の音が冴える。とめは一人で舞台に立った。

梅奴の今夜の衣装は、りんの自慢の一品である。半玉というよりは一人前の芸者の着物であった。

黒綸子紋付きの裾模様である。今日の午後、りんはこれを座敷に拡げ、丁寧な縫い込みで立派に仕立てられた着物から白いしつけ糸を抜いた。裾模様は、大胆に決めた牡丹が紅く絞られていた。金地に銀糸で刺繍された御所車の西陣の帯が光る。半玉の印である。紅い半襟が可愛い。

「おおうー」

「ほおうー」

一同から驚きとも感嘆とも言える声が上がった。りんはいたく満足した。お金をかけただけのことはあった。

（一七）酒豪

梅奴の踊りも、衣装に負けていなかった。ひと差し舞い終えて座して一礼すると、すぐに黒田の席に戻った。今度は黒田と横山の間の少し後ろに座を移し、

「黒田様、お一つどうぞ」

「うむ。今度はお前の番じゃっただろうが。うん？　変な所に座ったな、お主。お前はこっちじゃったろが」

「いいえ、こちらの方が楽なんです、黒田様」

「そうか。横山も一つ向こうに席を移さんか。これじゃどうもならん」

梅奴は、とうとう黒田と横山の間に入り込むことに成功した。これは先ほど舞台に立った時から計画したことだった。これで横山様の隣に座れ、お酌もできるし口も利ける。とめにとっては、黒田と岩崎の間に座るのは気が重かった。

「お前も飲め」

黒田が椀を空けて差し出した。

「はい、頂きます」

ひと差し舞ったあとの冷酒はおいしかった。

「おお、見事じゃ。もう一杯いけ」

「頂きます」

「梅奴さんは強いですね」

右隣の横山少尉が、とめに声をかけてきた。

「アラー、梅奴さんなんて嫌だー。梅奴か梅ちゃんにして」

「じゃ、梅奴と呼び捨てにする」

「嬉しいー、その方が」

「梅奴、早う飲まんか」

黒田の野太い声が飛んできた。

「あら、ごめんなさい。頂きます」

とめは下に置いた椀を持ち上げて、一気に飲んだ。

「ほれ、もう一杯やらんね」

と、一升瓶を握った手指の太くて大きいこと。それに、指に生えているもじゃもじゃの黒い毛にとめはぎくりとして、椀を持った手が震えた。

「はい」

椀一杯に注がれた冷酒を一気に飲んだ。

「ほほう、見事じゃ。いつも旨そうに飲むの」

間を置かずに注いでくれる。椀を下に置き別の椀を取り、

「黒田様もどうぞ」

と差しつ差されつとなった。一つの椀で飲むより気が楽になった。横山様にもと思って顔を向けた時、互いの目が合った。とめは嬉しく胸が高鳴り、俯いてしまった。

「どうじゃ、梅奴。横山はいい男ぶりじゃろが。横山にも注いでやらんね」

「ハイ。横山様、どうぞ」

胡座をかいた横山の長い脚に体を寄りかけて一升瓶を持ち上げれば、

「自分はビールを頂いております」

「あら、おビールでしたか。ごめんなさい」

「横山、今夜は無礼講じゃ。そう堅うならずに気楽にやれ。儂に遠慮はいらんぞ」

「横山様、黒田様がああおっしゃってます。今晩は気楽にお遊びになって下さいな」

いつのまに来たのか、女将のりんがそばに来ていて、そう言った。

「ああ、お女将さん」

「梅ちゃん、さっきの踊り、ちゃんと踊れていてとても良かったわよ。習った通りに舞えたわね。若いうちはきちんと踊ってね」

「ハイ、お女将さんありがとう。お女将さんに褒めて貰えるなんて嬉しいわー」

「ほら、梅ちゃん、黒田様が干されたわよ。横山様のビールも終わりね」

りんは手を叩いて仲居を呼び、

「おビール何本か運んどいてちょうだい」

りんは立つ時、

「黒田様、岩崎様、ごゆっくりお遊び下さいまし」

と声をかけてから部屋を出て行った。

「ああ、お女将さん」

とめが声をかけたが、聞こえなかった。

「黒田様、一寸失礼いたします。すぐに戻って参りますから」

黒田に断って席を立つと、りんのあとを追った。

「お女将さん」

「あら、なあに？　梅ちゃん」

「私、お腹空いちゃった」

「そう、今そこに栄ちゃんがいたから、何か作って貰って。空きっ腹にお酒は毒だからね。栄ちゃーん、ちょいと栄ちゃーん」

栄が顔を出した
「お母ちゃん、私お腹空いちゃったの。何かある？」

「うーん、じゃ、お握りでいい？」

「うん、食べたい！」

「こっちへおいで」

母はとめを板場に連れて行き、小さ目のお握りを二つ作ってくれた。母のお握りはいつもおいしかった。二つともぺろっと平らげると、

「お母ちゃん、ありがとう。おいしかったー」

「あれ、そうかい。もういいのかい?」

「うん、もういい」

「とめ、お前大分お酒がいけるけど、いい加減にしな。あんまり調子づくんじゃないよ。酒は体に悪いんだからね」

母からお握りとお説教を貰って座敷に戻って来ると、唄も踊りも最高潮でえらい賑わいである。黒田大佐の隣に春駒姐さんがぺったりくっついていて、酌をしていた。岩崎がりんと額をくっつけるようにして何やら話し込んでいる。とめの姿を見ると一時話をやめたが、またひそひそと重大そうに話し込んだ。

「おーい、梅奴。こっちへ来て酌をせえ」

野太い声で黒田が呼んだ。手を挙げている。

「ハーイ」

黒田の席に行くと、春駒姐さんがぷっとした顔をしている。

「黒田様ったら、やっぱり私より梅ちゃんなんだから」

ついっと立ち上がると、横山少尉の隣に座り込んだ。とめはがっかりした。横山様の隣に座れると思っていたのに、春駒姐さんにうまくしてやられた。が、仕方がなかった。黒田の隣に少し離れ加減に座った。

「梅奴、もそっとこっちへ来んか」

と、太い腕がぐいっととめを抱え込んで引き寄せた。

「ひえー」

とめが悲鳴を上げても、唄とお囃子の騒音の中にかき消えた。

「梅奴、お前はよか女子たい。お前は今夜俺のもんぞ。ええか、俺のもんぞ。さ、もっと注げい」

一升瓶を持ち上げて、とめは黒田大佐の椀に冷酒をなみなみと注いだ。

「お前も飲め」

二人は互いに差しつ差されつ茶碗酒を呷った。一升瓶五本は忽ち空になった。お握り二ヶを平らげたとめの腹はしっかりしている。幾ら飲んでも平気である。段々調子がいい。一方、黒田大佐は大分効いてきた様子だ。

今夜は黒田様に梅奴を抱いて貰い、何が何でも我が商売を成功させたい岩崎は、この様子を見ていて気が気ではない。どう口説いても譲らない女将りんに、とうとう根負けして一万円の水揚げ料を出すことになってしまった。

「ご商売が成功なされば岩崎様、莫大なお金が転がり込んで来るんでござんしょ。一万円なんか安いもんでしょ」

しかし、それは商売が成立し、実際に荷が納入されるようにならない限り不可能なのだ。それには担当官黒田の印が押されない限り実現しない。そのためには、なんとしても今夜は黒田様に最高なご機嫌で遊んで頂かなければならない。梅奴とのことはご承知のはずなのに、黒田様はあんなに飲んで酔っぱらってしまって大丈夫なのだろうか?

「女将、なんとかせいや。あれじゃ、どちらが潰れてしまっても儂しゃ困るんじゃ。なんとかしてくれい」

「大丈夫ですよ。心配しなさんな」

「そうかなー。儂しゃ気が気でないで」

「もし今夜駄目だったら、また日を改めてやればいいのよ」

「おいおい女将、無茶言うなよ。お女将はそれでいいかも知れんが、儂しゃまた散財じゃ」

「あら岩崎さん、話が纏まれば、あなたはもう家にはお出でにならないおつもりですか?」

「いやいやお女将、何回でも使わせて貰いますよ。黒田様に気に入って頂ければ、黒田様とともに何回でもやって来ます。全く、女将も商売上手だ」

「ま、私に任せといて。岩崎様」

りんはそう言うと、国太郎を呼んだ。

「ハイ、お女将さん、なんでしょう?」

「国ちゃん、黒田様なんだけど、梅奴とお酒ばっかし飲んでるでしょう。あんたジャンケンで誘ってくれる?」

「私、また脱ぎ方かしら?」

「そう、そうしてくれる? お願い!」

「あいよ、任しときって。みんな脱いじゃっていいのね?」

「ああ、お願い。花代と桃子にも言っといて」

「ハイハイ」

国太郎、大佐の前に座り込み、巧みに黒田を誘い込んだ。二人の踊りが始まった。国太郎の負け方は上手で、酔っている黒田は気がつかない。前後にふらふらして踊っている。段々脱いでいく国太郎に興味をそそられ調子に乗ってきた。

浅黒いが、国太郎の肌はつやつやと光っていて美しい。少し下がったおっぱいが、お囃子に乗った踊りに右に左に揺れている。とうとう国太郎は腰巻き一枚になった。

「国太郎、まだやるのか?」

黒田が言うと、

「やるわ。黒田様の褌外すまでやるわ」

「よしっ、じゃいくか」

鉦も太鼓も調子を早めてやかましいほどである。国太郎の黒い乳首も二つ揃って踊っている。国太郎が負けて腰巻きを外した。その股間に見える陰毛は意外に薄く赤く縮れていて割れ目から突き出している物まで見えたが、国太郎、うまく踊って、なかなかまともには見せてくれない。

「次っ。私、花代でーす」

替わって花代が大佐の前に出て踊り始めた。国太郎が着物を着て座り三味線をかき鳴らすと、お囃子は一層賑やかになって、花代が素裸になるのにそう時間はかからなかった。色白の花代だが、尻もでかく足も太い。多毛でぺちゃぱいだ。

「次っ。桃子でーす」

黒田は少し疲れた様子で、

「岩崎さん、あんたやらんね？」

黒田が座ったので桃子は高木の前に行き、腰を振りお囃子に合わせて踊り出した。岩崎は手を横に振って、

「高木さん、あんたにお願いする」

「ほいほいほい、待ってたほいっと」

酔っている高木は調子に乗って踊り出す。高木と桃子の踊りは露骨な踊り方をした。相手が高木とあって、桃子もそう簡単には負けない。高木は負けが続いて褌一本になった。

「ターさん、まだやる？」

「うん、やる」

「ほんと？　ふるちんまでやる？」

「ああやる。俺のでかいのを見せてやるか」

「あーんなこと言って。小っちゃいくせに」

「うるせえ、おめーのがでけーんだ」

「ばーか」

二人がジャンケンの体勢に入った時、お囃子がぴったと止まった。

「なんだ、どうしたんだ？」

「ここら辺がいいとこね。これでお終い」

国太郎、そう言って三味線を置いた。

黒田大佐は酔ったのか疲れたのか、脇息にもたれて居眠りをしている。

「ではこの辺でお開きといたしますか。岩崎さん、お手締めをお願いいたします」

褌一本の裸で高木が大きな声で言った。岩崎は黒田大佐の席へ行き、手締めをやる旨を告げれば、

「そうか、お開きか。面白かったぞ、岩崎さん。大変ご馳走になった。軍の方は心配無用じゃ。明後日、俺の言ったように書類を揃えて持って来てくれ。ところで今夜、儂はこの妓を頂く。良いか！」

と言いざま、ぐいっととめを抱き寄せて強引に口を吸った。とめの酒の強さはこの宴よりいっぺんに有名になった。宴も終わり、男らはそれぞれ妓を連れて部屋に消えた。とめは横山様と行きたかったが、横山様は春駒姐さんの手を引いて出て行った。とめはその夜、黒田に抱かれて激痛と悲鳴のうちに女になった。

（一八）　叔母ちゃん

まんじりともせずに過ごした夜も、漸く明け始めたのか、廊下の障子にぼんやりと明るさが見えてきた。喉の渇きを我慢していたとめは、起き上がろうとして首を回し、横を見れば黒田の大きい躰が布団を持ち上げ、上を向いて眠っていた。大きな鼾が煩い。お水が飲みたくて身体をよじり布団の外に出た時、股間に激痛が走った。とめの脳裏を、昨夜の黒田の行為が突き抜けていった。

黒田に抱きすくめられて、その苦しさに身をもがいて抵抗するとめを強引に押さえ込み、無理やり我が思いを遂げた黒田だった。その行為には一切れの愛情も優しさも、労りの心もない暴行であった。

痛さを堪えて立ち上がり、廊下に出た。歩くうちに小用がしたくなった。廊下の隅のお手洗いに行き、用を足す。濡れた股間にまた別の激痛が突っ走った。飛び上がるほど痛かった。紙で抑えてからお手洗いを出て調理場へ行き、冷たい水をごくごく飲んだ。腹の中まで染み通る冷たさだ。

「ああおいしい」

もう一杯と思って、水瓶《みずがめ》に柄杓《ひしゃく》を入れようとした時、

「あら！　とめちゃん、もう起きたの？　大丈夫？」

と玉江が声をかけた。とめのたった一人の叔母で、とめの大好きな叔母ちゃんだった。

「叔母ちゃん！」

とめは玉江の胸に取りすがって泣いた。泣きじゃくるとめを優しく抱き留めて、玉江は、

「とめちゃん、我慢してね。大丈夫よ」

とめの水揚げの件を知っている玉江は、何を言って慰めていいのか途方に暮れて、自分でも、

「わたしゃ何を喋ってるんだか？」

と悲しかった。

玉江が料亭中むらに下働きとして働くようになってからは、早朝の拭き掃除から洗濯まで、とめにとってはグンと楽になった。本来はとめの仕事である拭き掃除や洗濯を、とめに殆ど手をつけさせないほど手伝ってくれる。

玉江のとめに対する接し方は異常なほど優しく、時には母栄よりも可愛がってくれた。そのとめが昨夜、好きでもない中年男に、水揚げされたのだ。

「これじゃ、姉ちゃんと大して変わらないんじゃねえか！」

玉江は腹の中で怒っていた。が、私の力じゃどうにもならない。誰にも明かすことのできない、とめの出生の秘密を知っている玉江は、とめがいとおしくていとおしくてならない。

「私のお父さんはどうしていないの？」

なぞという言葉をとめは一度も言ったことはないと、姉ちゃんから聞いていた。年頃になれば是非聞いておきたい一言であろうに、玉江は、とめがそのことを聞いた時には、

「お父っさんはとめが幼さい時に病気で死んだんだよって、言いなよ、な、姉ちゃん。俺も口を合わせるから、幾つの時に死んだの？って聞かれたら、二つの時に脳溢血で倒れて死んだんだよって言

おうね。ね、姉ちゃん」

と、姉の栄に口裏を合わせるように強く言っていた。

玉江がこの料亭中むらに働くようになったのは、三年ほど前の秋のことだった。栄は、女将りんから、

「栄ちゃん、この忙しい時期になかなか仲居が集まらなくて困ってるのよ。栄ちゃんの知り合いで、誰か働いてくれる人いないかしらね？　ねえ、知り合いでもなんでもいいから、誰か当たってみてくれないかしらねえ」

と相談をされた。とはいえ栄も故郷を離れて久しいし、二度と秩父の土は踏むまいと堅く心に誓っていたので、そう言われても、思い当たる人はいなかった。

「栄ちゃん、いつだったか妹の話をしたことがあったじゃない？　その人今何してるの？」

りんにそう言われて、そうかあ、玉江かあ、玉江は何やってるのかなあ、玉江に聞いてみるか、と改めて考え直してみた。そうだ！　とめに手紙を書かせよう、急にそう思い立つと、懐かしい父母の顔を思い出した。とめを自分の部屋へ呼ぶと、

「とめちゃん、お母さんに代わって手紙を書いておくれ」

「えっ、お母ちゃんに代わって私が書くの？　はい、いいわよ。何を書くの？」

とめはそう言うと、母栄の代筆を喜んで引き受けた。

秩父の両親は、孫からの長い手紙を大層喜んで、何回も玉江に読んで貰った。日本橋の武蔵屋を飛び出して以来、ずーっと家に籠もったきりの玉江は、姉ちゃんからの手紙に飛び上がって喜んだ。姉

ちゃんがどこにいるのかも分からなかったのに、突然の手紙である。

「お父ちゃん、姉ちゃんが東京に来ないかって言ってるんだけんど、行ってもいいかねえ?」

「うん。おい、母ちゃん、玉があぁ言うが、どんなもんだんべなあ」

「玉が行ぎてえつうんなら、俺あいいが」

「玉、母ちゃんも行ってもいいって言ってるが、俺も母ちゃんも身体は大丈夫だし元気だから行ってもいい。姉ちゃんに、いつ行ったらいいか返事を出しておきない」

玉江は、姉ちゃんに早速東京に行きたい旨の返事を出した。

とめに読んで貰って栄は泣き出したいほど嬉しかった。それ以上に喜んだのは女将、りんだった。りんは栄にとめを連れて秩父へ里帰りをするように言った。両親に孫の顔を見せたり、骨休みもしておいでと勧めた。が、栄は秩父へ帰るとは言わなかった。とめにまた手紙を書いて貰い、しっかり連絡を取って、玉江が料亭中むらに来ることになった。りんは、玉江に電車賃として百円を送り、秩父の両親には浅草のおこし、煎餅、羊羹などを山のように送った。

たとえ幾日間でも、東京の日本橋で生活したことのある玉江である。田舎の生活が退屈で退屈で飽き飽きしていたところへこの話である。玉江が上野駅に着いた時、りんは、栄ととめを連れて駅まで迎えに行った。久方ぶりに会う姉妹は、出迎えた改札口で抱き合って泣いた。

「この娘がとめちゃん? まー、すっかり大きくなっちゃって。叔母ちゃんが分かる?」

とめには全く覚えはないが、母によく似た人が優しそうに笑っているのが嬉しかった。

「叔母ちゃん、いらっしゃいませ」

「まー、いらっしゃいませだと。とめちゃん、暫く!」

と言って、玉江叔母ちゃんが抱き留めてくれた。母ちゃんより一寸大きいかな、とめはそう思った。

「女将さん、妹の玉江です」

「中村りんです。玉江さん、よくおいで下さいました。どうぞ宜しく」

「こんにちは。大沢玉江です。姉ちゃんととめが、えれえお世話になってます。俺もこれからご厄介えになりますけんど、宜しくお願いします」

りんは駅からタクシーで玉江を連れて帰った。師走も近い十一月の末の寒い日であった。

料亭中むらに入った玉江は、翌日から下働きとして働いた。よく働く娘で気がきいていて、りんは気に入った。さすが栄ちゃんの妹だ。栄ちゃんよりよく気のきく娘かもしれないと喜んだが、何せ言葉が悪い。俺とだんべえの連発である。あれをなんとか直してから仲居に上げようと思っているのだが、玉江の方言は姉の栄よりも頑固であった。体格も良く栄を上回る器量を持った玉江が早く綺麗な口が利けるよう、りんは日夜口を酸っぱくして注意した。

玉江が上京して料亭中むらに住み込んだ晩、久しぶりの姉妹は寝もやらず語り明かした。

武蔵屋を飛び出し秩父へ帰っていた玉江の元へ、日本橋武蔵屋の女将咲が血相を変えて現れたのは、数日後だった。咲は横瀬村の両親と玉江の前に土下座をし、両手をついて謝った。

「栄ちゃんには、なんと言って謝ったらいいか分からない。なんにも知らないでやったこと故、どうか勘弁して下さい。常次と父仙次郎は早速秩父へ追い帰しました。本家の仙太郎も怒って、仙次郎と常次を放逐しました」

秩父の総本家社長、仙太郎にとっては、我が商いにも関わる重大事であった。次弟、仙次郎親子を横瀬村の栄の家へ連れて行こうとしたが、首を下げているばかりで動かない。仙太郎は怒り心頭に発して、二人とも会社を首にしたというのだ。数ヶ月後、仙次郎は常次を連れて大沢家へ謝罪に行ったが、大沢家では頑として受け付けてくれず、会っても貰えなかった。

日本橋武蔵屋は規模を縮小して咲一人で切り回すことにし、奉公人達も今は少なくなって、細々とやっているという。日本橋の女将さんに会いたいなあと思う栄であった。

（一九）　商売成功

「とめちゃん、今朝はあ、お客様の部屋へ帰えらねえで、自分の部屋で寝ちゃいない」

「うーん、でもねえ、それじゃ女将さんに叱られちゃうかも知れない。叔母ちゃん、色々心配してくれてありがとう。私もう大丈夫よ」

「そうかい？　無理するんじゃねえで」

玉江はそう言うと、黒田の部屋の前までとめを抱えるようにして連れて行ってくれた。部屋へ戻ると、黒田は浴衣の前をはだけて白い褌丸出しで胡座を組んでいた。

「お早うございます。じき朝御飯になると思います」

「うむ。今何時頃か？」

「そろそろ七時になります」

「朝飯はここで喰うのか？」

「いいえ、別のお部屋だと思います」

「お早うございます。お目覚めでございましょうか？　朝飯のご用意ができましたので、ご案内いたします」

仲居の富子が朝飯の案内に来た。身支度を整えて用意の部屋に行くと、高木と岩崎は既に待っていた。黒田が部屋に行き、正面の座に着くと、

「お早うございます」

全員が挨拶を交わし、賑やかに談笑が始まる。

「黒田様、軽く一杯やりますか？」

岩崎が燗徳利を持って黒田の前に進めば、

「うむ、よかろう。儂は今日は休暇が取ってあるでの。横山、お前は出るのか？」

「ハイッ。本官は本日は勤務であります」

「ふむ。じゃ、お前は酒はやめちょけ」

「ハイッ」

「黒田様、このたびは私どもに絶大なご配慮を頂き、誠にありがとうございました。お言葉通り、明日は私、司令部の方に伺わせて頂きます。どうぞ宜しくお願い申し上げます」

「いや。こちらこそこのたびはご馳走になった」

「いえ、とんでもございません。で、黒田様、いつ頃伺ったら宜しいんでしょうか？」

「三時までは自分の部屋にいる。それまでならいつでも宜しい」

「ハイ。では午前十時にお伺いいたします」

「うむ。横山とよく連絡しておくように」

「横山様、明日は宜しくお願いいたします。どうもありがとうございました」

岩崎は高木にも酒を注ぎ、料亭中むらを紹介してくれた礼を言い、このお礼は後ほどさせて頂く旨を伝え、全員一同の朝飯となった。並んで箸を動かしている高木と岩崎は何やら喋っていたが、高木

が岩崎の耳元に口を寄せて小さい声で、

「水揚げも済みましたようだし、昨夜のお代は安くはなかったでしょう?」

「左様で。宴会分ともに一万二千円でした」

「ほほー、梅奴が一万円ってとこで?」

「そうです。ここの女将さんは強いですな。岩崎様、ご商売が成立すれば安いもんでしょうって、言われちゃいました」

朝食も済み、皆それぞれの部屋に戻って、芸妓衆も着替えてから帰って行った。

とめの痛みは直らない。立ち上がった時に激痛が走った。厠へ寄り用を足してから、りんの部屋を訪ねた。りんは朝食中であったが、

「お女将さん、お早うございます」

「あら!　とめちゃん、お早う。ご苦労様でした。どう?」

上機嫌でとめを迎えた
「お女将さん、痛かったの、とっても。まだ痛いの」

「そう。誰でも痛いのよ、最初はね。じき直るわよ」

「そうですか」

「とめちゃん、今日はゆっくりお休み。お酒が飲みたかったら、私のこのお酒持って行っていいわよ。お飲みよ」

「ううん、今日はもういらない」

とめは部屋に戻った。さっきお女将さんが渡してくれた脱脂綿を、股間に当て、さらしのT字帯を当ててきっちり締めた。なんとなくしっかりし、さっぱりした。押入を開けて布団を出し、日当たりの良さそうな所へ敷いて横になった。秋も深まり、布団は冷たかったが火照った身体には気持ちがい い。とめはすぐに深い眠りに落ちていった。どのくらいたったのか、

「とめちゃん、起きてる？　あらまだ眠ってるの？」

少しだけ障子を開けて、りんが覗いた。

黒田との初夜は辛く長かった。寝過ぎたのか、外は既にほの暗くなっていて部屋も暗かった。りんはとめの部屋に入り、後ろ手で障子を閉めると、

「眠っているところを起こしてしまってごめんなさいよ。でももう起きないと。随分とよく眠ったもんだよ、お昼ご飯も食べずに。そろそろお夕飯よ。お腹も空いたんじゃないかい？」

急いで起き上がり、目を擦っていると、

「どう、まだ痛い？」

りんは部屋の電灯をつけ、明るくなった布団のそばに座り、

「脱脂綿、一寸見せて」

「ハイ、でも汚いから」

「いいからいいから」

とめの手から脱脂綿を受け取り、見入っていたが、

「もう出血は止まったようね。痛いのもじきに治ると思うわ。幾日かゆっくりお休みよ。

それからね、とめちゃんに言っておきたいことがあるの。これからはこういう生活が始まるわけだけど、最初にきっちり覚えといて貰いたいことがあるの。

先ず第一は、生理の時には絶対お客様と寝られないの。そろそろ月のものになるかなーと思う時には、私に言ってちょうだいね。先月は幾日にあったかよく覚えておくことも肝心よ。この次からはいつもサックをして、やることね」

「サック?」

「そう、サックよ。男の人のあれに、薄いゴムでできた帽子をかぶせてするの。サックのつけ方は、あとで私の部屋で教えるからね」

「お女将さん、それは私がやるの?」

「男の人は、自分からはやりたがらないみたいだよ」

「どうしてそんな物、かぶせるんですか?」

「花街の女は妊娠してはいけないのよ。これからとめちゃんが一番気をつけなければいけないのは、妊娠と性病よ。性病って分かる?」

「分かりません」

「あのね、あそこの病気なの。淋病って言うのと梅毒って言うのがあって、どちらも怖い病気よ。この病気を持っている人とサックもしないでやると、悪い病気を伝染《うつ》されるのよ。この悪い病気を貰わないように、サックをつけてからするのよ。好いこと? とめちゃん。これだけは必ず守ってね。そうすれば悪い病気も貰わないし、妊娠もしないわ」

「ハイ」

その夜の夕食後、りんと実太郎は茶をすすりながら、とめの初夜の話に花が咲いた。岩崎に思う通りの値で売れたこと、水揚げ料は一万円になり、宴会は六人で二千円であったことなどを、りんは喜んで話した。

「悪くはなかったわ」

「悪いどころか、六人で二千円という宴会もあまり聞かない料金だよ」

「いいのよ。ああゆう人から稼がなくちゃ、取れる人はいないわ。昨夜は商売が成功したんだから、あの人の会社、これからがボロイのよ」

「とめはどうかね」

「とめちゃんが一番可哀相だわ。痛い痛いって泣いてたわ」

「黒田さんのが太《でか》すぎたのだろうよ」

「そうかしら?」

「そうゆう顔だ」

「あら、顔で分かるの?」

「大体はな」

「でも、小さい奴の大きいのって、よく言うじゃない?」

「お前、よくそんなこと知ってるな」

「関取は小さいと、女房の言い」

「こらっ、調子に乗るんじゃない！」

「お前さんのが丁度いい」

「いい加減にしないか。馬鹿めっ！」

がっぽり稼いだ夫婦は、いつまでも馬鹿を言って騒いでいた。

「そうかい。よくもまあ、一万円も出したもんだな」

「だってあなた、海軍さんが決まれば大変なものよ。巨万の額が動くのよ。岩崎さん、これで陸軍と海軍の両方になったのよ。凄いことだわ。でもね、岩崎さんもしっかりしてるの。まけろ、まけろってしつっこいこと。でも私、まけなかったわ、一銭も」

「そうだなあ。ああいった客でないと、一万円は取れねえだろうなあ」

「先日来た時に、小切手でどうかって言ってたの。現金でなきゃ駄目よって言っといてよかったわ。昨夜はちゃんと現金でくれたわ。あなたから頂いたのと一緒に、箪笥の引き出しに入れたの」

「俺も箪笥に入れたままだ」

（二〇）岩木山

若いとめを巻き込んで大金を使い、海軍ご用を決めた食料商岩崎は、その後も黒田を伴ってよく中むらを訪れた。とめは必ず黒田と寝所をともにさせられた。いつも一緒に来る横山は秀の屋の春駒になってしまい、とめには横山は遠い存在の人になってしまった。横山の方もとめには無関心のようであった。片想いの心を抑え、一人気を揉んでいるのはとめばかりのようである。

黒田様が来るたびに横山様が春駒姐さんに決まってしまうので、悔しくて悔しくて一層大酒を飲んだ。何もかも分からなくなって、酔い潰れてしまいたいのだが、泥酔してぶっ倒れるということのない、悲しい酒豪になってしまったようだ。

岩崎が利用するのは料亭中むらが多いが、高木の場合は色々な料亭を利用した。今日の高木のお遊びは角屋である。とめにも声がかかっていた。

「高木さんのお遊びにも黒田様は来るのかしら？」

いつもと違い、少々白けたとめは浮かぬ顔をしている。りんが訝って、

「とめちゃん、今日はどうしたの？　冴えない顔をして」

「うん、今日もまた黒田の爺ちゃんかなーって思うと憂鬱なのよ、お女将さん」

「ええっ、黒田様が嫌なのかえ？　へえー、知らなかったー。初めての人だからいいのかと思ってたよ」

「私、横山様が好き。黒田様のような爺は大嫌い！」

「これこれとめちゃん、お口を慎みなさい。困ったわね。黒田様はお前がお気に入りだし、とめちゃん我慢して。芸者の方からお客様を選ぶことなんぞできないことよ。我まま言わないでね。そのうち横山様なんかよりもっといい人に会えるかも知れないよ」

「ハイ、お女将さん。我まま言ったりしてごめんなさい」

花街の中の生活故か、男と寝るための会話になんの抵抗感もためらいもなく、一般の家庭ではとうてい理解できないような会話が、母と娘の間で日常、平気で語られている。

「ところでとめちゃん、黒田様とはサックしている？」

とめは頭を横に振った。

「そう。そろそろサックしないと、とめちゃんの身体危ない時期よ。今夜からサックしてやりなさいよ。妊娠したら大変よ」

「ハイ、分かりました。お女将さん、今夜のお客様は高木さんです。黒田様も来るのかしら？」

「さあ、どうかしらね。岩崎様なら必ず黒田様もご一緒だけどね」

今夜の高木の宴席は料亭角屋である。角屋は中むらからは随分遠かった。日暮れ近くになって人力車が一台、とめを迎えに来た。出かける時、りんからサック二つを渡されたとめは、それを帯の間に挟んで人力車に乗った。

「お早うさん。この妓、秀の屋にお願いね。ハイッ、これ」

「へいっ、姐さん。毎度どうも」

りんは車屋の兄さんにご祝儀を包む。兄いは威勢良く走り出す。とめを乗せた車は途中、秀の屋に寄って国太郎達と合流して、角屋に行くのだという。

「へ、秀の屋さんで」

と車夫は、膝に掛けた赤い毛布を外してくれる。

「ありがとう。暫く待っててね」

「へい、お姐さん」

玄関に立って、

「お早うございます。梅奴です」

と声をかければ、秀の屋の女将、お照に迎えられ、

「お早うございます。梅の屋の梅奴です」

「あーら、梅奴さん、初めまして。女将の照です。綺麗な妓って聞かされてたけど、ほーんとだ。なんとまあ美しいこと。お人形さんみたいね。さっ、こちらに上がってお待ちになって。もう国太郎達もまもなく支度が上がる頃よ。さ、どうぞ」

玄関を入った一間に通される。一服のお茶も出る。たとえ半玉でも一丁前扱いは、梅の屋のりんの力か？　待つほどもなく国太郎達が、

「梅ちゃん、お待たせ。早かったね」

と賑やかに顔を揃えた。国太郎のほかは銀次郎、春駒、花代、桃子である。国太郎が梅奴の前に座ると、

「あのね、梅奴。今夜のあんたのお相手はお相撲さんなのよ」

「お相撲さん？」

「そう。お相撲さん、お酒が強い妓がお望みでね。ターさんが、それなら梅の屋の梅奴だってことで、あんたがご指名されたのよ。梅奴、今夜は頑張ってね。お相撲さんなんかに負けちゃあ駄目よ」

「やだー」

えらいことになったものである。

「ねえ、梅奴。お腹空いてない？ 空きっ腹には効くからね。どう？ うちで何か食べてったら？」

「ウーン、じゃ、何か少し頂こうかしら」

「うん、そうおしよ」

国太郎の心遣いで、お茶漬けを頂くことになった。

若い食べ盛りの梅奴である。大きい丼六分目によそられたご飯の上によく焼けた塩鮭をほぐし入れ、礒海苔を揉み込み卸山葵を効かして、熱々のだし汁を張った鮭茶漬けはとてもおいしく、全部頂いた。

「あーおいしかった。ご馳走様でした。お相撲さんとお酒の飲みっこなんていやあね。私だっていつもいい調子で飲めるって限らないじゃんねえ」

「適当に相手に合わせてればいいのよ」

「そうよ。うまくおやりよ。適当にやってりゃ、いくらお相撲さんだって酔っぱらってくるだろうしさ」

皆に励まされて、とめも幾らか気が楽になった。

「そろそろ出かけるかい。車屋は揃ったのかえ?」

国太郎の声で皆一斉に立ち上がる。見送りに出て来た女将お照に見送られて六人女が出かけて行く。今夜のお客様は相撲取りだという席へ梅奴は気も重く、車に乗った。晩秋の日暮れは早く、料亭角屋に着いた時はほんのりと薄暗くなり始めていた。

角屋の玄関も綺麗に打ち水されていて、清々とした趣きだ。軒灯にも灯りが入っていて、塀際のコスモスの花が風に揺れて、秋らしい風情を醸していた。

「この家では、誰が打ち水や火入れをするのかしら?」

そんな思いでいると、

「へイ、お待ち!」

車屋の兄いの威勢のいい声で我に返ると、車は角屋の脇玄関の前に止まった。女将さんの出迎えを受けて一同は溜まり部屋に通され、賑やかにお喋りが始まる。表に高木の自動車が着き、高木達の声が聞こえた。

「ターさんが来たみたい」

「ホーンと。ターさんだ」

「お相撲さんも一緒かしら」

と誰かが言った時、

「ごっつあんです」

低く重くかすれた声が聞こえた。

「いるいる、いるみたいよ」

女将さんや仲居さんの出迎えを受けて、男達は皆席に着いた気配だ。

「皆さーん、お願いしまーす」

女将の声である。

「はーい」

六人の妓が一斉に返事をして、がやがやと出ていく。

「あーらターさん、暫く。お久しぶりね。一体どこで浮気してたのさ」

「やあ、国太郎。会う早々、そう怒るな。二週間くらいしかたってないじゃないか。俺だって仕事やってるんだぜ。そういつも酒ばかりも飲んでいられねえ」

「あらそう。私、三日もターさんと会わないともう駄目なの。今夜はたっぷりと可愛がってね」

「うわはゝゝゝ、こらあ、えれえごっつあんなこってごわんす」

横で凄い声が腹を揺すって笑った。関脇岩木山だった。

「おい国太郎、酒も注がんうちから何を言ってるんだ」

「あらごめんあそばせ。こちら様も、お一つどうぞ」

「これあ、ごっつあんです」

見ると相撲取りは二人居る。一人はあんこ型の色白の丸顔で可愛らしい相撲取りで、もう一人は筋肉質で固締まりの体型で少し浅黒い大男だ。

とめは、筋肉質の大男の方へ誰も行かないうちに徳利を持って行き、その前に座った。

「お一ついかが？　梅奴です。どうぞご贔屓に」

「ごっつあんす」

低いかすれた声が帰ってきた。筋肉質の大男は、左手で右腕の羽織の袖口を抑え太い腕を出し、毛むくじゃらの太い指の間に小さな杯を持って前に出した。

「おほ、、、」

とめはおかしくて、口に手を当てて笑ってしまった。

「何《なぬ》がおがすかべ」

「大きな指の間で杯が小さくって見えないわ。もう少し大きいので飲んだらいかがです？　笑ったりしてごめんなさい」

「何《な》もよ」

「そこのお茶碗でお飲みになったら？」

「これすけ？」

「そうよ、そのくらいのでなくちゃ」

「じゃこれで。ごっつあんになりやんす」

とめは、大男のそばに寄って酌をする。

茶飲み茶椀の酒を、背筋を伸ばして天を仰ぎ一気に飲んだ男の大きいこと。その大きさにとめは驚いた。その時脇にいた高木が立ち上がり、皆に挨拶したあと、

「皆さんにご紹介する今夜のお客様はお相撲さんで、こちらにおられるお方は小結花の里関で……」

そこまで言った時、あんこ型の力士が立ち上がり、

「花の里っす。宜しく」

と頭を下げた。軽く束ねた髷が斜め前にパサッと落ち、格好良かった。

「わあー」

「かっこいいー」

と歓声が上った。やや置いて、

「こちらにお立ち頂いているのが、関脇岩木山関です」

「岩木山っす」

「うわー、大きいー」

という声が起こった。本当に大きかった。脇に立っている高木がまるで子供のように見える。その岩木山は、引き締まった顔に鷲ッ鼻の男前である。とめは、この人から今夜は離れまい、と思った。どこか横山少尉に似ているところが好きだった。岩木山は、とめを抱き抱えるようにして自分の隣に座らせると、

「お前さんけや？　えらく酒っこが強ーってえ妓は」

と聞いて、大きい茶碗を出し、

「ま、一杯えやんべー」

「私、冷酒が好きなの」

と言えば、岩木山は大声で仲居を呼ぶと冷酒を持って来るよう言った。

「やっぱりお前さんのようだなや」

岩木山がそう言った時、岩木山の前に秀の屋の春駒が座った。

「お関取、お一ついかが?」

「おお、ごっつあんす」

「梅ちゃん、あんたいいとこ陣取ったわね。あんたも一回りお酌しておいでな」

「ハイ、お姐さん」

致し方なかった。怖い春駒姐さんの言葉である。立ち上がろうとした時、袂で手を隠し岩木山の足を軽くつねった。大きな岩木山の右腕がとめの肩を押さえた。

「行ぐな、行がねぐともいい」

とめは崩れ座った。

「まっ、梅奴、あんた早いわね。覚えてらっしゃい」

春駒姐さん、きっとした顔で睨むとさっと立って行ってしまった。春駒姐さんも、とめと好みは同じようである。岩木山はとめの小さな肩を抱き寄せると、

「さあ、飲むべし。注いでげれ」

「あらごめん。冷酒でいいのかしら?」

「ああ、冷酒でええ。お前さも飲んでげれや」

茶飲み茶碗に冷酒が一杯注がれた。とめはこれを一気に飲んだ。

「やっぱす、お前さんのようだなす。たんと酒っこが飲めるつう妓はこんげめんこい妓で、俺は嬉しいでなす」

関取に返杯して、

「私も一回りお酌して来ていいですか？　お願いします」

「あげな女子衆《おなごし》、俺は好がねども、ま、いい。一回《め》り巡ってぎな」

「ありがとうございます。関取、すぐに帰って来ます」

とめは皆の席を順に酌をして回り、高木の所へ来た。高木は花の里と話し込んでいて気がつかない。

脇の国太郎が、

「あんた、ターさん！　梅奴よ。梅ちゃんがお酌してくれるんだって」

「おお、梅奴か！　これあすまん。おっとっとと、梅奴、つい先日お目見えしたばかりだというのにまた一段と美しゅうなったな。どや、お主、岩木関が気に入ったか？　実はな、岩木関にお前の話をしたら、その妓に是非合わせてくれってことで今夜の宴会になったのだ。ゆっくり遊んで、たんと飲んで行ってくんな」

「あーら、そうだったんですか。嬉しーい。高木様、ありがとうございました」

「うむ。ほんとにいい妓になったな。全く勿体ないようないい妓になった。惜しい妓だ」

終わりの方は小さい声でぼそぼそと呟いた。

「ターさん、今なんてったの！　浮気するんじゃないよ、全く。すぐそれなんだから」

国太郎が怒っている。

「こいは美しかお姐さんごと。ごっつあんす」

あんこ型の花の里関は岩木山より若そうで、派手な金茶の着物に同色の羽織の袖を捲って、とめの酌を受けた。

「お関取も、お一つどうぞ」

「あいやー。こいは早かー。ごっつあんです」

「も一つどうぞ」

「お関取、ありがとうございました。国太郎お姐さん、どうぞ」

「あれあれ、私にもくれるのかえ？　ありがとう」

「どうぞ」

「梅奴、お前も一つどう？　お前さんにゃこれじゃ小さいかな？」

「いいえ、それで充分です」

「あれそうかい、どうしてさ？」

「私ね、お酒ってそんなに飲みたくないのよ」

「へー。じゃ、どうしてあんなに飲むのさ？」

「お姐さん、一寸聞いてくれる？」

小声になって国太郎の耳元へ、

「私、本当は黒田様が嫌なの」

「へー、それで？」

「だから早く潰れちまおうと思って、沢山飲むのよ」

「ふーん、そう。その話、誰かにしたかい？」

「誰にも。家のお女将さんだけ」

「他人にゃ喋っちゃいけないよ。特に春駒にはね。何かあったら私に言ってね」

「ハイ、お姐さん、ありがとう。じゃどうも」

一回りして岩木山の席に戻って来ると、隣に春駒姐さんが座っていた。岩木山の前に座って、

「お一つどうぞ」

と言えば、

「おお梅奴、帰えってぎただか。お前さこけさこう、ここさぎて酒っこさ注げ」

「梅奴、随分とお早いことね。お邪魔さまっ！」

春駒姐さんは怖い顔を硬直させて席をけった。

（二一）　初恋

賑やかだったこの宴も国太郎が三味線を置くと静かになり、高木の締めで散会となった。高木と国太郎と、他はいつもの通りの組み合わせでそれぞれの部屋に散って行った。春駒姐さんは花の里関だった。本当は春駒姐さんは岩木山関を狙っていたようだったが、梅奴の防御努力が実った。とめは岩木山を離さなかった。

岩木山に抱えられるようにして部屋へ入ると、とめは屏風の陰に身を寄せて手早く着替え、

「すぐにお休みになりますか？」

「儂ら朝が早えすけ、すぐに寝んべ」

「ハイ」

「布団は一つけ？」

「ハイ、どうして？」

「一見の時にゃ女子《おなご》と一緒に寝でも、やんねえのが礼儀と聞いた。布団が一つだば仕方がねす。一緒に寝るべし」

大きな岩木山に抱き抱えられて、とめは子供のように小さくなって寝たが、眠れないとめに、岩木山は一晩中指一本触れなかった。そしてまだ外が暗いうちに帰った。とめは一緒に起きて彼を送り出した。やはり早帰りの花の里を送り出した春駒姐さんとパッタリ顔を合わせた、

「お早うございます」

声を掛けても、ツンと向こうを向いて澄ましていた。

少し早いが、着替えをして部屋に座って控えていると、仲居さんが朝食の用意ができましたと迎えに来てくれた。すぐに部屋を出て仲居のあとに従った。

一緒に寝れば必ず男はすぐにやるものと思っていたとめは、妙な気分だった。

「裏を返した時にな」

と言われたような気がした。

「こちらです。どうぞ」

と仲居さんが膝で座って襖を開けてくれた。部屋の中には高木と国太郎だけが座っていた。

「おうー梅奴、お早う。早いじゃないか。関取はもう帰ったそうだな。こっちへ来て一杯やり。旨い冷酒が来てるぜ」

「お姐さん、お早うございます。お姐さん達も早いですね」

「梅ちゃん、冷酒がおいしいよ。一杯おやりよ」

「梅奴、そら、これで一杯やれ」

大きい茶碗に高木が一杯に注いでくれる。本当によく冷えていておいしかった。喉から胃に冷たさが下りていく。胸の間がジーンと痛くなった。

「ああ、おいしい。よく冷えてるのね」

そう言って茶碗を置いた時、春駒姐さんが入って来た。腫れぼったい顔をしていた。そのあとから銀次郎、花代、桃子、と全員の顔が揃った。男達は浴衣の上から羽織を掛けている。

「なんだか今朝は寒いですね」

「うん、今朝はほんとに冷えるよ」

「おい、そこの寒い奴らはこれ一杯やらんか？　すぐに暖かくなるぞ」

「社長、今日はこれから仕事があるんですよ。酒なんか飲んでられませんよ」

「なあに、そんなに余計飲めとは言っとらん。ま、いいや。飯でもうんと喰え。そうゆう寒い奴らは」

なんだかんだで朝飯も済んで、とめは冷酒のせいかほんのりといい気分であった。

呼ばれた人力車に乗る。皆と別れてから河岸を走る車夫に声をかけて、途中で車を降りた。久しぶりにのんびりと枯柳の揺れるお堀端をゆっくり歩いてみたかった。朝の冷たい風が火照った顔に気持ちがいい。

どこから現れたか、小さくて黒っぽい子犬が、とめにまつわりついた。可愛くて、しゃがみ込んで頭を撫でてやると、くんくんと鼻を鳴らしている。抱き上げて歩きながら連れて帰っちゃおうかと思ったが、それじゃ可哀相ねと思い直し、下に下ろしてやる。子犬はよたよた歩きで、暫くはとめのあとをついて来たが、何を思ったか、急に尻を向けると、跳ねるようにして去った。その後ろ姿を見送っていたとめは、

「あら、そう。私も帰らなくちゃ」

先ほどよりは歩を早めて、もうすぐそこの料亭中むらの方に向かった。

「ただいまー」

「ハイ、お帰り。早かったね」

門の所で積み塩をしていたりんは、機嫌良くとめを迎えた。

「へえ、もう朝飯も済んだのかい。私達はこれからだよ。とめちゃんも一緒にお茶でもお上がりよ」

「あのね、女将さん。夕べのお客様はお相撲さんだったの、お相撲さんて朝のお帰りが早いのね。暗いうちに二人とも帰っちゃったので、なんだかみんな早くて」

「そう、お相撲さんだったの。さっ、私しゃ朝飯にするよ。お前も一緒にお茶でもお上がり」

りんの朝食の相手をしながら、とめもお茶を頂く。

「ねっ、お女将さん、裏を帰すってどうゆうこと？」

「ははあ、お客様がそう言ったのかい？」

「ハイ」

「それはね、もう一度来て二度目を呼んでくれるってことよ」

「ふーん、そういうことか」

「どうしたの？」

「夕べのお相撲さん、一見だからって何にもしなかったの。一緒に寝たのに」

「へえー、それあ大した通人だわ。さすが粋な遊び人のお相撲さんね。そんな話久しぶりに聞いたよ。ふーん、驚いた人もいたもんだ」

「お相撲さん、二人だったけど、皆そうなのかしら」

「そらあ分かんないよ。人によるんじゃないの。どんな人？」

「それがね、お女将さん、横山様によく似ている人だったの。私嬉しくって、横山様よりいい男のような気がしてるの。それに大きいの。こーんなに」

とめは立ち上がって、両手を一杯に伸ばしてみせる。

「そう、それは良かったじゃないか。横山様なんか忘れておしまいよ」

とめは、最初から岩木山にアタックしたことを話し、春駒姐さんと張り合いになったことも話した。

「春ちゃんは、横山様がいるんだからいいじゃないかね。欲の皮の突っ張った人だこと。まあしっかりおやりよ」

「お女将さん、これお返しします」

「あれまあ、可哀相に。こんなに皺くちゃにしちまって。預かったよ」

りんはとめからサックを受け取り、専用の抽斗にしまってから、食べ終わった食器にお茶を注いですすると、

「じゃ、とめちゃん、お風呂に行っといで。午後は踊りのお稽古よ」

とめは自分の部屋に戻ると、着替えて街の銭湯に出かけた。朝のお湯は綺麗で客も少なく、静かで清々していた。岩木山と飲み合った酒がお湯の中に溶け込むようで勿体ないような気がしたが、とてもいい気持ちだった。

ぬるめのお湯に長湯して、顔からも頭からも汗をかいた。脱衣所に上がってからも汗は止まらず、

窓を少し開けると気持ちの良い風が抜けていく。もう一度湯を浴びて来て風の通る所へ腰を下ろした。汗も止まって浴衣を着たところへ、老婆が一人入って来た。

「何だかここは寒いねえ」

と言った。とめは窓を閉めると、

「お先に」

そう言うと早々と脱衣室を出た。髪も洗って銭湯の帰りはいい気持ちだ。それにしても岩木山も酒は強い。

「お前さんもえらぐ酒っこさ強えでのし」

岩木山もとめの酒の強さに驚いたり喜んだりしていた。

（二二）　心燃える

あれから数日後、また高木からお座敷がかかった今夜は、料亭中むらでの宴だという。そろそろ師走に入ろうとする十一月末であった。

夕暮れ近く、高木らは先日と全く同じメンバーでやって来た。芸者衆も秀の屋の国太郎はじめ同じ顔ぶれだ。関取二人も関脇岩木山と小結花の里である。

玄関に出迎えたとめに、

「お前さんに逢いたがったなや」

岩木山の太くかすれた声だった。

「これあごっつあんです」

花の里の声もした。見れば花の里は右腕に春駒姐さんを抱き込んでいた。春駒姐さんは口をとんがらせている。

「これは関取衆、お互いにお熱いことで。これで今晩のお勘定は関取衆持ちということで。ウワハ、、、」

客も芸者衆も席についていつも通りの車座になると、賑々しく宴も始まる。とめは岩木山の脇に座った。

「こんばんは。お待ちしてました」

「お晩でやす」

「私、早く関取にお会いしたくて、待ち遠しかったのよ」

「儂も早《はえ》ぐ裏を返《けえ》すたぐて、高木さんに頼んだのし。今夜も冷酒ではずめるべか？」

「うん、冷酒ではずめるべか」

とめが真似して言えば岩木山、笑いながら、

「おおい、お姐さん。冷酒五、六本持ってぎてけろ」

予め用意されていた冷酒はすぐに座敷に運ばれた。

「ほう、でかい茶碗こさも一緒にぎただか。へば、これでやっか」

「へば、これでやっぺか」

ともに杯を上げ、

「乾杯！」

「かんぱーい」

なみなみと注がれた茶碗酒を二人は見るまに干した。大男の岩木山の飲む姿は自然体で見た目に無理がないが、体の小さいとめは、見る者に不安感を抱かせてはらはらさせる。しかし、とめの酔った姿を見た者はいない。どんなに大飲みをしてもいつもけろっとしていて、踊りを求められればすぐに応じ、きっちりと踊る。女将のりんは、

「梅奴のあんな華奢な身体の、どこにあんなに入っていくのかねえ。あれで今まで全然酔っ払ったことがないいんだから不思議よ、全く。どうなってんかねえ」

「全く梅ちゃんにゃ、お酒じゃ敵わないわ」

国太郎も同じことを言った。

「お酒だから飲めるんかも。水じゃあんなに飲めないんじゃない?」

「そのうち男もみんな取られちゃうよ」

春駒である。聞いていた女将りんに睨まれ、ひょいと首をすくめる。

例の通り、どんちゃん騒ぎで賑やかな宴も半ばになる頃、とめと岩木山の二人で飲んだ酒は既に一升瓶で五本、横になって並べられている。岩木山は上機嫌で酔い、唄った相撲甚句は特に上手で、とても素敵だった。

「お、梅奴、飲めや。まっと飲めえ。儂も飲むど。どんどん飲め。なっ、梅奴」

「ああい、私も飲むちゃ、どんどん飲むちゃ」

「お前さも飲んでけろ。たんと飲んでけろ」

「うわは、、、お前《め》さと喋くってだば、いっと家さ帰えったようだなや、うわは、、、」

とめも今夜はいつになくいい気分に酔った。軍人さんが相手の時より気楽なのであろう。

「梅ちゃん、踊るかい?」

国太郎に声をかけられる。

「ハイ、お姐さん。お願いしまあす」

国太郎の三味線が流れ、唄が始まる。とめは一礼して立ち上がると、身体はきっとなって気が引き締まった。ひと差し舞ったとめの踊りはきっちり決まって、一糸の乱れもなく美しかった。踊り終わると急に体が熱くなり、喉が渇いた。

「ああ、お水が飲みたいわ」

「あれ、梅ちゃん。お水で好いの？　冷酒じゃなかったの？」

春駒の嫌味である。

「うん、冷酒だっていいわよ。冷酒ちょうだい」

「そうよ、お水の方がいいわ、ね、とめちゃん。私、お水持って来て上げる」

若い仲居が水差し一杯の水とコップを持って来てくれた。とめと仲良しの仲居、政子だった。

「まーちゃん、ありがとう」

政子がコップに注いでくれた水をごくごくと飲む。冷たくて旨かった。

「まーちゃん、ご馳走様」

「あれ、もういいの？」

「うん、もういい」

「えー、それじゃ、今夜はこの辺でお開きとするか」

高木の声で宴は終わりとなった。高木は国太郎と、花の里は春駒と、皆それぞれ部屋に案内されて行く。

「梅奴、まんだ酒っこさ残っているべさ。これえ飲んでぐべえ」

岩木山の誘いに残り酒をみんな干してから、とめが誘う。

「部屋さいぐべか」

「うむ、部屋さいぐ」

岩木山関に抱えられ、とめも部屋に入った。

何故か今夜は足下がふらついて目が回る。頭もぐらぐらして、布団の上に仰向けに倒れ込んだ。着物なぞ着替えることさえ忘れていた。見上げる天井に関取の顔がぐるぐる回っている。急に気分が悪くなって目をつむった。寝返りを打って下向きになった瞬間、畳の上に、

「げえーっ」

嘔吐してしまった。

「うえ、こりゃえれえこっちゃ」

岩木山、慌てて仲居を呼ぶ。

「まああ、とめちゃんが珍しいことね。さっ、お口を漱いでちょうだい」

「うむっ」

重い頭を持ち上げて見れば、仲居は政子だった。

「まーちゃん、ごめん。汚しちゃって」

「いいからいいから。気にしないで。お布団の上じゃないから大丈夫よ。まだ気持ち悪い?」

と言いながら、背を撫でさすってくれる。

「うん、もう大丈夫みたい。ありがとう」

こんなことは手慣れているのか、政子は万端用意して来た洗面道具で忽ち汚れを掃除し終わると、とめに声をかけてから出て行った。政子がゆるめてくれた帯と紐を取り外すと、身体がすーっと楽に

なった。

「大丈夫だか」

岩木山も心配そうだ。政子が置いていってくれた水差しから水をついで飲む。急に気分が良くなった。

「うん、もう大丈夫。ごめんね、少し眠らせて」

そう言うと、二つに折って向こうに重なっている掛け布団を枕に、ごろりと横になってすやすやと寝入ってしまった。

と、どれほど眠ったのだろうか。肌寒さを覚えて目覚めた。首をもたげて見ると、着物に腕は通っているものの、胸も下半身も丸出しのまま、関取の胡座の上に仰向けにされて、大股を拡げて乗せられていた。

「あれーやだーっ。やめてー、はずかしいー」

声をあげ足をすぼめようとしたが、動けない。

「動かねえでいい。このまんまでいいちゃ」

岩木山、両手でとめの膝を押さえていたが、起き上がって膝立ちになった。

「待って。ね、お願い。サックつけて、サック」

「サック？　はあつけてるべさ。安心《あんすん》すろ」

「ほんと？」

「ああ、ふんとだども。安心すてけろちゃ。さっきお前さんのべべっこ脱がしだども、そんときサ

ック さ二つ落っこったなや」

「自分でつけたの?」

「ああ」

言い終わると岩木山の右腕に力が入った。勃起した岩木山の逸物がとめの中にぬるっと入った。黒田の時のような激痛はなかった。岩木山は両膝立ちになると、太い両腕でとめの細い胴を抱き上げ、そのままそこに座り込み、右手をとめの尻の下に当てその掌をぐるぐる回し出した。とめは小さい人形になったように岩木山の両腕の中で自在に操られた。生まれて初めての快感が、とめの小さくて白い身体を走り抜けた。身体を上下に動かされるたびに湿った音が聞こえ、股間に震えが突き上げてくる。

「いや、変な音」

とめは岩木山の首にかじりついた。

「いい音だなや」

「ばっか!」

岩木山の手の動きが早くなった。とめはたまらず、

「うっ、ううっ」

呻くと激しい痙攣が膣を襲い脳天を突き抜けた。岩木山もたまらず放った。長い間抱き合ったまま、二人は動かなかった。お女将さんが言っていた、いいことという意味が初めて分かったような気がした。

とめが離れようとして体を動かそうとした時、岩木山は再度の勃起である。（むっく）と動いた、男盛りの二十五歳だ。

「サックさ取っ替るべ」

「うん」

とめの両脚は硬直していてうまく動かない。

男と抱き合うことがこんなに素晴らしいこととは知らなかった。性の悦びを初めて知ったとめであった。岩木山によって女になれたとめである。この人をもう離さない。そう思い、今夜は最高のとめであった。

「もう一つのサックはどこにあるの？」

「ここさある」

受け取ると袋から出し、手早く取り替えた。

「お前さ、なんぼかうめでのし」

「そうよ。お女将さんに教えて貰って練習したの」

「どうすって練習さすんのけ？」

「あのね、家の神棚には金勢《こんせい》様が祀ってあんのよ。お女将さんがそれ下げて来て教えてくれるの」

「金勢様ってなんだちゃ？」

「これよっ。これが木で彫ってあるの、そっくりに」

そう言って固く太くいきみ立っている岩木山の根棒を力を入れて握ってやる。

「そうけ、神棚にこんげなもんが祀ってあんのけ? ウワハ、、、」

「おかしい?」

「おがすかべよ。普通だば天照大神《あまてらすおおみかみ》だべさ」

「ふーん?」

何のことかよく分からなかった。が、とめは再び岩木山の胡座の上に跨って行った。

「まんたこうやんのけ?」

「うん」

岩木山の首に両腕を回して抱きつき、腰を屈み込ませた。いきり立った逸物はとめの小さい入り口にぬるっとのめり込んだ。黒田のは巨大すぎて何度交わっても激痛が走るばかりで、こういう快感は一度もなかった。二人の激しい抱擁はいつまでも続いた。

岩木山は相変わらず早朝のお帰りだ。もっとゆっくりしてけばいいのにと思いながら、とめは再び布団に潜った。昨夜の酒と、激しかった岩木山の愛撫に疲れたのか、それからぐっすり眠った。目が覚めた時には、外は陽が昇っているようだった。

（一三）　第一次世界大戦勃発

ボスニアの首都サラエボで大正三年六月二十八日、セルビアの学生、サブリロ・ブリンチップによる、オーストリア皇位継承者フェルディナント大公夫妻が暗殺されるという事件が発生した。

この事件に端を発し大正三年七月二十八日、オーストリアのセルビアに対する宣戦布告により第一次世界大戦は始まった。イギリス、ドイツ、フランス、ロシア、アメリカ、日本と世界の列強を巻き込み、僅か一ヶ月余りでオーストリアとセルビアの局地戦から、世界の大戦に発展してしまったのである。

この第一次世界大戦は大正七年十一月十一日、ドイツ軍降伏による終戦まで、丸四年間の長きに亘《わた》り続けられた。

この大戦は、単に一学生による皇位継承者夫妻暗殺という所謂サラエボ事件だけで惹き起こされたわけではむろんなく、全世界に植民地を展開するイギリス、ドイツ、フランス、ロシア、アメリカなどの疑心暗鬼の思惑外交が我利我利の植民地外交となって入り乱れ、離合集散の外交戦が絡み合った結果、オーストリアとセルビアに火をつけさせたと言うべきだろう。

オーストリア・ハンガリー政府はこの事件を、直接の犯人であるガブリロ・ブリンチップの単独犯行でなく、セルビア政府が背後に回って周到に準備した陰謀であると断定して同政府の責任を厳しく追及し、犯人審査に四十八時間以内の期限をつけた十箇条からなる最後通牒を突きつけた。

しかしセルビアの首相パシッチは、犯人審査にオーストリアの代表参加を認めず、その他の諸要求は全面的に受け容れると回答した。交渉は決裂し、これによりオーストリアはセルビアに宣戦を布告。世界大戦の端緒となったのである。

この戦いを短期決戦と踏んでいた両陣営であったが、予期せぬ長期戦と化し、今まで積み上げてきた軍備も瞬く間に使い果たして悪戦苦闘の連続となり、軍人による戦地の指揮戦よりも政治家による駆け引きの戦いとなり、各国経済も疲弊し、このことがドイツ軍降伏の決定的な要因となって、大戦も終わったのである。

イギリスとドイツとの対立を決定的にした背景に、先の日露戦争が挙げられるかも知れない。日露戦争は、朝鮮・満州への進出を図った日本とそれを阻止しようとしたロシアとの戦いで、米・英の応援を受けた日本軍が陸戦に海戦に連勝し、フランスによる講話提案で終戦となったものの、日本の勝利に帰した日露戦争後は、国際的にも重大な変化を来すことになった。極東と太平洋においては、満州での日本の利権拡大を恐れたアメリカが、日本との友好関係から敵対関係へと転じ、ヨーロッパにおいては、イギリスとロシアの対立が解消し、イギリスとドイツの対立が急激に表面化した。列強各国の植民地政策は満州の争奪に集中し、イギリスとドイツの対立がこの不幸な大戦の決定的な引き金となった。

また、大戦の遠因と言えなくもない日露戦争を経てこの大戦に参戦し、一時とは言え大好況に沸いた日本国はどういう因果なのだろうか。ドイツ軍降伏により大戦も終わったが、それとともに日本の経済も下降線をたどり始めたのである。「日本の天佑」と言われた戦争景気のお陰で戦争成金、船成金が続出したのだが、沸きに沸いた日本経済も沈静化を見せ始め、長い不況期に入っていったのである。

実太郎は、米で儲けた大金を銀行に預けるでもなく握っていた。ひと頃よく訪れていた銀行の担当者も、あまり姿を見せなくなっていた。

実はこの時期、実業界は大変な時期に入っていて、戦後の不況風は各種成金らや経営者達にも影響が出始め、経済の動向に敏感な銀行は、花街の集金どころの話ではなくなっていた。会社関係に貸し付けた資金が焦げつかぬように、会社回りの集金（資金回収）に忙殺されていたのだ。一方、会社側では設備投資に借りた資金が回収できないうちにこの不況に見舞われ始め、倒産に追い込まれていく所も多く出始めていた。貸付金が回収不能になれば、自ら倒産するはめになってしまう銀行も必死であった。

一方《こちら》軍の食料納入業者岩崎は、いい時期に海軍にも入り込み、シベリヤ出兵等による膨大な食料、畜草の納入も決めて、大儲けをしていた。

あれほど活況だった花街も今は静かになって、ひっそり閑としている。

時に大正八年十月末。大不況の始まりである。

今時花街で遊べる客は、陸海軍御用達の食料商、岩崎くらいなものか。此方《こなた》、船成金でならした高木はとんと姿を見せない。あれほど活況だった花街も、今は静かになってひっそり閑としている。実太郎は、

「こういう時は動かず、何もしないのが一番だ。そのうちいい時期も必ず回って来る。それまでは

じーっとしていることさ。なあ、りん」

「そうね、そうしましょ。何か今、銀行が大変みたいよ。毎朝の新聞に銀行、銀行って書いてあるわ」

「そうさ、銀行に金がなくなりそうなんだ。銀行が倒産しないうちにってんで、毎日大勢の客が預金を下ろしに押しかけているようだ。家は銀行が回って来なかったので預けなかったが、助かったな」

「お米を買う時もお金を借りずに買えたし、儲かったお金も預けなかった。家は借金も預金もないのね」

「借金は一銭もないが、預金は少しはある。しかしこの騒ぎもそのうち収まるさ。家の銀行が倒れさえしなければそれでいいし、そう簡単には倒れないだろうさ」

「銀行に恩を売るわけ?」

「恩を売るというほどの大金を預けてあるわけでもなし、今は非常に難しい時期だ。我々には何が何やら分からない時代だ。デモクラシーやら自由主義、社会主義、民主主義とか騒々しい限りだ。一千二千の金が受け取れなくなるようなら、もう日本もお終いさね。まさかそんなこともあるまいとたかをくくっているのさ」

米で儲けた金を銀行に預けなかったという偶然の幸運に余裕を持った実太郎、誠に運の強い男である。

新聞を拡げれば、毎日が銀行の取り付け騒ぎである。過度の貸付により支払不能に陥った銀行は、倒産した。世の中がこういう時勢になると、花街なぞは惨めなものである。つい先日まで戦争景気により沸きに沸いていたさんざめきも一気に静まり返り、落ち込んでいった。成金が金を使って好況に沸き、インフレで給料が上がった者達による賑わいも、静かになってしまった。

こうなると芸妓を多く抱えた置屋は苦しい。料金を下げたり玉代の割引をしたり、あの手この手で切り抜け策を打ち出す。料亭とても同じことである。

半玉梅奴一人の梅の屋のりんは、気楽であった。女将りんの勧めで、とめは稽古場での踊りの稽古が終わると、三味線と長唄の稽古を始めた。家で女将さんに教えられるより、ずっと厳しい稽古である。

とめが半玉として初めてお目見えした時分から少しずつ下り気味だった景気も、昨今は本格的な不景気で、ここ深川界隈もさっぱり駄目である。料亭中むらでも、たまに顔を見せるのは岩崎くらいなものであった。

（二四）一本

とめも、もう十八歳になった。

色町の香に触れ、男に磨かれて、女盛りはますます美しく艶やかになってきたが、最近はお座敷も少なく、退屈な日々が続いていた。

「暇な時はお稽古に身を入れて、しっかりと芸を身につけておくのよ」

口癖のように言うりんの言いつけをよく守って、とめはお稽古に汗を流した。とめばかりではない。深川検番に所属する芸妓衆の殆どが稽古場に姿を見せて、皆一生懸命、習い事に精を出す。

そんな中で食料商、岩崎は中むらをよく利用し、他の料亭の女将さん達を羨ましがらせた。

「りんちゃんは、いい妓を抱えているからよ」

「梅奴には敵わないわ」

全くその通りで、海軍への納入を決めた岩崎には『ゲン』のいい店だった。とめをも利用して、海軍への御用達になれた店だったからである。

岩崎はいつも黒田大佐と横山少尉を連れて来た。岩木山を愛するようになっていたとめにとっては、黒田と寝るのはどうしても嫌でたまらなかった。女将さんに言っても埒があかない。

「嫌だなー、黒田様って」

「とめちゃん！　今は不景気なのよ。我まま言わないで我慢おしよ」

高木がさっぱり姿を見せないので、岩木山も来てくれない。りんに強く言われるとどうにもならない。

「今夜こそ酔い潰れてしまおう」

そう思って、

「お女将さん、今夜も冷酒を沢山用意しておいてね」

「あいよ。沢山飲んどくれ。幾らでも用意しておくからね」

今夜の芸妓衆は、置屋秀の屋から春駒、置屋初音から貞子と、みの吉が来るという。初音の貞子は四十二歳の大年増で、岩崎のお気に入りの妓である。みの吉は三十一歳だが、岩崎の部下雨宮の彼女で、派手好みのいい女だ。

とめはりんの部屋に呼ばれた。

「女将さん」

「ああ、とめちゃんお入り。そこに座って。あのね、とめちゃんももう十八を過ぎたし、そろそろ一本で出てもいいと思うのよ。そんで今夜から一本になるの」

「女将さん、急に言われたって。私、一本になれるかしら？」

「大丈夫、今夜から一本ね」

「女将さんがそう言ってくれるなら」

「そうよ。それで名前も今夜から梅吉に変わるの」

「えー、名前も変わるんですか？　一本になるってどうなるんですか？」

「ああ、一人前の芸者になるってことなの。お客様から一人前のお金が頂けるのさ。半玉は半分しか頂けないのだけれどね。そうそう、とめちゃんには上げなきゃいけないお金沢山預かってるのよ、私。年の暮れになったらお払いするからね」

「へー私、お金頂けるの？　嬉しいなー。お金貰ったら何買おうかな」

「あら、無駄使いしちゃ駄目よ。お金は使う物じゃなくて貯めて楽しむ物なのよ。よく覚えておいで」

「ハイ」

「とめちゃん、そろそろ着替えて支度しましょ」

とめは自分の部屋へ戻って着替えを始める。りんも来て手伝ってくれる。今夜から一本ということで、紅い半襟を取り外す。

「とめちゃん、今夜はこれを着て」

りんは、自分の部屋から用意して来ていた仕立て下ろしの黒縮緬に裾模様の着物を拡げ、白いしつけ糸を抜いた。

「ほら、羽織ってごらん」

「まあ、こんな立派なの？　私が着てもいいのかしら？」

「そうよ、一本の時のために作っておいたのよ。それにこれは西陣、西陣の丸帯よ」

「うわー、綺麗」

「さあ、早く着よう！　着たらお父さんと栄ちゃんにも見て頂こう」

着付けが済むと、見事な芸者振りになった。りんは、実太郎と栄と玉江に声をかけた。実太郎、とめの部屋に入ってくるなり、

「おお、とめ、綺麗になったなー。実に綺麗になったもんだ」

と褒めてくれる。少し遅れて来た栄と玉江は濡れた手を拭きながら、

「まあ、とめちゃん、立派になっちゃって」

「お母ちゃん、ほら!」

少し膝を屈めて見せれば、早くも栄は涙顔になって、

「旦那様、女将さん、ありがとうございました。こんなに立派な物作って頂きまして」

「うむ。とめは立派になったな。実に綺麗な妓になった。これあ深川一だぜ、栄ちゃん」

「はい」

「なあに。この着物はとめが自分で稼いで作ったようなもんさ。なあ、りん」

「そうよ。栄ちゃん、心配しないでおくれ。これはとめちゃんが自分で作ったような物なの。半玉で出てからこの方、とめちゃんには一銭のお小遣いも上げてないし、今のところこの家にいればお小遣いはいらないし、今のうちに沢山着物を作っておく方がいいと思ってね、どんどん作っているのよ。商売物だからね。もう、とめちゃんの箪笥、二竿になったわ。どちらもいっぱいよ。全部日本橋の旭屋に作らせたの」

そう聞いて栄は驚いた。自分の着物なぞは、中くらいの行李に入りきってしまうほどしかない。

それに、今夜から一本立ちの芸者になるのだという。とめが自分からどんどん離れて行ってしまい

そうに思えて、悲しくなった。一本になった祝いに、今からささやかに内祝いをやるという。予め用意されていた酒肴に五人は車座になった。

「おめでとう」

「おめでとうございます」

「とめちゃん、おめでとう。栄ちゃん、ありがとう。お披露目は派手にやりたいところだけど、この不景気ではあまりのことはできないから、検番に届けたら私だけがご挨拶回りして来るわ」

「うむ、その方がよかろう。とめ、お客様に可愛がられるように、一生懸命やるんだぞ」

「ハイ、お父さん」

簡単に祝杯も済ませ、

「じゃ、明日から一本として登録するが、名前は?」

「梅吉よ。梅奴ですもの、次は梅吉ですよ」

「だと思ったよ。分かった。じゃ、明日梅吉で登録しておく」

「お前さん、お願いします。さっ、とめちゃん、そろそろお客様も来る頃よ。表に行ってお迎えしましょ」

瑞々しい芸者振り、梅吉の門出である。玄関に出ると、お客様より先に芸者衆が来ていて、溜まり部屋が喧しい。

「皆さん、お早うさん。お世話になります」

「お女将さん、お早うございます。お久しぶりでした、貞子です」

「まあ、貞ちゃん、ホーンと久しぶりね。今晩は宜しく頼むわね。みのちゃんもお元気そうね」

「ハイ、元気です。宜しくお願いいたします」

「こちらこそ宜しく」

女達の賑やかな挨拶の最中、岩崎の車が到着した。ドアの閉まる音がして四人の客が玄関に姿を見せた。広くてぴかぴかに磨き込んである廊下の両側に、仲居達がずらりと並んで客人を迎えた。栄の妹玉江の顔も見えた。にこやかに微笑む玉江も美しい娘だ。

りんは丁重に頭を下げて、

「いらっしゃいませ、岩崎様。今宵のご利用、誠にありがとうございます」

「よう女将さん、お世話になります。宜しくな」

仲居達に案内されて客人達は宴席に着く。お姐さん方も座って賑やかに宴が始まった。いつものように、正面に座った黒田の前にとめも座った。

「こんばんは、黒田様」

「おう梅奴。今晩はまた一段と美しいの」

その声を聞いて、女将りんは高い声で言う。

「あのー皆さん、それに岩崎様、一言お知らせいたします。今晩から梅奴改めまして梅吉となりまして、一本の芸者としてお付き合いのほどお願い申し上げます。梅の屋の梅吉と言う名前で今日検番に登録されました。どうぞ末永くお引き立てのほど宜しくお願い申し上げます」

「どうぞ宜しくお願い申し上げます」

とめはりんともども深々と頭を下げ、皆に挨拶をした。

再び黒田の前に戻って座る。

「梅吉か？　ええ名じゃ」

「黒田様、気に入って頂けました？」

「おう、梅の屋の梅吉とはうめえ名だ」

「嫌だー、変な洒落」

「梅吉、一本になった祝いだ。今夜はうんと飲もうぞ。それ注げい」

「ハイ、黒田様に負けないように、今夜はうーんと頂きます」

「うわは、、、儂もおまんには負けそうじゃわい」

今夜は飲み潰れてしまおうと思っているとめである。酒宴は賑やかになってきた。名手国太郎には及ばないが、貞子の三味線もなかなかのものである。りんが、

「梅吉、踊りなさい」

「はい」

貞子に一礼して立ち上がったとめは、脇から客席にも深々と頭を下げてから、金屏風の前に進んだ。

「いよっ！　梅吉」

一本になった梅吉の姿は梅奴の時とは格段の違いを見せ、ひときわ艶やかに美しく成長した芸妓ぶりを演出していた。

恐縮ですが
切手を貼っ
てお出しく
ださい

112-0004

東京都文京区
後楽2−23−12
(株) 文芸社
ご愛読者カード係行

書　名					
お買上 書店名	都道 府県　　市区 郡　　書店				
ふりがな お名前			明治 大正 昭和　　年生　　歳		
ふりがな ご住所	□□□-□□□□			性別 男・女	
お電話 番　号	(ブックサービスの際、必要)	ご職業			

お買い求めの動機
1. 書店店頭で見て　2. 当社の目録を見て　3. 人にすすめられて
4. 新聞広告、雑誌記事、書評を見て(新聞、雑誌名　　)

上の質問に1.と答えられた方の直接的な動機
1. タイトルにひかれた　2. 著者　3. 目次　4. カバーデザイン　5. 帯　6. その他

ご講読新聞　　新聞	ご講読雑誌

文芸社の本をお買い求めいただきありがとうございます。
この愛読者カードは今後の小社出版の企画およびイベント等の資料として役立たせていただきます。

本書についてのご意見、ご感想をお聞かせ下さい。 ① 内容について ② カバー、タイトル、編集について
今後、出版する上でとりあげてほしいテーマを挙げて下さい。
最近読んでおもしろかった本をお聞かせ下さい。
お客様の研究成果やお考えを出版してみたいというお気持ちはありますか。 ある　　ない　　内容・テーマ（　　　　　　　　）
「ある」場合、弊社の担当者から出版のご案内が必要ですか。 希望する　　希望しない

ご協力ありがとうございました。

〈ブックサービスのご案内〉

当社では、書籍の直接販売を料金着払いの宅急便サービスにて承っております。ご購入希望がございましたら下の欄に書名と冊数をお書きの上ご返送下さい。（送料1回380円）

ご注文書名	冊数	ご注文書名	冊数
	冊		冊
	冊		冊

「よよっ、いいぞー、梅吉。最高だー」

黒髪の島田髷が決まっている。軽く一礼し、扇を翳し小股を小さく開いて横に構え、三味線に合わせて静かに踊る。

「おお、最高ー。梅吉」

の声が飛ぶ。

「あれー、なんときれいーっ」

「まーお人形さんみたい、素敵ー」

姐さん方からも溜息が漏れ聞こえる。

りんは優越感に浸った。この妓を育てて良かった。これで深川の花街を背負って立てる妓が一人できた。そんな安堵を覚え、心から満たされた。梅吉の踊りも上手になってずいぶん成長していた。りんは暫くの間我を忘れ、ぼーっとしてとめの踊りに見惚れていた。賑やかに響くお囃子も、どこか遠くで鳴るのんびりした盆踊りの太鼓の音のように聞こえていた。

「女将！」

耳元の黒田の声にはっとして、

「ハハイッ、黒田様。ごめんなさい、なんとまあ、私としたことが」

「女将、一杯差さんね？」

見れば黒田が一升瓶を持ち上げて構えている。

「まっ、黒田様、私はそんなに頂けません。私がお酌いたしますから、さっ、どうぞお受け下さいまし」

りんは黒田から一升瓶を取り上げ、黒田の椀に注いだ。

「女将、梅奴は、あいや梅吉か、梅吉はいい妓になったのう。段々艶っぽくなってきて、儂はますます気に入った」

「まあ、ありがとうございます。黒田様のお陰でございます」

「のう女将、あの妓は儂のことを好いちょらんようじゃ」

「あら、そんなことないと思いますよ」

「いいや、なんとのうそんな気がするのじゃ。しかしまあ、酒も強うてよう飲むわ。儂よか強いがの。あの妓は二日酔いがのうて、次の朝も旨そうにぐいぐい飲みよる。儂あ、翌朝は頭が痛うて胃はむかつくし嘔吐《あげ》そうでゲクゲクやっちょるのに、あれは平気じゃ」

「本当にどうなっているんでしょうかね」

「あのこんまい身体のどこにあんげな酒が入っていきよるのか、ほんなこつわからん」

「黒田様、あの妓ったら、今夜も黒田様とうんと飲むからお酒を沢山用意しておいてねって言われてますのよ。どうぞ沢山召し上がって下さいましな」

「ほほう、そんげこつい言いよっとか。よっしゃ」

「さあ、お飲みになって」

「うむ」

梅吉、舞い終わって扇子を閉じて帯の間に差し込んで座り、三つ指をついて丁寧に一礼する。立ち

上がると、足早に黒田の席に戻って来てぺたりと座り、

「黒田様、一杯ちょうだい！」

「おお梅吉、お主、美しゅうなったのう。ほんなこつ美しゅうなった。さっ、飲まんせ」

「頂きます」

黒田は美しさを増した梅吉に満足して上機嫌であり、とめも、たとえ黒田であっても褒めてくれる人に悪い気持ちはしない。意気投合の二人は余人も驚く酒豪ぶりである。あっという間に一升瓶は空瓶の山である。回りで見ている者があっけにとられて、

「全く凄いわねー」

「ほーんとに話には聞いていたけれど、梅ちゃんの飲むの初めて見るのよ。本当にお見事ね。私もあんなふうに飲んでみたいわ」

酒に弱い貞子は、梅吉の飲みっぷりに肝を抜かれている。黒田はいつの間に用意したのか、背広の内ポケットから水引の掛かった熨斗袋《のしぶくろ》を出し、

「おい、梅吉。一本になったお祝いじゃ」

「あら、ありがとうございます。いいのかしら？　頂いても、女将さん」

「何、なんぼも入っちょらん。ほんの気持ちじゃ」

「ありがとうございます、黒田様。お気遣いを頂きまして。梅吉、頂きなさい」

「ハイ、ありがとうございます。では遠慮なく頂きます」

この様子を見た岩崎も遅ればせながら私もと言い、梅吉一本立ちの祝いとして金一封をくれた。貞

子の調子の早い三味線で宴はまた一層賑やかになった。みの吉が踊った。大柄で色白のみの吉の踊りには、凄いお色気があった。

「梅吉、飲むぞ。そら注げい」

「あら、ごめんなさい。黒田様」

「ほい、おまんも飲め」

「頂きます」

互いにお椀で飲む冷酒は一升瓶なぞ忽ち空になってしまう。

宴も終わりに近づいた頃、さすがのとめもぶっ倒れてしまった。黒田も同様であった。身体の細いとめは軽々と運ばれ寝かされたが、図体のでかい黒田は、仲居が数人がかりでやっと布団の上まで運んだ。

この晩の黒田の鼾はもの凄く、中むらの客室中へ響き渡っていた。同室の梅吉を気遣って仲居が様子を見に行ったが、梅吉には聞こえないらしく、口を開けてすやすや眠っているという。

翌日、大分陽が上がってから梅吉は目を醒ました。隣の布団にうつ伏せになって、黒田は洗面器を抱え込んで呻っていた。が、梅吉は頭がぼーっとしていて目を閉じると再び眠ってしまった。黒田は二日酔いで、頭は痛い、胃はむかむかするで大騒ぎである。仲居が二人来て世話を焼いている。どのくらい時がたったのか、梅吉は目を醒ました。

「あら、とめちゃん、お目覚め？」

「ホーントよく眠ってたわね、とめちゃん」

「ううーん」

頷きながら大きい欠伸をする。

「ああ寝たー。よーく眠ったー」

両腕を大きく伸ばし胸を反らす。薄い胸だが、浴衣の上から乳首が張っているのがよく見える。

「誰が着替えさせてくれたのかしら?」

「栄ちゃんと玉江さんよ。二人でここまで運んで着替えたのよ。全然知らなかったでしょ、あんなに飲むんですもの」

「あんなにって? どのくらいかしら?」

「さあー、どのくらいかなー? 十本くらいは空瓶があったわよ」

「へー、そんなに飲んだかねー」

「今夜は随分いけるけどって、みんなで心配してたんだから」

「でもね、梅吉はどんなに飲んでも、全然着物を汚さないって女将さんが褒めてたわよ」

「そう、お母ちゃんと叔母ちゃんが運んでくれたの。恥ずかしいなー」

隣で黒田が、

「うっ」

と呻り、

「げーっ」

と吐いている。仲居の良が黒田の背中を叩いたりさすったりしている。

「黒田様、塩水ですけど、お口を漱ぎますか?」

「うむ、駄目だ」

大分苦しそうである。

「富ちゃん、お水あるかしら?」

とめが聞いた。

「お水? あるわよ」

富子がコップに水を注いでくれる。

「ありがとう」

冷たい水が渇いた喉を潤して落ちていく。

「ああ、おいしかった」

コップを盆に返し立ち上がると、黒田の方へ行き、

「良ちゃん、ありがとう。私が替わるわ」

「じゃお願いね」

富子と良はそう言うと部屋を出て行った。とめは黒田の背に手を当てて軽く叩いた。

「おお梅吉か。すまんのう。じゃがお主も強かー。なんでんなかとか?」

「私はよく眠ったので、なんともないです」

「へー、全くたまげた女子よ」

「私、少しお腹空いたわ」

「うっへ、飯なぞ見たくもねえ」

「あっ、そうだ。黒田様、お酒にしたら。そうよ、迎え酒よ。これが一番よ」

「うーむ、酒か。匂いも嗅ぎたくねえ。勘弁しちょくれ」

「いいえ。お酒飲むのよ。鼻をつまんで一気にぐーっと飲むの。すぐに治るわよ」

「そうか。飲んでみるか」

とめは廊下に出て、

「お姐さーん、お姐さーん」

と呼ぶが、聞こえないらしく、返事がない。勝手知ったる仲居部屋まで飛んで行き、

「富ちゃん、いる？」

「あら、とめちゃん。慌ててどうしたの？」

「お酒一本出してちょうだい。黒田様に迎え酒やらせるの」

「ああそれ好いわね。すぐに持って行くからね」

富子が清酒一本とグラスを持って来た。

「はいどうぞ。お鼻をつまんでぐーっと一息に飲んで」

「うむ。こいはきつかのうー」

黒田は言われるままに自分の鼻をきつくつまむと、冷たい酒を一息に飲み込んだ。少し残った酒も全部飲みきると、小さく（ケポッ）っとやる。

「もう一杯どうぞ」

「うむ、もう一杯か」

我慢して二杯目も飲みきる。

「そう、そのくらいやると、すぐに気持ち良くなるわよ」

「おまんもやるか」

「私、お腹空いてるので、ご飯にするわ」

「へえー、たまげた女子だ」

「私、お部屋に帰って着替えて来ていいかしら?」

「うむよか。すぐに帰って来いよ」

「ありがとう。なるべく早く帰ります、じゃ」

空になったグラスにもう一杯酒を注いで、とめは立ち上がり、

「仲居さんに来るように言っときますから」

黒田の部屋を出て仲居部屋を覗くと、大勢の中に母栄の顔も、叔母玉江の顔も見えた。

「お早うございます。夕べは大変お世話になりました。叔母ちゃん、お世話になりました。お母ちゃん、私お腹空いちゃった。何か食べさせて」

「まあー、この娘ったらどうしようもないこと。あんなにお酒飲んだくせに、もうお腹空いたの? こっちへおいで」

栄は調理場の方へ出て行き、とめも母のあとについて行こうとしたが振り返り、

「ああ私、黒田様一人にして来ちゃった。誰か行ってくれる?」

「あいよ。私と良ちゃんですぐに行ってみるわ。早く何か食べて着替えてらっしゃいよ」

「じゃ、富ちゃん、お願いします」

富子と良は、黒々とよく漬った秋茄子の糠漬けを切って、すぐに黒田の部屋に行った。

「ごめん下さい、お邪魔します。黒田様、いかがでございますか？　迎え酒は」

「うむ、大分いい気持ちじゃ。さすが迎え酒とはな。儂も知らなんだ。ええもんじゃのう」

「そうですか。やっぱり飲兵衛の梅吉ね。あれ、黒田様、いくら迎え酒でもこんなに飲んじゃ飲み過ぎですよ。お酒はこのくらいにして朝飯を召し上がりますか？」

「うむ、儂も飯でも貰おうかの。そろそろ帰らにゃならん」

「ではご飯の用意をいたしますが、こちらへ運びましょうか？」

「うむ、ここでんよか」

「ハイ、では早速に」

と朝食の用意をしに良が部屋を出て行く。富子は部屋の隅の洋服戸棚から黒田の背広を出し、肌着になっている黒田の後ろからYシャツを着せ掛ける。黒田はYシャツの袖に腕を通しながら、伸ばした手を富子の襟の間から胸の中へスーッと入れ、乳房を掴んだ。

「キャッ！」

悲鳴を上げた富子は胸を抑える。黒田の指は富子の乳首を弄《いじ》くっている。

「黒田様！　いけません」

富子は力一杯身体を引いた。乳首が千切れるほど痛かった。

「黒田様、ご冗談はいけません」

「いい胸ばしよるけん。一寸触らせて貰うただけたい。よかおっぱいたいね」

「何がよかですか。痛かったんだから」

富子は怒り顔をしている。

「ハイッ、ネクタイ」

背広とズボンはここに置いておきますと言って、富子が黒田の部屋を出ようとした時、

「お待ちどう様でした」

朝飯を持って梅吉が入ってきた。生卵に海苔、味噌汁と漬け物にご飯、朝飯は大体どこでも決まりきった物である。

「おう梅吉、早かったの」

「もうお気分はスッキリいたしましたか?」

「うむ、爽快じゃ。ええ気分じゃ。飯にする」

「はい黒田様。いっぱいよそってもいいですか?」

「うん、軽うてよか」

糠漬けをぽりぽりやり一口二口飯を喰ってから、飯の上から熱い味噌汁をさっと掛けて、さらさらと喰い始める。

「黒田様、汁掛け飯ですか」

「うん、こんが一等よか」

「あら私と同じだわ。私もそれ大好き。簡単でおいしくって、食べやすくって」

天を仰いでざざーっとやると、もう終わりである。

「うむ、うまか。儂あこれで帰る」

すっかり気分も治った黒田は上機嫌で玄関に出た。りんも仲居達も表玄関まで送り出た。

「どうもありがとうございました。もうご気分は大丈夫でしょうか?」

「うむ、お陰でもうよか。なんでんなか?」

「それは宜しゅうございました。ではお気をつけてお帰り下さいまし。またのお越しをお待ち申しております」

りんは恭しく最敬礼をし、黒田を送った。仙台堀川河岸の柳の葉が冷たい川風に吹かれてはらはらと散る中を、岩崎の自家用車に乗った黒田大佐と横山少尉は、見送る女達に挙手をして帰って行った。

(二五)　博多からの客人

秋風も一層冷たさを増して強い風が横に吹くようになり、ここ深川平野町二丁目亀久橋袂は仙台堀川河岸沿いに建つ料亭中むらでも客足も途絶え、寂しい秋を迎えている。

陸海軍双方に食料の納入を決め、好況期には大儲けをした岩崎総一郎も、めっきり足数も遠くなった。月に一度姿を見せればいい方である。船成金で鳴った高木豊吉はまるで姿を見せない。ましてや一見の一般客などとうてい当てにならない状態で、希に客があっても芸妓を呼んで遊んで行くだけで、宴会どころではないらしい。まるで商売にならない。

中むらばかりではなかった。深川一帯に広がり河岸沿いに並ぶ花街全体が寂しい姿をさらしている。夕方ともなると皆一斉に軒灯に灯りを入れ表面は賑やかになるが、華やかさを彩るさんざめきは聞こえず、爪弾く三味の音も寂しげに流れていく。通りを歩く客の姿もなく、車を走らせる人力車の兄いの掛け声とがらがらと鳴るからっ車の音がうつろに響くのみで、寒々しい風景である。

そんな時勢のある日、料亭中むらを訪れた中年男女の姿があった。大正十年の晩秋である。

「どちら様で?」

玄関に顔を出した女将りんは、怪訝な顔で来客を迎えた。

「私ら九州の博多から参《め》りましたもんですけんに、突然のこつ、こちら様には大変申しわけのなかこつですけんども、こちらには梅吉姐さんというお方がいらっしゃいますと伺って参りました者です」

「ハイ、確かに梅吉なら家の妓ですが?」

そう聞くと、夫婦らしき二人は互いに顔を見合わせ、

「そん梅吉姐さんばお借りいたしたくって、参ったわけでございもんす」

「ええっ、なんですって? 梅吉を貸せってえのかい? なんでまあ、九州くんだりからそんな話が飛び込んでくるのかねえ。冗談じゃないよ、全く。あんた方本気でそんなことできると思って、のこのこやって来たんですか?」

「へえ、いきなりこんげ話ば持ち出されて、さぞご立腹かー思いよります。女将さんのお腹立ちもよう分かりますたい。

実は相撲取りに岩木山と言いよるお方のおらします。そんお方が博多にゃ酒ば飲めん妓ばかしじゃ面白い妓もおらん、東京さ行って梅吉ば連れて来やんせ、と言いよりまして困ってしまいましてん。どう言いわけいたしましても聞き入れて貰えましぇん。大関が色々言われるのをお聞きして、今日ここまでお訪ねした次第でございます」

「まあ、岩木山関からでございましたか。これは先ほどからのご無礼、申しわけもございませんでした。岩関なら私どもにとりましても、大事なお客様でございます。

それではこんな所ではなんでございますから、どうぞ奥にお上がりになって下さいまし。主人も只今は家におりますから、伝えて参ります。少々お待ち下さいませ。さっ、どうぞお上がり下さいな」

遠来の客を、溜まりの間に招じ上げて、

「主人に伝えて参ります。少々お待ち下さい」

奥座敷で書き物をしていた実太郎の元へ、りんは急いで来ると、

「あなた、入ります」

「うむ、慌ててなんだね？」

「あなた、大変なお客様よ」

一部始終を実太郎に話す。

「あなた、どうします？」

「うむ。ともかくお会いしよう。お通ししなさい。丁重にな」

「ハイ」

一分の隙もない立派な身なりの二人を座敷に通し、

「暫くお待ち下さいまし」

りんは下がって来ると、

「あなたも羽織を着て行って下さい」

「うむ、そんな客人か？」

「そうよ。お二人ともりゅうとした身なりでいらっしゃるのよ」

実太郎、りんの出した羽織を着ると座敷へ行く。

「お待たせいたしました」

そう言いながら、長火鉢の脇に正座し両手をついて、

「当家の主、中村実太郎でございます。遠方よりお越しのご様子、ご苦労様でございます」
「これは早速ご引見を頂き、ありがとうございます。九州は博多より参りました米倉と申します。これは妻のえんと申します」
深々と頭を下げ、懐から名刺入れを出し、一枚を抜き出し差しよこす。
「これはご丁寧な。拝見いたします」
福岡市相生町二三二相生町券番取締役
米倉隆一郎
料亭大寿楼
福岡市釜屋町一～二
「おや、見番の重役さんで。私も同業でございます」
と言いながら、長火鉢の小抽斗から名刺を出して渡す。
「こいは恐れ入りもす。こちら様のお話ば、岩木山関から大体のこつば伺っておりましたばってんが、券番の社長さんとは知りもはんでした。券番と言っても東京とでん、字の違うとりますでんなー。なるほど面白かもんですたい」
「なるほど。しかしどちらも納得できますな」
「ところで早速ですけんど、岩木山関から、東京さ行ってどうしても梅奴を連れて来てくれやんせと言われましてんからに、困り果てまして、こうして恥ば忍んでお願いに来もんした」
挨拶の傍ら、えんも脇から口を入れる。

「まっこと突然のこつで申しわけもなかこつで、こちら様でもご都合のありもっそ、お話だけでもちゅうて、やって来よりましたばってんなー」

「こいの言うように、まっこつ突然で申しわけもなかこつですが、九州場所一場所でよかけん、梅吉さんばお貸し願えんじゃろか、中村さん」

「いやー、何しろ急なお話で、私どもでも面喰らっております。家内も同様だと思います。よく考えて話し合ってみないことには、なんともご返事のいたしようもございません」

りんがお茶を入れて入って来た。

「いらっしゃいませ」

「こいは奥様、こんげんご無体な話をば持ち込みよりましたいに、こんげ奥まで上げさせて貰うて、申しわけもなかこつでごぜえましゅ」

えんもまた畳に額をつけて挨拶する。

「米倉さん、一場所とおっしゃいましたけど、いつのお話なんでしょう?」

「あなた、私は嫌でござんすよ。梅吉は私が手塩にかけて、こんな小さい時から育て上げた娘ですよ。小学校にも上げてやっと磨き上げた大事な娘です。それに家には梅吉一人しかいないんですよ、梅吉がいない中むらなんて考えられないわ」

「うむ。しかしこの話、梅吉にも話さないわけにもいくまい。梅吉がなんと言うか?」

「そうね。話さないわけにはいかないわね。梅吉は岩木山関が好きなのよ。困ったわ」

「中村サー、実を言いますと今場所借りたか思いよりますたい。しかし今場所はもう三日後には始まりますばってん。何、もう力士連中は博多ばじぇんぶ集まりましてん。なんの連絡もなしに、こんげんしてくさ、無理ば申し上げ、まっこと申しわけもございもはん」

「それに私、関取にお話が聞きたいわ。梅吉を向こうに呼んで、どうゆう風に置いてくれるのかも」

りんがそう言うと、えん、一膝乗り出して、

「そいは奥しゃま、そいはもう私どもでんお預かりいたしまして、私どもで責任を持ってお返しに上がりましゅ」

えんは頭を何度も下げ、必死のお願いである。

「九州場所もあと三日後の開場では、この話、来年の九州場所ということにしてはどうですか?」

実太郎のこの提案に隆一郎も同意したが、りんは、

「それでも私、梅吉を一人で九州まで出してやるのは心配だわ。あの娘、この家を出たこともないし世間知らずで、着物だって少しは持って行きたいし、大変なことになるわ」

大きな吐息をついて、

「いくら来年の話でも心配だわ」

「そうですばい。奥様としては大変な心配事ですわなー」

「内輪話ですが、中村サー。今、福岡では大関岩木山は大した人気ですたい。岩木山を取り込んだ料亭が他を制すると言われとりますたい。大関の威勢はごっついもんですけに、どげんしても大関に大寿楼に来て貰いたかです。そこんとこばご了解願って、なんとぞ宜敷うお願いばしもんす」

「お願いばしもんす」

「ところで米倉さん、九州の方は景気はいかがですか？　東京はひどいもので、閑古鳥さえ鳴いてくれません」

「いやあ、九州とて同じことですばいじゃが、九州ば炭坑のあらすとけん、ひよっとすっとちょこし良かかねー」

「あー炭坑ですかー。いいですねー。東京は駄目です。いっときは戦争景気で良すぎましたから」

「そうですたい。あの戦争景気は良かでごわしたな。あの景気の反動のこつでんな、この不景気は」

「あーた私達もそろそろおいとまいたしまひょ」

「うむ、そうしもんそ、中村サー。突然伺いまして、ほんなこて失礼ばしました。梅吉サーのことは来年また改めましてお話し申し上げ、今日はこれにて帰らせて頂きます」

「ああ米倉さん、遠い九州からこうしてわざわざお出かけになられたんだ。今晩は私どもの所に泊まって、ごゆっくりと東京見物でもしてお帰りになられたらいかがでしょう。明日は浅草の観音様でもご案内いたしましょうに」

「そうそう、そうして下さいな。おえんさんもどうぞお気兼ねなくお泊まりになって下さいましな」

「いいえ、なかなかそうもしておれんとです。私どもも帰らねばならん用事もあるとです。今日はこれにて失礼ばさせて貰いもんす」

「そうですか。それは残念ですな。ですが米倉さん、梅吉に逢って行ってくれませんか？　今稽古に行っていておりませんが、あと暫くすれば帰ってくるはずですから」

「そうですよ、梅吉の顔も見ずに帰ったのでは、何をしに東京まで来たのか分かりませんでしょう。

どうぞも少しごゆっくりなさって下さいまし」

「そうですか、中村サー。まっことありがたかこつ」

「まーありがたかこつ。私もそうお願いしたかったでごわんども、これ以上厚かましかこつの言われましなんだ。あーた、よかでしたなー」

えんは涙を流し、実太郎夫婦の親切に感謝した。

「梅吉に話したらなんとお返事いたしますやら。本人にも聞いてみないことには分かりませんし」

「ありがたかお言葉、勿体なか」

「もうじき帰って参りましょう」

りんがそう言うほどもなく、遠くで勝手口の開く音がし、

「ただいまー」

とめの声である。

「お女将さん、ただいまー。あれいないわ」

りんの部屋に顔を出しているようだ。とめは自分の部屋に戻って、着替えをしようとしていた。りんは立って、とめの部屋まで行き、

「お帰り、とめちゃん。今日はね、とめちゃんにお客様よ。そのままでいいからこちらへいらっしゃい」

そう言い、とめを客間に連れて来て座らせる。

「梅吉、こちらのお客様は九州からお見えになったお方で、お前に会いに来られたのよ。ご挨拶な

さい」

「梅の屋の梅吉でございます」

にこやかな梅吉の挨拶を受けて、米倉夫婦は大層驚いて、

「こいはまあ、何と美しかー。お人形さんごと可愛らしかー」

「こんお人が酒も強かて、想像もつきもさん」

「こんじゃ、岩木山関が気に入るもあったりめーでごあしょ」

とめには岩木山という言葉が頭に刺さった。

「えっ、岩木山ですって？　岩木山がどうかしたの？」

「とめちゃん、その岩木山のことでこちらお見えになったのよ。岩関が梅吉を博多に連れて来いって言ってるらしいのよ。急にそんなこと言われたって困るって言ってたところなんだけど、とめちゃん、あんたどう思う？」

「お女将さん、私行きたい！　関取が呼んでるなら私行きたい、ねえ、お女将さん、行かせて」

「とめちゃん、無理なこと言わないでよ。あんたはいいかも知れないけど、私の方が困るのよ。色々用意もあるし、お座敷着だって必要だし、ちょいと隣へ行くようなわけにはいかないんだよ」

「あんのー、私がこんげなところで口をば出すのはなんですけど、奥しゃま、どんがなもんでござ いまっしょ、梅吉さーが博多ば行きたかー言いなさっとでん、私どもにお任せ下っせ。こんげ言うたらいかんでしょうが、肌着も着物も一切お任せ下っせ。手の通ってなか肌着も着物も揃っておりもんす。梅吉サーになんのご不自由もかけもさんけ、奥しゃま、お願えしもっす」

「九州場所も三日後には始まります。十日間で終わります。そいが済みましたら、梅吉サーは私どもで送って参ります。中村サー、どがんなもんでごわんしょ」

「関取は呼んでいる、とめは行きたい、これで九州からわざわざおいで下さった客人を素手で帰らせるわけにもいくまい。なあ、りん、十日ほどの間だ。梅吉を行かせよう」

実太郎にそう言われて、暫くは俯いていたりんだったが、

「そうね、仕方がないわね。よっし、行ってらっしゃいとめちゃん。おえんさん、お世話になります」

「お父さん、お女将さん、ありがとう」

実太郎の決断で話は一挙に決まった。米倉夫婦の喜びは一通りではなかった。

「ありがとうございます、中村サー、奥しゃま。私どものとんだご無理をばお聞き頂き、ほんなこつ嬉しかー思っとりますばってん。こいで岩木山関もなんぼか喜びまっしょ。ありがとうござりました」

「ねえあなた、私、どうしてもとめちゃん一人で出してやるの不安なのよ。どうかしら、玉ちゃんを付けてやるのは?」

「うむ、それもそうだな。どうでしょう、米倉さん、梅吉に仲居を一人付けて出したいと家内も言うのですが、それでご承知願えますでしょうか?」

「ええ、ええ、もうそうして頂けますんなら、願うたり叶うたりでございもんす。ありがたかこつで」

「中村サー、これほど大事な梅吉サーを、なーも考えにゃーで借りに参りました私どもが恥ずかしゅうございもんす。こいで九州から来た甲斐もありもした。大事にお預かりいたします」

その晩、米倉夫婦は中村家に泊まり、翌朝、梅吉は付き人の玉江とともに東京駅から汽車で博多に向かった。りんはとめと玉江に手伝わせて、とめの着物や肌着を大型の行李に思いつくままに詰めた。二人の行李ができ上がったのは夜中になってしまった。

米倉隆一郎は実太郎夫婦を大相撲九州場所へ見物に誘ったが、夫婦は急に店も空けられないと今回は見送った。りんはタクシーを呼んで、四人を東京駅まで送った。東京駅でも、とめの美しさに見惚れて振り返って見る人は多かった。りんは切符を買ってから、二つの行李を博多駅までチッキ（鉄道の客車便で送る手荷物）で送った。とめは初めて乗る汽車が嬉しくてはしゃいでいたが、りんと栄は寂しそうで、特に栄は泣きそうな顔をしていた。

汽車に乗り込み、窓から顔を出したえんは、

「奥様、お母さん、梅吉サーはこん私がしっかりお預かりしとりますたい。なーもご心配のなか、どうぞご安心下っせ」

「宜しくお願いいたします。岩木山関にはどうぞよしなに」

四人は二等車に乗り、手を振って別れた。午前八時丁度、汽車は轟音の汽笛とは対照的に静かに発車した。実太郎、りん、栄は汽車の姿が見えなくなるまで、いつまでも見送っていた。

（二六）　博多へ

ゴットン、列車は音を立てて止まった。反動でとめは目を覚ました。

隣席の玉江叔母ちゃんは、目を醒ましたとめを見て笑っていた。

「とめちゃん、博多に着いたみたいよ」

『ハカター、ハカター』

拡声器で連呼する駅員の声が響いた。

前席の米倉夫婦は寄り添って、口を開け顎を前に出して眠っている。東京往復の疲れであろう。とめは二人の膝を叩いて起こした。玉江は自分達の荷物と米倉達の荷物を網棚から降ろしている。博多駅では下車する人も多く、人々の後についてゆっくり降りることができた。

「梅吉サーに起こされねばどこまで行きよっとじゃろかい。やっと帰って来もんした」

「長い旅でさぞお疲れでしょう。一つお荷物をお持ちいたしましょう」

玉江はそう言うと、えんの重そうな手提げ鞄を持とうとした。

「いえいえ、大丈夫たいね。玉江サー、あーたこそいっぱい提げているくさ、大変たいね」

辺りはもう真っ暗で、細い雨が降っていた。ホームの遠くに見える裸電球が霧雨に煙っていて、ぼんやりと霞んでいた。濡れまいと早足に歩く人々の後について、四人も改札口の方へ急いだ。米倉夫婦は三日がかりの長旅であり、さすがに疲れた様子だった。普段、お喋りのえんの口も重かった。

「とめちゃん、チッキで送った荷物、明日でいいかしら?」

「そうね、下着類は手荷物の中だし、そうしましょ」

隆一郎がタクシーを呼び、博多釜屋町の料亭大寿楼まで四人は帰って来た。仲居達が迎えてくれて、えんの部屋に通された。

仲居達は皆、梅吉の楚々とした姿を見てびっくりしたり驚いたりしているようだった。細い身体に地味な大島紬の着物が、美しい顔に一層の清潔感を漂わせている。東京から大酒を食らう芸者が来るというので、どんなウワバミ芸者が来るのかと思っていたが、美しい梅吉を見て一様に、

「まさか!」

「可愛いっ!」

という感じであった。

「ほんと、あいで大酒飲むんじゃろか」

「あのもひとりの人、あの人は何? あん人も美しかねー」

「梅ちゃん。あれ、梅ちゃんて呼んでいいかね?」

「ハイ、そう呼んで下さい。お女将さん」

えんはそう言うと、梅吉と玉江に横になって休むように言い、自分も疲れたので一休みしてからご飯にしたいと言う。とめは、ああ良かったと思った。

「ここでいっとき横にでんなって、休んでいてくんしゃい」

と言ってえんは部屋を出て行った。

長旅を腰かけ通しで体中が痛かった。早く横になりたかった。えんが出してくれた箱枕の冷たさが襟首に気持ち良く、伸ばした手足と腰が気持ちが良かった。

どのくらい眠ったのか、えんの呼ぶ声に目が覚めた。

「ご飯たいね。梅ちゃん、玉ちゃん」

「はーい」

案内されて行った部屋に、隆一郎も待っていた。

「さあ、梅ちゃん、こけ座ってけしゃい。玉ちゃんはここでんよかかいね？」

とめと玉江を並べて座らせると、

「さあさ、大したもんばなかと食べてくんしゃい。あーはー、きっつーごわしたろう。お腹も空きやんしたろ、お若いきに」

「下関で駅弁を頂きましたのでそれほどでもありません。叔母ちゃんは？」

「うん、お腹の方はそれほどでもないけど、少し疲れたわね」

「うん、私も」

「ご飯の前に軽く一杯やりやんしょ」

えんの注いでくれた冷たい日本酒がとてもおいしかた。

「叔母ちゃんも頂く？」

「ううん、私は駄目。お酒は駄目よ」

酒の飲めない玉江は頭を振った。

「じゃあ、あーた、ビールを上げたら」

「いいえ、私はお酒類はなんにも頂けないんです。そうお気になさらないで下さい。私、ご飯を頂きます」

「そうかい。長旅で疲れた時は寝つきばようなかと、ほんとばちっこし飲めるとよかでしたになあ」

隆一郎も勧めるが、玉江はご飯にすると言った。

「梅吉サー、あーたが博多ば行きてーと言いなさったで、儂ら面目が立ちんもんした。中村の旦那サーも決断の早かお人でん、お情けの厚かお人で、感謝しておりもす。ありがたかこつ」

「お父さんは、お女将さんもですけど、いつも優しい人なんです」

「ほんにまあ、奥しゃまでんお寂しか思いよります。私ら、急にこんげな話ば持ち込みばってん、よーご勘弁しなさって下しゃいました。感謝ばしおります」

「梅吉さん、明日にでん横波部屋ば訪ねて、岩木山関に梅吉さんの来なさってるこつば連絡して来ます」

隆一郎は、そうとめに言った。

「ハイ、宜しくお願いいたすます」

食事が終わると隆一郎は、

「風呂に入って来る」

と言って出て行った。暫くして隆一郎は風呂から上がり、浴衣に着替えて戻って来た。えんは梅吉と玉江を誘って、一緒に風呂に入った。

「まー、大きくて綺麗なお風呂ね」

いつもそうするように、とめと玉江は浴槽から上がると背の流しっこをした。

えんは、梅吉の格好良さと色の白さに驚いた。玉江も負けず美しい肌と白さを誇っていた。とめ二十歳、玉江三十三歳の女盛りである。二人を見たえんの驚きである。

「まー、なんと白かー。綺麗なお肌のこつ、お二人とも真っ白のこて、羨ましかー」

少し色黒くて、そのうえ太って肉のたるんできたえんの身体から見れば、月とすっぽんである。

「お女将さん、お流ししましょ」

「あれそうかい、ありがとう」

玉江はえんの背中を流してから肩を揉んだ。

「ああ、よかねー。とってもいい気分たいね。どうもありがとう。ああ、ほーんとに楽になったわ」

互いに大湯につかって、ゆっくりと上がって来ると、仲居に案内されて既に布団の敷いてある部屋に通される。

「お二人一部屋で宜しいでしょうか?」

「ええ、ええ、お気遣いありがとうございます。願ったり叶ったりで恐れ入ります」

玉江は如才なかった。

「では、ごゆっくりお休みやんせ」

「はい、ありがとう。お休みなさいませ」

食前に軽く頂いた冷酒で、疲れた身体にほんのりと酔いが回り、とめはすぐに眠れた。玉江も疲れたのか、すぐに寝入って気持ちの良い寝息を立てていた。

ボーンという時計の音に目覚めたとめは、トイレに行きたくなった。どこにトイレがあるのか聞かなかったのは不覚だった。我慢できずに、ままよと、廊下に出てみる。

「梅ちゃん？　梅ちゃんかえ？」

えんの声だ。

「はい梅吉です。ご不浄に行きたくて」

「ごめん、教えとかんと。突き当たりの風呂場の左たいね」

「はい分かりました。済みません」

トイレから帰ると寒くなり、身震いしながら布団に入った。玉江叔母ちゃんは気持ち良さそうに寝入っていた。

外は大雨になったらしく、激しい雨音がしている。すっかり目が覚めてしまったとめは、闇の中で大きな目を開けて天井を暫く睨んでいた。この家のすぐ近くに岩木山がいるのだと思うと、嬉しさで体が熱くなった。関取に早く逢いたい、あの太い腕に早く抱かれたい、想えば想うほど身体は燃え、熱くなった。

関取は大関になられたんだ。強いんだなー。九州場所はどうなるのかなー。私が来たことで、負けたりはしないだろうか？

とめの脳裏に不吉な予感が走った。二人になるといつも大酒になってしまう。同衾すれば朝まで寝ないこともあった。大事な時だ。体力を消耗させてはいけないのでは？　そう思った時、とめの頭は急に冷めた。場所が終わるまでは逢わないほうがいい。

「そうだわ、逢わないわ」

とめは悲しい決意を固めた。

東の空が白々と明け始めた。とめ達の部屋の障子が明るくなってくるまで、まんじりともせずにいたとめは、もう一度トイレに起きた。中庭の植木が朝靄の中に美しい。微かに海の匂いがした。静かに部屋に戻る。玉江叔母ちゃんはよく眠っていたので、また布団に潜った。目を閉じるとさっぱりしたためか、とろとろっと眠った。

玉江は目を覚ますと、辺りはもう明るく、驚いて跳ね起きた。

「とめちゃん、起きて！　寝過ぎたようよ。こんなに明るくなって、まあ恥ずかしい」

朝はいつも暗いうちに起きる玉江は、疲れて眠り込んでいたのが恥ずかしかった。

「叔母ちゃん、お早う。よく眠ってたわね」

「あら、とめちゃんだって」

「私ね、二回もご不浄に起きたの。今一寸とろっとしたけど」

「あら、そうだったの」

二人の会話が隣室に聞こえたのか、

「梅ちゃんけ。まんだ早かけん。もすこし寝ちょればよか」

「ハイ、お女将さん、済みません。でももう眠れませんから、起きます」

そう言うと二人は布団から抜け出し、着替えを始めた。えんが寝間着のまま、隣の部屋から襖を開

けて覗くと、

「梅ちゃん、床が変わったで、よう眠れんじゃったか?」

「いえ、そんなことはありません。ご不浄に起きてから考え事してまして」

「なんば考えとらすと?」

「あのー、誠に勝手なことで申しわけないんですが、私がこちらに来ていることを関取にはお話しにならないで下さい。お願いいたします」

「どがんして?」

「こちら様には申しわけもないんですが、関取が勝ち越しを決めるか、千秋楽の済みますまでは、お顔を見ない方がよいと思いますので」

「まあ、梅ちゃんたら! あいよ、分っかりもんした。なんとまあ、いじらしかー。そんこつお父さんに言うときますばってん、ほんにまあ、お若いのに立派なこて」

さすが女将である。えんはとめの言葉に感じ入って涙ぐむ。えんが部屋を出て行くと、

「叔母ちゃん、こんな勝手を言って、こちらには悪かったのかしら。叔母ちゃん、どう思う?」

「そうね、こちらでは関取が来てくれて商売になるのよね。だから早く知らせたいでしょうだけど、とめちゃんの考えも正しいと思うよ。私だって同じこと考えたかも知れないわ。いいのよとめちゃん、立派よ」

「そう。叔母ちゃんにそう言われると安心だわ」

「あとでこちらの旦那様にも一言謝っておけば」

「うん、そうする」

仲居が朝食を呼びに来た。えんの部屋での朝食だという。隆一郎も一緒だった。

「お早うございます。お二人ともよく眠れましたかな？　梅吉サー、今えんから話ば聞きよりましてん。まっことお若いのに感心なこて、こん儂も驚きもんした。何、私らの方は楽日の宴会が頂ければ、そいでよかけんね。なんのお気遣えもなさらんと、気楽においでやんせ」

「誠に勝手なことばかり申し上げまして、済みません」

「何々、梅ちゃん気にせんと。さっ、朝飯にしもんそ」

えんは陽気に朝食を食べ始めた。

（二七）岩木山優勝

相撲の醍醐味は、下位の者が強い上位の者に勝つことであり、投げ飛ばしたり叩き込んだりの大技が出ればなおさらのことで、強い大関のいる場所は盛り上がる。大関が横綱を投げ飛ばせば最高である。観客全てのストレスは吹っ飛ぶ。

ましてや大相撲には一段と熱の入る九州人である。福岡で開かれるこの九州場所の今年の前人気には凄まじいものがあった。今をときめく新大関岩木山の活躍は目覚ましく、初日から連勝している。岩手県出身の岩木山であるが、彼の人気は凄い。さらにこの場所の熱を呷っているのは、ご当地出身小結花の里関の存在で、先場所よりも一回り大きく美しい肌を光らせ、今場所勝ち越せば関脇間違いなしと言われている。いやがうえにも盛り上がる福岡である。

とめはこの博多に来て、九州人の大相撲に対する熱の入れように驚いた。店の板前達から仲居に至るまで新聞を拡げ、頭を寄せ合っては熱中していた。

「私は、大関には千秋楽《らくび》が終わるまで絶対逢わない」

とめの心は一層堅くなった。

「まあ、千秋楽までゆっくり博多見物でんして行きやんせ」

と言ってくれるえんに、とめは申し出た。

「こちらにお世話になっているうちに、博多の踊りや唄、特に名高い博多節なぞを教えて頂きとうございます。幾日もいないのに申しわけありませんが」

「幾日もおらんと言いなさるけんど、こいから毎年博多ばおいでなさるとに、習うちょく方がよかよ。私と一緒に稽古場へ行きやんしょ。若いのによー気のつく妓たいね。まっこつ感心なこて」

翌日から、とめはえんとともに相生町券番一階稽古場へ通い始めた。とめの噂は既に聞こえていて、馬賊芸者と言われて名高く、元気のいい地元福岡の芸者衆は皆稽古場に詰めかけて、大酒を喰らう辰巳芸者とはどんな妓か一目見ようというのである。

「どんげ妓か思いよっきに、あんねまんだ子供のごて、可愛いか妓じゃきに」

「ほんね、可愛いかー」

「お人形さんごと」

「あんげ細うしてくさ、どこへ大酒の入えるごたるか?」

細い身体にきっちり結った島田髷が美しい。その白い顔に大きく黒い瞳、長い睫、削り立てたように彫りの深い鼻筋。小さくて形の良い唇から正調博多節が聞こえてくる。師匠から教わる博多節の声もいい。気っぷの良さで知られる馬賊芸者達であるが、

「さすがー、東京の芸者たいね」

と惚れ込む者もいれば、

「なんが大酒飲みか。あんげ子供のごと、負けるもんかいね」

と啖呵を切る者も出る始末である。

「じゃ、今日はこの辺で。なかなかいい声で、発声も良かたいね」

お師匠さんに一礼して立ち上がると、見物していた芸者衆一同に向かってにっこりし、

「皆様、私梅吉と申します。以後宜しゅうに」

深々と礼をし、えんとともに稽古場を去って行く。大寿楼の女将えんのお声かかりとあっては、いかに馬賊芸者とて手も足も出ない。

えんは、この東中州の花街に幾つもある券番を束ねる大切れ者である。頭の良さと気っぷの良さで知られる大姐御だ。そして券番取締役の妻である。この人に睨まれたら、東中州には居る所はないと言われる、馬賊芸者のお頭である。

とめがお稽古に精を出す日を重ねるうち、大相撲も千秋楽を迎えた。

とめや隆一郎夫婦にとって長い日々であった。岩木山所属の横波部屋には早速大寿楼から連絡が飛んだ。十勝一敗の岩木山優勝である。祝賀会は親方の意向で大寿楼と決まった。

予想されたことながら、大寿楼は大変だ。調理方は大騒ぎである。大部屋で知られる横波部屋である。客数も並みではない。後援会、各界名士、各親方衆、熱心なファンなど二百人は越すであろう。芸者衆も相生券番だけでは足りず、南新地の芸者総揚げとなった。

今宵のおえんは大役である。陣頭指揮に立つえんに間違いは許されない。お客様の席順配置、料理の出順、芸妓の付け方などなど大変であった。力士達が現れる前にえんは梅吉に、

「梅ちゃん、今晩は急がしかー。ばってん話もようでけんかも知れんて、今朝の打ち合わせのようやるけんね。着物と帯はこけ出して置きよるさけ、仲居と着てけしゃい、よー話しとくばってん。そいから、もう髪結いも来ちょるけん。結って貰いんしゃい。仲居部屋におらすけん」

「ハイ、お女将さん。何から何まで申しわけありません。大切なお着物もお借りいたします」

「なんの。梅ちゃんのお陰で今夜は大入りですたいね。ありがたかーは、家の方ですたい」

そう言い、大いそがしのえんは座敷へ出て行った。博多に着いた翌日、玉江がチッキを駅まで取りに行って、お座敷着はえんから借りなくてもよかったのだが、えんが何度も、

「家のを着んしゃい」

と言うのを断りきれなくて借りることになった。りんが力を入れて誂えた着物と同様、豪華な物であった。借りるべきか否か迷ったとめは、玉江と相談した。

「とめちゃん、今夜はお借りしなさい。中むらの女将さんには黙っていればいいことだし、聞かれてもうまく言いましょ」

「先にお髪結った方がいいわよ」

とめは玉江とともに仲居部屋に行くと、部屋では髪結いのいねが、仲居の髪を結い終えて待っていた。

「うんまー美しかね。こん人のこてー、東京から来なさったとは。さすがたいね。こん美しか人ば見たこつのなかとー。さっ、そこんとこばお座り下しゃい。お髪を触らせていただきまっす」

いねは、お喋りしながらも、手早い髪結いでなかなか腕がいい。えんが気に入って使っているだけのことはある。仕上がり、襟足を梳き上げると、

「ハイ、お疲れさんでした。どうでごわんしょ?」

手鏡で見せてくれる。

「あら、とっても綺麗よ。ありがとう」

玉江の髪も忽ち仕上がり、礼を言って仲居部屋を出、急いで自分の部屋に戻って来ると、着替えに取りかかった玉江はとめの着付けを始める。とめも玉江の着付けにはいつも満足している。力持ちの玉江の着付けは着崩れがなく、どんなに踊っても、いつも最後までぴっしとしているのである。

「真っ新《まさら》はいつもやりにくいね。どう？　とめちゃん、これでいい？」

玉江はそう言いながらも、早々と着付けを終わった。

「うん、いいわよ。とっても気持ちがいいわよ」

とめは今朝方、えんとうち合わせた通り、大宴会場の舞台の裾に控えた。玉江はとめの着物の裾を持って、控え室まで一緒に来てともに座った。

中日に思わぬ不覚をとった大関岩木山だったが、後半戦は全勝し、全勝の横綱琴の浦と千秋楽で対戦した。上手投げで横綱を下し同点決戦とし、決勝戦では蹴倒しで圧勝、十勝一敗で九州場所を制し、優勝をなし遂げたのである。同門の関脇花の里も勝ち越し、意気上がる横波部屋だ。

横波親方を先頭に関取衆がやって来たのは、予定より随分遅かった。梅吉が待っているというので、聊か落ち着かない岩木山も上機嫌で、何か喋り笑いながらやって来た。玄関で出迎えたのはえんと仲居達で、梅吉の姿が見えないので、岩木山はえんの耳元に、

「梅吉はいねすけ？」

「ハイ、関取、梅吉は奥に控えておりますばってん。あとでごゆっくりご対面ばしてけしゃい。少々お待ちやんして」

舞台を裾に大広間で大宴会が始まった。横波親方の協力を得て客席の順位も問題なく決まって来賓も迎え終わり、ほっとしたえんである。

（二八）再会

九州場所を取り仕切った横波親方の挨拶に続いて、角界のお歴々その他ご贔屓筋の挨拶が長々と続き、岩木山後援会会長の発声で、やっと乾杯となった。

賑々しく芸妓が入って、三味線と太鼓と鉦で賑やかに芸妓衆の踊りが大舞台で華やかに繰り広げられ、盛り上がって来た。舞台では幾度も幕が変わり、賑やかな踊りが続いたが、一向に現れない梅吉に岩木山は苛立ってきた。

舞台の賑やかさが最高潮に達したかと思われた時、一瞬静まり返った舞台に幕が引かれた。暫くの後、再び幕が開いた。黒の幕をバックに立てられた金箔の屏風の前に、黒紋付きの着物に金糸で綴った帯を締めたえんの姿があった。一同がしーんと静かになったところで、えんの朗々とした声が響いた。

「岩木山関、優勝おめでとうございます。また横波部屋におかれましては、こん九州場所のご無事に納まりましたこと、何よりおめでたくお祝いば申し上げます。尚こんたびのご宴席ば当店大寿楼に賜りましたこと、まっことありがたく大変な光栄でございます。

申し遅れましたが私、当店女将えんでございます。今晩のお祝いの引き出物に、私のつたない三味線を弾かせて頂きたく、暫しお耳とお目を拝借いたしとうございます。少々の間、ご辛抱のほどお願い申し上げます」

えんの口上が終わり幕が締められ、待つほどもなく再び幕が開いた。そこには黒の江戸褄に金地の帯の梅吉の姿があった。金屏風の前に進むと、その美しい姿と美貌に感嘆の声が上がる。静かに顔を上げた時、真っ正面の席から、

「いようー、梅吉！」

岩木山の声だ。声の方に向かってにっこり微笑めば、列席者一同のどよめきの声が、

「うおおうっ」

と上がった。

えん得意の大薩摩が始まる。この大薩摩を弾かせたらこの人の右に出る者はいないと言われた初代えんに見込まれ、みっちりと芸を仕込まれた二代目えん、つまり『米倉えん』の弾きである。初代よりも二代目の方が上だと評する人もいるほどの凄腕であった。

最近では滅多に聞くことのできない二代目えんの大薩摩を、芸者連中はじめ三味線をたしなむ者達は固唾を飲んで聞き入った。また僅かな日々であったが、えんに見込まれて特訓を受けて踊る梅吉の舞も見事なもので、目を見張らされた。えんの三味線と唄で踊れる光栄を羨む芸妓も多くいたようであった。

えんの朗々たる謡と弾きが終わり、場内から割れるような拍手が沸き起こった。梅吉はえんの所に走り寄った。

「お女将さん！」

「梅ちゃん！　良かー。ほんなこて良かー」

抱き止めたえんは梅吉とともに泣いた。

「お女将さん、あれで良かったのかしら?」

「ああ良か良か、良かでした、梅ちゃん。私もこん大勢のお客様の前で弾かせて頂いたんは初めてばいね。梅ちゃんのお陰たい。嬉しかー。そうそう、梅ちゃん、早う岩木山関の席ば行きんしゃい。早う行んであげんしゃい」

「ハイお女将さん、ありがとうございます。では」

梅吉は涙を拭くと立ち上がって舞台から降り、正面に座る岩木山の席へ小走りに行った。

「関取! お久しぶり」

嬉しさと懐かしさに泣けてしまい、声にならない。すぐにも岩木山の胸の中に飛び込んで行きたい気持ちを抑え、彼の膳の前に座った。

「よう梅吉、ようこげな九州さまで来だな」

「ハイ、女将さんが東京まで迎えに来て下さったの」

「はーそうけ。梅吉さ、ここさ来う、女将さんの計れえで、ここさ空けてある。ここさ来う」

「あら、女将さんが?」

「そうだねゃ。ここさ空けといて梅吉の座るところさ用意すっとくべと、女将の計れえよ。気の利ぐ人だあよ」

とめは振り返ってえんの姿を探した。えんもこちらを見ていて、目が合うとにっこり笑って頷き、首を縦に何回も振って見せた。目の前の徳利を持ち、関取の隣席に座る。横波親方から先に奨める。

「お一つどうぞ」

「あれあれ、こりぁどうも。こんな美人に酌をして貰えるなんて光栄ですな。こりぁ、今夜は旨い酒が飲めます」

一つ置いた左隣の岩木山後援会長にも酌をしてから、岩木山の隣の席に座らせて貰う。

「お一つ」

岩木山は早くもビールグラスで飲っていた。

「お前《め》さもやるべし。そっちのコップさ出せ」

「ハイ、頂きます。私、冷酒の方がいいな」

「ああそうだねゃ」

岩木山、近くにいた仲居に冷酒を用意させる。早速えんに伝えられ、えんは、

「そうそう、関取に言われてもんした。早う廊下に冷酒を十本ほど持って来てくりやんせ」

よく冷えた冷酒が届き、一升瓶の封が切られた。岩木山が梅吉のグラスに注いでくれる。

「頂きます」

冷たい酒は喉を通り、腹の中まで冷たくなった。踊りに火照った身体に心地よくおいしかった。一気に飲み干した梅吉を、馬賊芸者達は皆凝視した。

「そろそろ飲み始めたけん。どんだけ飲めるんやら」

東京からわざわざ酒のために呼ばれたとあって、馬賊芸者にとっては面目丸潰れである。梅吉という東京芸者が早く飲み潰れることを願っているのだ。

「あん人達にちゅうて、廊下にゃ冷酒が十本も置いてあるくさ。うったまげたこっちゃ」

みんなから凝視《みら》れていることは、敏感なとめには分かりすぎるほど分かっている。しかしそんなことより、岩木山に再会できたことがどんなに嬉しかったことか知れない。岩木山も大層喜んで、とめを傍に置いて離さなかった。酌をしながら回って来たえんに、

「お女将さん、わざわざお席をご用意頂きましてありがとうございました」

「なんのなんの。遠来のお客様のことですけー。梅ちゃんと関取のお陰よ、今夜こうして賑やかなんも。感謝いたしもんす」

「あーにゃ、女将。旦那と東京っこさ行ってげれたんだと？　俺あ、そごまで無理さ言うつもりさねがったども、おらさふんとに申すわげねがったでや。だども梅吉さもよぐ来てけれたでなす」

「東京の中むらさーのご夫婦のご量見の厚かこつ、中むらさん方ば、お礼ば言うてない」

「東京さ帰えったれば、その折な」

「じゃ、一回りしてきもんそ。関取、たんと飲んで行ってない」

えんは酌をしながら去った。

「梅吉、お前さいつ博多さ来たんけ？」

「九州場所の始まる二日前に来たの」

「そんなに前に来てたんけ。なしてまっと早えぐ知らせねんだなす」

「私だって早く逢いたかったわ。だけど、だけど関取の成績に悪いことがあってはいけないと思ったの。それで女将さんにお願いして、今日まで我慢してたんだから、堪忍して」

「うんにゃ、気づけえてくれたんだなす。お陰で優勝できたでや。さあ、梅吉飲め。たんと飲んで、たんとすんべ」

「いやだー関取りったらー。じゃこれで飲《や》っか」

と大きなお椀を持ち上げる。普段無口な岩木山もお喋りになってきた。彼の背後にはもう空瓶が五、六本立っていた。梅吉も少し快調になって来た。舞台では、名物博多節が大勢の芸妓によって披露されていた。

「梅吉姐さん、いつでん変わらぬ飲みっぷりでんな。儂のも受けて下っしゃい」

いつのまに来たのか、小結の花の里である。

「あーら、花関。このたびは勝ち越しおめでとうございました。頂くわー」

花の里も酒は強い。隣席の横波親方も酒豪で知られた人である。この四人がお椀で飲み始めたのである。残っていた酒瓶は忽ち空になった。

「酒が終わったども。どんどん持ってぎてげれ」

「十本でん、二十本でんよか。持ってこらんせ」

花の里にそう言われて仲居達は慌てた。えんに伝えられ、忽ち二十本の冷酒が用意された。さすがの馬賊芸者連中もこれには息を飲んだ。後援会長も入って、話は岩木山の同点決戦の話で盛り上がっていた。

「実は、私も今日は見物させて頂いたのよ、お女将さん達と十人くらいで。心配でどきどきしてたんだけど、あの土俵際へ押し込まれた時はもう負けたと思ったの。思わず手で顔を覆っちゃた。

『うわーっ』って言う歓声に顔を上げると、横綱が転がってるじゃない。『勝ったー』って立ち上がって叫んじゃった。周りの人達がみんな私を見て笑っているのよ。恥ずかしかったわ」

「ほんとけ、俺あ知《す》らねがった。芸者衆が来ているつう話は聞いてたども、まっさか梅吉がいっとは知らねがったなす」

「関取、東京へはいつ帰るの？」

「そげこた、親方さ聞かねば分がんね。親方、東京さいつ帰えるだべさ？」

「うーん、九州場所の世話役は家の部屋だで。稽古場をお願いした各寺院等へ謝礼やら稽古場の後片付けを終えてからだ。あと二日三日はかかるだろう。そのあとだ」

「一緒に帰りたいなー」

「一緒さ帰えるべ」

「ねえねえ、関取、こちらにはいつ来たの？」

「うーん、八月三十日には九州入りしてました」

岩木山に代わって、横波親方が答えてくれた。

「さっきも言ったように、家は九州場所の世話役で他の部屋より先にこちらに来て各寺院等にお願いし、部屋割をして稽古場の用意もしなければならん。そんなわけで、早くから九州入りしてますのや」

「来年もそうなるの？」

「おそらく来年もそうなるでしょうな」

「私もお女将さんに話して、八月末には来るようにしようかなー」

会話も弾めば酒も進む。空瓶の山が積み上がっていく。関取衆と一緒に飲んでいる梅吉だが、一向に酔っている様子はない。威勢よく飲む梅吉に、博多のお姐さん達も舌を巻いた。

「まっこて、あん細《こ》んまか身体のどこに入りよるか？」

「腹ん中素通りのごと」

「そんでん、まるっきし酔うとらんとね」

あちらこちら大分空席が目立ってきて静かになってきた。今晩ここ大寿楼に泊まる客は親方衆はじめ役付力士と各後援会長など有志の者である。こういった客の人数を確かめ、相方となる妓を決めるのもえんの役であるが、大方の場合カップルは既にでき上がっていて、それぞれ仲居に案内されて部屋に消えて行く。

岩木山達も親方の一声で立ち上がった。手締めを行うことになり、岩木山の発声でまだ席に残って飲んだり話し込んでいた客も全員立ち上がり、見事な一本締めが決まって、これで一同散会となった。お互いそれぞれ部屋に案内されて行き、横波親方には四十歳くらいの優しそうなお姐さんが、花の里関は彼が選んだ若い妓がついていたが、仲居に案内されて出て行った。岩木山ととめが案内された部屋は、奥まった立派な部屋だった。

「うーむ。大分飲んだなや」

「二人だけでもう少し飲みたいわ」

「せば、二人でまんた飲むけ？」

「関取も飲む？　嬉しいー。じゃ、お酒頼んで来るわね」

とめは宴席に行き、後片付けをしている仲居に意を告げる。後片付けの手伝いをしていた玉江がそれを聞いて、

「とめちゃん、とめちゃんが飲むの？　それとも関取？」

「二人で飲むの」

「そう、じゃ運んで上げるけど、もう大概にしなさいよ。随分といけてるんだからね」

「ハイ」

間もなく冷酒二本と肴を載せた盆が二つ届いた。とめには、一升瓶に叔母ちゃんの目玉が二つ光って睨んでいるように思えた。一本目の酒はすぐに終わった。

「私、お風呂に入りたい。関取は？」

「儂しゃ部屋で入えって来たが、お前《め》さと一緒だば入えるべ」

二人の部屋のすぐ前が風呂場である。

「お風呂ばいつでん入れるごとしちょくけん。お入り」

えんからそう言われていた。えんに感謝しながらとめは湯を浴びた。あとから入って来た岩木山にいきなり後ろから抱きすくめられ、軽々と抱かれて浴槽に入れられた。勃起している岩木山は、浴槽の中で後ろからとめの濡れ濡れに濡れている中にぬるりと挿入《いれ》た。慌てたとめは、

「駄目よ。こんな所で嫌よ」

とめの小さい手は、勃起している岩木山を掴んで強くつねった。

「痛て、痛でで、何すんだよ」

「ごめん、だっていきなり入れるんだもの。私、ああゆうの嫌いよ。お部屋で、だあれもこない所でゆっくりしたいの」

「あー痛た、ほれ見てみい。すぽんずまったでねえけ」

立ち上がって見せる岩木山である。

「じき治るわ。私、身体を洗ってから行くから、先に上がって飲んでて」

「せば、背中流してやっぺ」

洗い場にしゃがみ、岩木山の大きな左手がとめの右胸の乳房を掴んだ。右手で石けんをつけた手拭いで、ごしごしと背中を洗ってくれる。

「あー、いい気持ち」

浴槽から汲んだお湯を二、三回掛け流したあと、

「せば、先に上がるべ」

そう言うと岩木山は先に浴室を出て行った。とめはゆっくり浴槽に浸かって、長湯をした。

「あらごめんなしゃい。梅ちゃんな、入っちょる?」

えんの声である。

「ハーイ、お女将さんですか?」

「そうたいね」

「お先にごめんなさい。お女将さん」

「なーも、よかよか。梅ちゃん達、これから二人で一杯やるの?」

「いつまでもごめんなさい、お女将さん」

「よかよ、私の方は儲かるきに。今夜ね、梅ちゃん達の所だけでん三十本たいね。梅ちゃんば東京ば迎えに行った甲斐のあったとたいね。酒は相手次第たい」

えんは喋りながら湯を浴び、浴槽に入った。

「梅ちゃん、もう洗ったの?」

「ええ、もう済みました」

「そう」

えんは浴槽を上がって、洗い場に腰を下ろした。

「お女将さん、お背中流しましょう」

「よか、梅ちゃん。早う行んであげんしゃい」

「でも、流すだけやらせて下さい」

「そうかい、嬉しかー。だけんど梅ちゃん、いつでん見ても白かねー。全く羨ましかー」

確かに肌黒いえんの背中を流し終えると、

「じゃ、お女将さん、お先に上がらせて頂きます」

関取用に用意された大きい浴衣に着替えた岩木山は、先に飲み始めていた。

「女将さんと出会っただか?」

「そう、お女将さんのお背中流して来たの」

火照った身体にどこか肌寒さを感じ、部屋に用意されていた座敷羽織を肩に掛けて、岩木山の横に座った。

「逢いたかったわー」

とめの待ちに待った時だ。この夜のためにわざわざ東京から九州まで来たのだ。それから十二日間も待ち続けて、長い長い博多だった。

岩木山の右腕がとめを抱き上げた。抱き上げられるままにとめは岩木山に跨った。大きな唇が小さな口を塞いだ。太い両腕で、か細い腰を抱きすくめられて息も途絶えそうだ。とめは慌てて、

「待って、一寸待ってよ」

「どすたで。どすて、いまさら待つのけ?」

「これ、これして。ねっ、お願い!」

「うんだなや。その方がいいがもすんね」

中むらのお女将さんに貰っておいたサックを一つ袋から破って、岩木山に被せた。

被せ終わると、それを口に入れようとしたが、とめの口には大きすぎて入らなかった。

「ごめんなさい」

忙しく岩木山の上に跨っていく。今場所のために身を摂生し内に籠もった力が、溜まりに溜まった精力が、今爆発である、二十五歳の男盛りの岩木山と二十歳のとめの若い身体は、疲れることを知らぬげに秋の夜長を、愛を貪り堪能した。

（二九）博多節

横波部屋の力士達とも玉江叔母ちゃんとも一緒に帰るのだから、送ってくれなくとも大丈夫ですと言っても、

「私達もどうしても東京までとめちゃんを送り届けなければ、中村さーに顔向けができない」

と言う米倉夫婦の申し出に負けて、とめはえん夫婦と一緒に博多駅まで来ていた。

一緒に帰る横波部屋の力士達はもう駅に来ていた。家を出る時に養母りんから五百円の小遣いを貰って来ていた。

「遠い旅に出るんだから、お金だけは持っていないとね。何かの時に頼りになるのはお金だけなんだよ。それにね、必要な時は惜しまず遣うんだよ。いいかい、あんたは東京の辰巳芸者よ。博多の馬賊芸者に笑われないようにしてよ。しみったれた真似だけはしてこないでちょうだいね」

りんからのきついお達しであった。先に来ていた横波親方が、

「女将、あんたら四人の切符も買うてあるんじゃ。団体で一緒に買うておいたよ。二等だけどいいかい？」

「あんれまあ、私どもの分まで買うてくれよっとですか。二等でよろしかね。お金ば払うておきますばってん」

「女将、汽車に乗ってからでいいじゃないか」

「いいえ、お金のことですけ。そうはいきもさんです」

「そうかい、じゃ一人二十円です。四人で八十円」

「ハイ、ありがたかこつ。汽車賃はいつでん同じですなー、ハ、、、、」

「ウハ、、、、そりゃそうですなー。だけど女将さん、女将のような美人が買えば、まけてくれるかも知れませんよ、ウハ、、、」

「親方そんな。冗談がきつうござんす」

汽車が着いた。二等車二台は横波部屋で買い切りとなっていて、誰も乗っていなかった。力士達も皆乗り込んで座った。とめたちも四人で相対して座った。

轟音と真っ黒い煙を残して、汽車は東京に向かって走り出した。長い旅が始まる。とめは途中の要所要所で酒を買い、弁当を買いながら車中全員に振る舞った。えんが止めるのも聞かず、派手に派手に振る舞った。玉江はこのとめの派手な行為を叱りもせずにこにこして見ていた。車中を行ったり来たりして動き回り、同行の力士達は大喜びで賑やかな旅である。横浜を過ぎてからとめが支払った飲食代は、三百円を上回った。

とめは横波部屋の力士達の間でいっぺんに人気者になった。長旅に疲れた力士達は、川崎を過ぎ品川駅辺りでは皆眠りこけていたが、ゴックンと止まって、

「トーキョウー、トーキョウー」

と言う駅員の声に目覚めると、がやがやと起きて帰り支度を始める。

とめ達四人の多すぎる手荷物を岩木山が網棚から降ろしてくれて、それぞれ別れを告げて改札口を

出た。岩木山は中むらまで送ると言ったが断り、タクシーで帰ることにした。チッキで送った行李は同時に駅に着いていて、玉江が受け取り、横波部屋の若い衆がタクシーまで運んでくれた。親方の指図らしかった。とめはこの若い衆に早速心付けを渡した。花街に住む者の心得で、りんの躾であろう。タクシーに乗る前にとめは中むらへ電話を入れ、じきに帰る旨を告げた。

連絡を受けたりんと実太郎は、栄も呼んで、夕なずむ晩秋の寒気の中を表門まで出迎えて待っていた。タクシーから飛び降りたとめは、

「お父さーん、お女将さーん、お母ちゃーん、ただいまー」

「お帰り」

「とめ、元気だったかい?」

「ああ米倉さん、またまたお二人して梅吉を送って頂き、ありがとうございました」

「なんのなんの、中村さん。梅吉サーのお陰でうちら大変助かりもんした。ありがたかーは儂の方ですたい」

「中村さーのご厚情にじかに御礼申し上げねばと思いましてん、二人してやって参りましたない」

隆一郎夫婦は、何度も何度も頭を下げた。

「さっ、長旅お疲れでござんしょ。おえんさん、中へどうぞ」

米倉夫婦は中村の客間に案内された。火鉢も赤々と燃えて部屋も暖かかった。米倉夫婦は実太郎に丁重な挨拶をし、梅吉のお陰で岩木山も喜んでくれ、商売も大繁盛で、祝賀会のあと、各部屋の慰安会やお別れ会など横波部屋だけでなく開いてくれて儲けさせて貰ったこと、殊にお別れ会では部屋と

地元各寺院の役職と檀家総出の会となり、盛大で祝賀会を凌ぐほどだった、これも皆梅吉サーの人気によると感謝の言葉を長々と贈った。

心ばかりの品だがと言って厚く重い折り箱を差し出し、その上に水引の熨斗袋に入った御礼を前に押し出した。りんはその水引の掛かった紙包みを見ると、

「これはお金でしょうか?」

と問い、こればかりは頂けないと返せば、えんも心ばかりの物だから取ってくれと押し戻す。何回もやったり返したりしていたが、結局りんが根負けし、

「それほどおっしゃいますなら、取りあえずお預かりいたします」

ということで納まった。その夜、隆一郎とえんは中村に泊まり、岩木山の同点決戦の話や梅吉の博多滞在中の話に花が咲いた。とめは途中の駅で買って来た山のようなお土産を拡げて、

「私、これがおいしくて気に入っちゃったの。こればっかし沢山買って来ちゃった」

「それはなんだ? 何か麦藁が巻いてあるようだな」

「へえ、こいはスボと言いよりますたい。下関の名物で旨かもんですたい。まあ蒲鉾ですたいね」

「なるほど。この麦藁を外して食べるわけですな」

「その麦藁をスボと言いよります」

「ふんふん、なるほど。旨いもんですな。しこしこしていて、だが少し色が黒いようですが」

「色の黒かとは、摺り身を晒さんと作りよりますたい」

「ははあ、だからこんなに旨いんですよ。これあ本当に旨い」

「さあさあ、お待ちどう様でした。どうぞこちらのおいしいもの召し上がって下さいな」

りんは今届いた江戸前の握り鮨を玉江と一緒に運んで来た。賑やかな夕飯が始まった。スボを肴に飲んでいた酒やビールをほどよいところでやめて、隆一郎もえんも握り鮨を頂いた。二人はその鮨の旨さに驚いた。

りんお気に入りの鮨屋福鮨の握りだ。りんは自分が寿司屋になったかのように福鮨の握り鮨を自慢した。

りんの勧めで、翌日から隆一郎らは銀ぶらで一日過ごし、浅草見物、上野動物園を見物し、三日間を過ごした。えんは、

「こいは奥しゃま、ええ長かこつお世話になりもんした。来年は奥しゃま方も博多ばおいでなして、大相撲ば見に来て下さりやっせ。そん折にはまた梅ちゃんば貸して下さりやんせ。厚かましかこつでん申しわけのなかばってんな。きっとお貸し下さりやんせ」

「来年になってみないと分かりませんが、できるだけご希望に添えるようにいたします」

「ありがたかーお言葉で、感謝しもんす。そんでん来年からは、もうちっこし早くからお願いばしたかですたい」

「えっ、もっと早くからですか?」

「へえ、八月末頃からお願いいたしたかとです」

「なんでまた、八月末からなんでございますか?」

りん、聊か不快を感じながら問い返す。

「そいはハイ、八月末になりますと、場所の準備で横波部屋が九州入りをしますばい。力士らは場所前の方が滞在期間が長うなりもんすで、そん時梅ちゃんばおらして下さると、どげん良か思いよりますたい。まっこつ欲の深かこて図々しかお願いですけんど」

「そうですか。私どもの都合もありますので、その時の様子で主人とも相談してお返事します。来年のことですものね」

翌朝、隆一郎夫婦は中むらを発った。実太郎夫婦ととめは東京駅まで見送った。午前八時発神戸行きの汽車である。隆一郎らが博多駅に着くのは明日の午後八時頃である。

年も明けて大正十一年正月、隆一郎は見慣れぬ年賀状を見た。東京の中村実太郎からであった。梅吉のことは了解した、可能な限り都合をつけたいが、早めの連絡を頼むということであった。

横波部屋は本所緑町にあった。料亭中むらからはさして遠くはない。梅吉が列車の中で大盤振る舞いを演じて以来、料亭中むらへ来る横波部屋の力士達は急に増えて、岩木山が泊まっていくと一緒に泊まる力士も増えた。そんな時、りんは若くて美しい妓を世話した。世の中大不況の真っ最中である。近隣の料亭から、

「りんちゃんは、上がりマンの梅ちゃんを抱えているからよ」

羨望される中むらである。

この年の秋口まだ暑い盛り、とめと玉江は東京駅を発った。今年はえん一人が迎えに来たのである。

八月三十一日夜八時、博多駅に着いた。暑くて長い汽車の旅は疲れた。大寿楼に着くと、女達は一緒に風呂に入って身体を洗い、汗臭い髪も洗って、さっぱりとして早めに床に就いた。横波部屋はもう場所入りしていて、部屋割りの準備が始まっていた。

梅吉が大寿楼に来たのが知れると、岩木山はじめ横波一門の力士達は大寿楼に出入りするようになってきた。梅吉は岩木山の女と分かっていても、力士達の間に人気があった。岩木山の人柄からか、梅吉の誰彼構わぬ明るい性格からか、ともかく酒のいける妓として人気がある。これによって大寿楼も潤い、梅吉も岩木山も力士達も皆楽しい日々を過ごした。

しかしこの場所、岩木山の優勝はなかった。一気に綱をかける場所だけに、皆の期待も大きく、その重圧に負けたのかと報道されたが、とめにはそうは思えなかった。やはり私は場所前に来るべきではなかったのか！　一人悩むとめである。

（三〇）　さらば東京

次の年、大正十二年八月二十八日、えんが再び迎えに来てえんと二人で博多に発った。昨年帰る時に、来年は千秋楽の頃来たいとえんに言いそびれてしまい、迎えに来られた今になって言うわけにもいかず、博多に来てしまった。

玉江叔母ちゃんは、この春先、店の板場の若い衆で煮方の黒島久米蔵と結婚し、店を辞めていた。すぐに妊娠して、一月には赤ちゃんができると言う。

昨年とめに持たせてやった小遣い千円は、また帰りの汽車の中で殆ど使って来てしまったので、今年は三千円も持たされて来た。三千円ともなると、さすがのとめも気が重く、

「こんなにいらないわ」

「何言ってんのよ。外に出たら何があるか分からないし、万一何かあってもお金があればなんとかなるわ。今年は玉ちゃんも身重で行けないし、頭の栄ちゃんを出すわけには行かないでしょ。だからお金だけは持って行って。ねっ？　お前が使うお金は、殆どこの料亭中むらの宣伝費みたいなものじゃないか。とめはなかなか銭の使い方がうまいって、お父さんも褒めているのよ。いいから持っておゆきよ」

実太郎夫婦も栄も東京駅まで見送りに来た。汽車はゆっくり発車し、とめとえんは窓から顔を出して別れの手を振った。

「行って来まーす」

「行ってらっしゃーい。気をつけるんだよ」

栄はとめの手を握って汽車と一緒に走った。段々速度を増す列車に手は放れ、足も止まる。

「とめーっ」

「お母ちゃーん」

互いに叫ぶ母娘の声は車輪の音に紛れ込んで聞こえなかった。虫が知らせるということがある。栄は、窓からいつまでも手を振っているとめに向かって、

「とめーっ、早く帰っておいでー」

と叫んだ。お互いにこれがこの世の永遠の別れになろうとは露知らず、栄は何故か妙に胸騒ぎを覚えて、とめの乗った列車をいつまでも見送っていた。昨夜、とめが、

「お母ちゃん、今年は玉江叔母ちゃんが行かないから、早く帰って来るからね。お母ちゃんも元気にしていてね」

いつも、

「行って来まーす」

としか言わなかったとめが、今年は栄に優しい言葉をかけて行った。そのことが妙に気にかかっていた。

えんととめは翌夜八時三十分、博多駅に着いた。チッキで送った荷物を受け取り、タクシーで釜屋町大寿楼まで帰って来た。隆一郎は、夕食も済み風呂も上がってさっぱりした顔で迎えてくれた。

えんととめは一緒に風呂に入り、ゆっくり浸って長旅の疲れを癒した。湯上がりに冷えたビールをえんが出して来て、

「梅ちゃん、飲ろう」

「ウワー、おビールですか」

隆一郎は、

「もう酒はいらん」

と言うので、二人で乾杯した。

「うーっ、よく冷えてておいしい」

「もう一本飲るかい?」

「ううん、もう結構です」

「そうかい、じゃもう就寝《やす》もう」

「ハイ、いつものお部屋でいいのですか?」

とめは自分に決められている部屋に戻った。既に布団は敷かれていて、バリバリに糊の効いたシーツが気持ちいい。

翌朝、とめは蒸し暑くて目が覚めた。トイレに行くとえんはもう起きていて、

「梅ちゃん、ハー起きたんけ?」

「ハイ」

「今朝もえろう蒸し暑かね」

「ハイ、暑いです」

「梅ちゃん、今日は横波部屋ば遊びに行こうね」

「本当ー？　お女将さん、嬉しーい」

小用を済ませて部屋に帰って着替えをし、髪を梳いていると、仲居が朝飯を呼びに来た。

「さあ、梅ちゃん、朝飯にしよう。お腹空いつろう」

鯵の開き一枚、スボ三切れ、ほうれん草のお浸しに香の物、味噌汁とご飯という献立で、

「わーっ、私の好きな物ばっかし。頂きまーす」

「あんれそうかい、良かこつでした」

朝飯も済んでお茶を頂いたあと、

「じゃ梅ちゃん、一休みしたら着替えて出かけようかね。あんまり暑うならんとに」

「ハイ、ご馳走様でした。では着替えて参ります」

とめは自分の部屋に戻ると行李を開けて、一番上に置いた紺地の浴衣を出した。とめの好きな一枚である。母が皺に成らないように挟み物をして巻き込んで置いてくれたので、すぐに着られた。帯もきっちり締めて、髪をアップに梳き上げて、えんの所へ顔を出すと、

「まー美しかー。ほんなこて涼しそうたい。梅ちゃんば見よっと、いつでん涼しそうたいね。暑かこつのなかっとね」

「あらお女将さん、私だって暑いですよ」

二人は素足に駒下駄を突っかけて、日和傘を差して横波部屋に向かった。部屋に着くと、親方はじ

め力士総出で迎えてくれたが、岩木山の姿が見えなかった。親方は、

「岩関はの、こちらに来る直前に練習中、足首を捻挫して東京に残して来ましたんや。早くに梅吉さんに連絡できず、申しわけございませんでした。今日か明日にでも深川の中むらへ行くと言ってましたが、行き違いになりましたかなあ」

「あら、そうでしたか」

とめはがっくりした。顔には出すまいと努めたが、何か身体中の力が抜け落ちていくような悲しい気分になった。どうしてもっと早く言ってくれなかったのかしら、岩木山のいない博多なんてなんの意味もない、私、何しに博多に来たのかしら、悔しいような空しい思いと嫌な気分で胸がいっぱいになり、大きな声で力いっぱい泣きたいような気持ちになってしまった。部屋で出してくれたお茶もおいしくなかった。花の里関は、

「梅吉姐さん、わずか十日じゃなかたいね。じき東京ば帰えるようになるばってん、元気ば出さんね」

と慰めてくれた。

「そうね、仕方ないわね」

とめは気持ちを切り換えようと大きく息を吸い込んでは吐き、吸い込んでは吐き、何回も繰り返しやってみたが、どうにもしゃっきりしない。

大寿楼に帰ったのは暑い最中の昼過ぎであった。隆一郎は奥の部屋で扇風機を遠くから回して、昼寝をしていた。

「梅ちゃん、行水ばやらんね？」

汗びっしょりの二人は、肌に貼りついた着物を脱いで行水をし、さっぱりと浴衣に着替えると、

「昼飯ば食べたら、少し昼寝ばせんと――」

隆一郎も一緒に冷や麦で食事を済ませると、二人はそれぞれの部屋に戻って昼寝をした。隆一郎は券番に行くと言って出て行った。仲居さん達もお昼寝か、静かな大寿楼の午後である。

今日のように暑い日でも大きい家はありがたいもので、裏の方の部屋から涼しい風が吹き抜けて、箱枕で横になったとめは時折肌寒ささえ感じるほどだった。身体はけだるくて、眠いのに寝つけない。岩木山のことは残念だけど、博多に遊びに来たんだ、諦めようと目をつむったが、頭だけは冴えて岩木山の顔が想い浮かぶ。母の顔も浮かび、玉江叔母ちゃんやお女将さん、お父さんの顔もぐるぐる回ってとめを見下ろしている。みんなに見られている安心感からか、いつのまにかとろとろっとまどろんだ。

大きい雷の音で目が覚めた。外は篠突くような大雨が降っていて、涼しいというより寒いほどの風が吹いていた。

その晩、横波部屋から宴会が入った。五十人くらいだという。親方の梅吉に対する気遣いなのか、九州入りの顔合わせということで、他の部屋の親方衆も何名か来るということだった。

岩木山はいなくとも、とめは賑やかに振る舞って力士達を喜ばせた。横波親方、花の里関その他酒豪と言われる力士を向こうにして、今夜も梅吉はその酒豪ぶりを発揮して、地元の芸妓連中を呻《うな》らせた。今夜は皆お泊まりの様子である。寂しいのはとめだけだ。とめは早く床に就いた。昼間の暑さは

嘘のような涼しさで、よく眠れた。

しかし今朝は、昨日の朝よりももっと暑さを感じて目覚めた。昨夜は涼しく、夏掛け布団によくくるまって寝ていたためか、じっとり身体中汗ばんでいた。

「暑いなー」

思わず口に出る。昨朝、えんに教えられたように雨戸を全部開放し、障子も開け放った。外はまだ微かに薄明るくなってきたばかりだ。開け放したせいか、幾らか涼しさを感じた。

若い力士が何人か帰って行く下駄の音が聞こえた。自分だけが一人寝だったことが寂しかった。まだ早かったが、浴衣をきっちりと着直し、縁側から外に出て池の縁に裸足で立つと、驚いた池の鯉がバシャッと躍った。

「もう今日から九月だというのに、なんでこんなに暑いんだろう?」

岩木山はいない。東京の母や叔母、女将さん達のことを考えながら、池の端を爪先立って歩いていると、

「梅ちゃん、お早う。今朝はまたえろう早かねー」

「お早うございます、女将さん。昨夜早く寝たもので、早くに目が覚めてしまってごめんなさい。騒々しかったでしょう」

「なもよ、今朝はまた特別暑かーなんじゃろ?」

「ほんとに暑いです。どうなってるんでしょうね」

部屋へ帰って行く大勢の力士達の声がした。一緒の妓達も帰って行く。少し遅れて親方連中全員も

帰った各部屋を、仲居さん達が後片付けと掃除に掛かる。忽ち綺麗になって、皆揃ったところで朝食である。

今朝はえんも梅吉も、仲居さん達と一緒に食べた。仲居さん達は大喜びで梅吉を歓迎し、面白くて楽しい朝食だった。梅吉は食後、えんにお稽古がしたいと申し出ると、えんは呆れた顔で、

「まー、梅ちゃん。この暑かとに、お稽古なんちやらすとでんかいね。止めやんせ止めやんせ。そんより、博多見物ばさせようと思うとったんよ。お稽古なんちあとでんよか」

「ほーんとですかー？　うれしい！」

「こう暑うちゃ、お稽古なんちゃごめんたいね」

（三一）　関東大震災発生

お昼近くの暑い盛り、二人は日傘を差して街に出かけた。

「一番暑か時分に出かけたもんたいね。どこぞで冷たかもんでん食べよか」

えんはそう言い、いつも行く洋食屋に入った。女店員に案内されて、奥まった席に腰を下ろした時に、ゴトゴトッと音がして床が揺れた。

「あれ、地震たいっ？」

「ほんと、怖いわ」

暫く揺れ、まもなく止まった。が、また揺れ、余震は続いた。

「あー怖かー。地震ってほんとに嫌いたいね」

「でも長かったわねー。おお怖い」

「あのー、お決まりでしょうか？」

「ああ、ごめん。地震のせいで忘れてもんした。梅ちゃん、何にする？」

「私、ハヤシライスにします」

「私、オムライスね」

店員は復唱して去って行く。

「お女将さん、怖かったわー」

「うーん、たまげたとー。えらかこつのなかで良かでした」

今夜の大寿楼は宴会の予約もなく、えんはノンビリを決め込んでいた。食事を終えるとアイスクリームを注文し、ゆっくりお喋りをしてからレストランを出て、博多駅近くの商店街で買い物をし、活動写真館へ入って薄暗くなる頃、蒸し暑い浜風に押されながら帰って来た。

この頃、東京日本橋から下町、本所深川界隈は、この日午前十一時四十八分、大地震に襲われ、家屋倒壊と同時に発生した火災により、街中いっぺんに火焔地獄と化し、人々は火勢に追われ阿鼻叫喚し、逃げ場を失って身体中火だるまとなって転げ回り、焼死する者、堀川に飛び込んで行く者、堀川には火を背負った人々が次から次へと飛び込んで来て、堀川は水死人の山を築いて、この世の地獄と化した。

とめは、故郷の深川がこんな凄惨な状況になっていることなど露知らずにいた。

「梅ちゃん、先にお風呂ば入えって、そいから夕飯ば食べよ」

二人して熱めのお湯をさっと揚がり、開け放した脱衣所で、

「ああ、良か気持ちたい。梅ちゃんも良かお湯のこて」

「ハイ、とっても」

前の方を抑えもしないで団扇を使うえんを見て、

「お女将さんたら、誰かに見られますよ」

「うわは、、、、こん婆ば見られよってんいっち平気たいね。見らした方でん、おったまげて逃げ出すけんね」

「まあっ、お女将さんたら。ああ、涼しいいい風だこと」

汗を流してさっぱりした。糊のよく効いた浴衣に着替えた二人は、よく冷えたビールを二人で一本飲んでから、夕飯を済ませた。

「今夜は静かですね」

「そうたい。今日は板場の連中も全部《じぇんぶ》休みで、どこぞに遊びに行きよったけ。お父さんは券番だし、仲居も二人おるだけたい。あとは全部家へ帰ってない。寂しかね」

どこか遠くで微かに太鼓の音が聞こえた。聞き耳を立てたえんは、

「もうくんちの練習じゃろか?」

「くんち?」

「お祭りたい。こん町内の八幡様の秋祭りたいね。暑かけんど秋たいねー。あん音ば聞こえっと秋たい。じき涼しゅうなって寒うなるけん」

お祭りなどどうでもいい。岩木山のいない博多など長居はしたくなかった。

「梅ちゃん、私、眠うなったさけ。先に休むで」

「私もお腹が良くなったら眠くなったわ。休ませて頂きます」

「私ももう年たい。すぐに眠うなりよる」

「あらお女将さん、そんな。今日は暑い中を歩いたので、お疲れになったんですよ。私も休ませて

頂きます。お休みなさい」

そう言うと、自分の部屋に戻って布団を敷き、横になった。しかし暑さが邪魔して寝つけなかった。

今日の地震はどこだったんだろうか。東京でなければ良いが……。岩木山の顔が見えて消え、母の顔、りん、実太郎、玉江叔母ちゃんの顔がとめの瞼の中に浮かんで消えた。眠れぬ夜になりそうだったが、いつか深い眠りの中へ落ちていった。

夢の中でとめは岩木山に抱かれていた。気分的に絶頂期を迎え痙攣が脳天を突き抜けそうになった時、暑さと胸苦しさにやっと気づいた。

「しっ」

口を押さえられ、手足を組み敷かれていて動けない。

「板長だ、騒ぐなっ！」

板長の激しく動かす腰にたまらず、とめの痙攣は頭の中を突っ走った。

「あっううっ」

歯を食いしばり口をつぐんで堪えたが、久しぶりの快感は、心とは裏腹にいつまでも痙攣を繰り返した。男の身体に激しく抱きついていて、その背中に立てた我が爪の痛さに我に返った時、とめは激しい怒りに震え、か細い腕で男の胸板を突き放した。

岩木山とは比較にならないほどの太さの逸物が引き抜かれた。と、股間から生温い体液が流れ、尻を濡らした。板長はとめの浴衣の裾で拭くと、黙って足音もさせずに出て行った。とめは仕方なく自分の浴衣の裾を持ち上げて股間を拭いた。悔しさに手が震えた。考えてもみなかった男に手込めにされ、恥辱されたことが悔しくて泣けた。

（三二）　東京戒厳令発動

「梅ちゃん、梅ちゃん。起きて、起きてよ」

えんの大声に起こされて、眠い目をやっと開けた。昨夜、ここの板長に犯された暴行が悔しくて寝つけず、まんじりともしなかったが、明け方になってから眠ってしまったらしい。

「ハーイ、お女将さん、どうしたんですか？」

寝間着を着直し、そのままの姿でえんの部屋に行くと、長火鉢の前で新聞を拡げていたえんは、

「大変ばい、梅ちゃん。東京な、昨日の地震ば東京たい。朝の早ようから号外たい。大火事のこつ、これ見てみいや」

とめは女将から号外をひったくるようにして手に取ると、『東京大地震襲う』と大きく報じられており、『下町一帯大火災発生』の文字が目に飛び込んできた。手足がわなわな震えた瞬間、母、叔母、お女将さん、お父さんの顔が脳裏を走った。昨夜はお母さん達が枕元に立ったのだろうか、身体中を悪寒が走った。

「私の家の方は大丈夫よ、深川は大丈夫だわ」

思わずそう叫んでいた。

「梅ちゃん、電話しいや。そうたい、早う電話しい」

「ハイッ」

とめは調理場と帳場の間にある電話室へ飛び込んだ。

「はい、東京は繋がりません」

何度かけても冷たい声が帰って来るのみである。

「どう?」

「駄目です。繋がりません」

「今はみんな慌てちょるき、混んでんじゃろう。そんうちかかっとよ。大丈夫たい」

「そうね。またあとで、かけてみましょ」

「号外ば大袈裟たい。大したこつのなかとよかね。朝からびっくりさせよってくさ。さあ、朝飯にしよう」

「ハイ」

「今朝は何人もいらんけ。調理場で立ち喰いしよう」

えんのあとについて調理場へ行くと、板長の朝吉が縮みの半袖シャツにステテコ姿で味噌汁をよそっていた。とめの顔を見るとニヤッと笑った、隣室に寝ていたえんは気づいているのか、いないのか? とめはつんと横を向いた。えんが、

「梅ちゃん、こちら板長の朝吉さん」

「石田朝吉です。宜しく」

憎ったらしい野郎だ。とめの腹は怒り狂った。

「今年の四月から来てくれちょるんばい」

とめは黙って頭を下げた。

「東京が大変なことで梅吉姐さんも心配なことだね。俺も東京に家族がいるんで、心配なんだ」

調理台の上に朝飯の用意もできて、みんなでそれを囲み、黙って食べた。

「女将さん、今日の予定は?」

石田が聞いた。

「今日は鶴の間に十二人で五十円たいね。軍人さんこて、随分と偉か方のようたいね」

「うむ、そうたい。軍の参謀になって初めてお国入りばする黒田少将ちゅう海軍さんたい」

海軍の黒田と聞いて、とめの心中はぎっくりした。一番逢いたい岩木山はいない、がっくり来ているとめに、昨夜は朝吉による暴行事件、東京では大地震、不運続きで泣きっ面に蜂であった。ずたずたになったとめの心に、黒田という言葉が突き刺さった。私にとって今日はなんという日なんだろう、最悪だわ……。

「お女将さん、私、その黒田さんという人のお座敷に出なくてもいいですか?」

「あら、どげんしたと。知った人ね?」

「ハイ、多分そうだと思いますが。我まま言って申しわけありません」

「そん人、あーたが家に来ちょるこつば知らんとね?」

「多分知ってないと思います」

「知らんのやったらそれでんよか。あー朝ちゃん、横波部屋ば十人くらいの予約のあっと」

「横波部屋ですか? あそこは急に来たり予約を取り消したり、人数が変わったり、いやらしい客ですな」

朝吉にとっては横波部屋は嫌な客だった。

「常連になっとみんなそんなもんね。来てくれる数の多いとよ」

お女将には、常連の横波部屋はありがたかった。

「横波部屋は幾らですか?」

「五十円でよか。皆同じに作ってんか?」

「東京が大地震だというのに、横波もどうなるやら」

朝吉はぶつぶつ言いながら市場へ行くと言って、買い出し駕籠を担いで調理場を出て行った。

鐘を鳴らして号外、号外と吹っ飛んで行く。そのたびに隆一郎は飛び出して行き、号外を買って来た。『日本橋、本所深川全滅』『東京全市焼土と化す』『宮城にも延焼』などなど悪いことばかりが載っている。

「こらあ、えらかこつなりおったばい。梅ちゃんば見せられんごと」

隆一郎は迷った。この号外、梅吉に見せるべきか見せざるべきか? しかし知らせずに済むことはできない。思案にあまり、号外は放り出しておくことにした。

夕方、黒田の一行も、横波部屋もやって来た。とめは横波部屋のみに顔を出した。えんも横波部屋の座敷に顔を見せると、親方は、

「女将、えらいことになった。東京は全滅のようだが、連絡も全く取れず、どうなっているのかほんとのことが全然分からん。儂らの宴会もこれで終わりかも知れん。九州場所も危ないもんだ。今夜

の宴会はお通夜みたいなもんさ」

「まあ親方、縁起の悪かこつ」

親方は浮かぬ顔である。もし九州場所が開けぬようなことになれば、大変なことになる。既に部屋割もでき、各部屋の稽古場もでき上がって、用意万端整ったところである。

この時、蔵前は火炎に包まれ国技館は崩れ落ち、死人の山が積み上がっていた。九州場所どころの話ではなかった。

横波部屋の力士達も大酒を飲む者もおらず、静かに帰って行った。黒田の方も司令部絡みの宴で、これも芸者も呼ばず静かに早く切り上げた。

翌三日、隆一郎はいつもより早く起きて新聞を拡げた。地震のことばかりである。この地震は『関東大震災』と名づけられた。被害は東京ばかりではなかった。川崎、横浜、横須賀、鎌倉、藤沢、平塚、さらに小田原、熱海、箱根と広く、震源地は相模湾北部でマグニチュード七・八を記録、東海道線のこの辺りは全滅の状態である。

九月二日、政府は東京と神奈川に、軍による戒厳令を出した。隆一郎は、梅吉を東京へ返さなければいけないと判断し、えんを呼んだ。

「えん、梅ちゃんば東京へ帰さねばならん。どや、駅ば行って切符ば買うて来んとね？」

「じゃき、東海道線ば線路の全滅のごと。どげんですけんね？」

「うむ。とにかく駅ば行って来らんせ。様子も分かると」

「よか。駅ば行って切符ば頼んでみもんそ」

朝食を済ませて、隆一郎とえんは梅吉を連れて博多駅へ出かけた。駅では東京までの切符は売らないという。大阪まで買って貰い、その先は大阪で求めてくれとのことである。とにかく御殿場から先は線路が全滅だというのが理由であった。

東京からは、誰も何も言ってこないし電話もかからない。汽車も行かないのではどうすればいいのか、とめも隆一郎達も途方に暮れた。駅員は、

「いつ開通するか分からんさけ。ちょくちょく顔ば出してない」

と言う。

「梅ちゃん、こんじゃどもならんと。暫く様子ば見よう」

えんはがっくりきて屈み込んでしまっている梅吉を励ましながら、大寿楼へ帰って来た。

「女将さん、申しわけないが、俺も東京へ帰らねばどうしようもないんでお願いします。お店の方は止めさせて貰うようになりますが……」

「そうたい、朝ちゃんも東京たいね。仕方のなかと。そうしてくんしゃい」

二、三日ぐずついていた天気も回復したある日、横波親方が顔を見せた。今年の九州場所は中止として、東京へ切り上げるというのである。えんはお世話になった礼を言い、もし切符が買えたら梅吉と朝吉と私達二人分も買って貰いたいと頼んだ。とめも朝吉も新聞や号外を見て、いらいらする生活が続いていた。

一面の焦土と化した東京に戒厳令が出された。流言蜚語が乱れ飛び、虐殺が行われ、罪無き朝鮮人が連行されて殺される恐ろしい東京に変わってしまっている。特に日本橋や江東地区の惨状は、言語

に絶するという。

深川仙台堀川沿いの料亭中むらはどうなってしまっているのか、不安と焦燥の日々は続いた。幾ら待っていても全然埒も明かない。およそ一ヶ月ほど過ぎた頃、朝吉は、

「女将さん、これじゃいつまで待ったら東京へ帰れるのかわかんねえ。俺は切符を買い繋いで、行ける所まで行ってみようと思います。なんとかなるかも知れませんから」

「そうかい。朝ちゃんがああ言ってるけんが、梅ちゃんはどがんすっと?」

朝吉なぞと絶対に口は利くまいと思っていたとめだったが、えんにそう切り出されて黙っているわけにもいかなくなった。

「そう、いいわね。私も早く帰りたいわ。私も連れてってくれる?」

「えっ梅ちゃんもかい? うまく帰れるかどうか分からないんだぜ」

「お女将さん、私も帰りたいの。家のことが心配で、私も朝吉さんと一緒に帰ります」

えんは隆一郎と相談した。隆一郎も朝吉も強く反対した。が、とめの強い気持ちを抑えることはできなかった。

「それほど言うんなら行きんしゃい。私も一緒に行きます」

「あっ、お女将さん、それは困ります。東京へ行ったたって、中むらがあるのかどうかも分かりません。そんな所に一緒に行くわけには参りません。それだけは堪忍して下さい」

「そいは困りもんした。中村さーにゃ、梅ちゃんば私どもで責任ばもって送り返しますと約束したばってん、梅ちゃんば一人で出してやるわけにはいかんとね」

「私はどうしても帰りたいんです。途中どんな難儀なことがあっても、帰り着ければそれでいいんです。だけれど、お女将さん達はまた帰らねばなりません。そんなこと、どうしたってできません」

「だけど梅ちゃん、もし万一中村さーが亡くなっていたらどがんすっとね、そん時はどがんすっとね？　梅ちゃん。梅ちゃん、お願いたい。もう少し様子ば見んね。あーたの気持ちも分からないんでもなかけんど、あと半年くらいは我慢しておらんね？　戒厳令の出ちょる危なか東京たい。ますこし落ち着くまで待てんね？」

えんは涙を流してとめを説得するが、帰りたい一心のとめの心を崩すことはできなかった。えんは隆一郎と相談し、とめを帰すことにした。

「梅ちゃん、それほど言うんなら帰りんしゃい。私らの言ってるこつばよーう中村さーに伝えてほしかとよ。必ず送って帰るばってん約束のこて、中村さーに叱られもんすで。じゃき、万が一行くとこのなか時ば、必ず博多ば帰って来んしゃい。大寿楼のこつば忘れんと帰って来んしゃい。朝ちゃんもお願いばすっとよ」

「へえ、ちゃんとお預かりいたします。行き場のない時は俺も帰って来ますから、その時は宜しくお願いいたします」

「よかよか。待っちょりますばい」

「じゃ、俺は切符を買いに行って来ます。どこまで買えるか分かりませんけど、買えたら明日発ちます」

とめは朝吉に百円を渡し、

「申しわけありませんが、私のも一緒に買って下さい」

朝吉は、切符を買って帰って来た。

「梅ちゃん、大阪までかと思ったら三島駅まで売ってくれたよ。ハイ」

「ハイ、どうもありがとう」

「三等は混んで乗れないだろうって駅員が言うので、二等を買って来たんだけどいいかい？　十六円だったよ」

朝吉には世話になりながらどうしても許せない気持ちが先に立ってしまい、硬い態度が表に出てしまう。

「梅ちゃん、荷物はなるべく軽く少ない方が良かよ」

えんにそう言われたので、リュックサックには着替えを入れられるだけ入れ、詰め込んだ。とめは、どんなに恨んでも恨みきれない朝吉と一緒に帰ることになってしまった因縁が不思議に思えた。

「お女将さんの言うように、もう少し様子を見るべきなのか？」

迷い心もどこかに残っていたが、

「ええい、もう決めたんだわ。いつまでもこの家にいるわけにはいかないし、切符も買ってしまったんだし、帰ろうっと」

朝吉はどんなことがあっても許さないと、今も堅く心に誓っていた。

今夜は、お別れの宴を張りたいと言うえんの提案で、板場の連中と仲居全員で酒宴となった。

「銭のことは言わんけん。旨かもんばようけ作っちょくれんね」

隆一郎にこう言われて、板場の若い衆はこん時とばかり腕によりをかけ、豪勢な料理をずらりと取り揃えた。

えんの三味線でとめが舞い、仲居同士の博多節に踊りと、板場の若い衆の唄もなかなかで、面白い隠し芸もありで、賑やかで楽しかった。最後にえんの三味線と唄で、隆一郎の見事な黒田節の舞いで締め括《くく》った。

（三三）　戒厳令下の東京へ

翌朝七時頃、とめと朝吉は大寿楼の人達に見送られて店を出た。博多駅発八時の大阪行きの汽車である。駅のホームまで見送りに来た隆一郎とえんは、道中くれぐれも無理をしないように、困ったら大寿楼に帰って来るようにと、何回となく言った。泣き顔のえんは、とめの手を握りながら溢れる涙を拭こうともせず、

「いつでん帰っといで」

と言った。とめとえんの永遠の別れであった。

翌朝、汽車は神戸駅に着いた。途中、夜行運転禁止ということで、どこかの駅で夜を明かした。薄明るくなった頃発車したが、眠っていたとめにはどこの駅だか分からなかった。

神戸では二時間ほど止まっていて、やっと動き出したのは十時頃だった。朝吉が買って来てくれた駅弁がとても旨かった。二等とはいえ、固い椅子に座ったきりの身体は腰も背中も疲れきって痛い。立ったり座ったりし欠伸をすれば、あちこちの骨がぽきぽきと音を立てて気持ちがいい。満腹になった二人は、大阪を過ぎた頃からまた眠ってしまった。駅員の声が聞こえ、

「ミシマー、ミシマー」

の連呼である。目覚めて外を見れば、もう夕方である。

「お客さん終点です。どちらまでですか？　切符を拝見します」

白い制服と帽子の車掌に起こされた。朝吉は二枚の切符を見せる。

「ハイ、三島ですね。ここが三島です」

「いや、実は東京まで行きたいんだ」

「東京ですか？　ではここで降りて下さい。それからバスに乗り換えて、小田原まで行って頂きます。トンネルが通行不能ですので」

「どうして通れないんだ？」

「先日の地震でトンネル内で土砂崩れが起きまして、通過中の貨物列車が埋まってしまったのです」

「バスはすぐ出るのか？」

「さあ、とにかくバス停まで行って確かめて下さい」

荷物を網棚から降ろして背負うと、二人はホームに降り立った。この列車から全員降ろされて、大勢の人々がぞろぞろ歩いている。少し前に進むと、何やら人の塊ができていて自然とその塊の後ろに並ばされるようになっていた。人々の後ろに立って繋がっていると、それはバスの切符を買う行列になっている。皆東京方面に向かうらしく、バス会社の制服を着た人が四人ほど横になって切符を捌いていた。

その先はと見れば、四列になってびっしり詰まった人々の隊列が、ホームから階段を昇ってブリッジを渡り、向こうの階段を降りて駅の改札口を抜けて続いている。バスが発車するたびに隊列は少しずつ前に進む。これでは一体いつになったら向こうのホームに降りられるやら、気の遠くなるような話である。

秋の夕暮れは早く、薄ら寒い風がホームを抜けて行く。日中は暑かったので、薄着の人が多く、

「おう寒い！」

と言う声も聞こえた。二枚のバス乗車券がようやく買えて人々の後ろに並んで立っていると、朝吉が、

「梅ちゃん、腹減ったな。俺、弁当買って来らあ。ここを動かねえでな」

朝吉は列を離れて、弁当を買いに前の方へ歩いて行った。暫くすると向こうの階段を降りて歩く朝吉の姿が見えたが、改札口を出て消えた。

絶対許すまじ、と思っていた男と同行している自分が情けなかった。そんなことを思いながら、ぼんやり向こうの改札口の方を眺めていたとめは、何やらこっちに向かって大きく手を振っている男を見た。朝吉であった。左手に弁当らしき物を持ち、右手を振ってこっちへ来いとでも言うかのように、おいでおいでをしている。とめも手を振って応え、朝吉のいる方へ小走りに急いだ。人々の間をかき分けて階段を昇り、やっと向こう側の階段を降りると、朝吉が待っていた。

「外は寒くなってきたぜ。待合室の方が風が来なくて暖かいや。待合室で飯喰おう」

「そしたら、どこに並べばいいの？」

「そりゃあ、どこかへ割り込んじゃうさ。俺に任しときない」

「うまくいく？」

「なんとかするさ。さ、飯喰おうか」

待合室も満員で座れるとこなぞどこにもない。朝吉はベンチに腰かけている人の膝をかき分けて、

「ちょいと、ごめんなすって」

と言い、一人分の席を押し開け、そこへとめを強引に座らせて自分はその前に屈み込んで、とめの膝の上に買って来た弁当を拡げた。

「梅ちゃん、食べよう。先にご馳走になるよ」

そう言うと、先刻とめから預かったお金の釣り銭を返した。外は寒さを感じたが、待合室は人いきれで暑いほどだ。とめは、気の利く朝吉に感心したり感謝したりした。

バス会社の人か？　制服の男が改札口に現れてメガフォンで、

「バスをお待ちの皆さんに申し上げます。夜の箱根越えは大変危険であります。バスはこのあと三台で、本日のバスの運行は終わります。明朝は五時より発車いたしますので、お知らせします」

と告げた。この知らせを聞いた待合室の内外でどよめきが起こった。

「今夜はここに泊まりね」

とめはそう思った。

弁当を食べ終わった二人は立ち上がった。朝吉はとめの手を取り、ぐいぐいと人をかき分けて外に出ると、大勢の人混みの中に入って行った。と見ると、一台のバスの前で何やら口論が始まって小競り合いが起こっていた。順番待ちのことで喧嘩が始まっていたようだ。そこに目をつけた朝吉は眠っていたような細い目を、かっ！と剥き出し、喧嘩の中に割り込むと、

「おー、順番を守って貰わんと困るぜ」

急に湧いて出てきた強面の中年男に向かって、与太者風の男が、

「何言ってやがんでえ。お前なんかいなかったじゃねえか、馬鹿野郎！」

男がそう言った時、とめの身体をぐいっと引き寄せ前に突き出し、

「うるせえー、この馬鹿野郎ー。俺あいなかったが、俺の嬶《かかあ》がいたんだ。やるかっ‼　この野郎っ！」

「なにーッ？」

与太もん風の男は懐に手を入れ、合い口をギラリッと引き抜くと、

「このっ」

と合い口を腹に構えて、朝吉めがけて突っ込んで来た。

「朝吉さん、危ない！」

とめが叫んだ時、

「おっとよ」

体を交わされてバスのボディに体当たりした男の足を朝吉は蹴り上げた。

「舐めるんじゃねえよ」

ぶっ倒れた男に馬乗りになった朝吉は、男の左腕を捻り上げ、後ろ首の辺りまでひねり上げげた。男は痛苦しさに悲鳴を上げ、右手で朝吉の着物の袖を掴んで力任せに引っ張った。朝吉の右肩がぽろりと片肌脱ぎになった。一瞬遠捲きに見ていた観衆から、

「うおーっ」

とどよめきが起こった。朝吉の片肌に、青い柳の枝が垂れ下がり恐ろしげな入れ墨が少しだけ見え

た。腕を背中に背負わされ、もがき苦しむ男から朝吉は離れて立ち上がった。

「馬鹿野郎が。手間を取らせやがって、そこで寝てろっ！」

とめは恐ろしさに震えた。一瞬静まり返った群衆も元のざわめきに戻って、行列ができた。朝吉はとめの手を引くと、割り込みどころか行列の先頭に立っているが、誰も文句は言えずにいた。

「こんな先頭に来てしまっていいの？」

「誰もなんにも言わねえ。構うもんか」

バスのドアを車掌が開けた。乗り込むと二人は真ん中辺りに座った。博多から一緒に来るには来たが、とめにとっては許せない朝吉だ。途中どんなことがあっても決して心許すまじと思っていたのだが、三島駅で下車してからこのバスに乗り込むまでの朝吉の頭の良さと行動力の凄さに、とめの心は少し崩れ始めてしまっていた。朝吉は、とめに精一杯の親切をしているように見えた。

「朝吉さんて凄いのね」

「見られたくねえものを見られちまったな。こんな男よ、勘弁してくんな」

「あら、勘弁だなんて。私見直しちゃたわ」

「そう言って貰うとありがてえ」

「お陰で早く小田原へ行けるわ」

「今夜は小田原泊まりだな」

「泊まる所あるかしら？」

「この分じゃ、野宿ってことになるかも知れねえ」

博多を出る時から肌身離さず乳房の下に巻き付けている金は、料亭中むらのお女将さんから預かった三千円と大寿楼の女将さんから貰った千円である。が、足の踏み場もないほど混雑してきたバスの中で、お札が汗ばんでむず痒くなってきた。

バスはようやく発車し、暗い夜道をひどい悪路に揺れながら、箱根の山道を登り下りする。長い時間をかけ泥だらけになったバスが小田原駅前に着いた。

駅といっても、駅舎はぶっ潰れていて仮の駅舎らしき粗末な小屋があるだけで、暗い中を裸電球の外灯が照らしている。近寄ってみると駅員が一人いて、時計は午前一時を指していた。明朝の一番列車は午前六時発の東京行きだという。

バスから降りた大勢の人達は皆、泊まる所を探しに街の方へぞろぞろ歩いて行く。朝吉は何を思ったか、とめの手を引くと皆と反対の方へ歩き出した。とめの身体はもうくたくたに疲れきっている。

「朝吉さん、どこへ行くの?」

「うむ。まあ、当たってみるだけ当たってみよう」

どこへ行くのかと思えば、朝吉はさっき降りたバスのドアを叩いてバスの車掌と話し始めた。

「このバスは今夜また三島へ帰るのか?」

「お客さん、三島に行くんですか?」

「今から三島に行くかどうか聞いてるんだ」

「いえ、今夜はここにいて、明朝六時三十分に出発します」

「そうかい。それじゃ俺達二人、このバスに泊めてくんな」

「駄目です。そんなことできません」

車掌がきつい言葉で言った時、朝吉は車掌の手首をぐいっと掴むと、今朝大寿楼のえんに貰った紙包みを強引に握らせる。

「お客さん、何するんですっ」

車掌は驚いて声を荒げる。

「この包みは今朝俺が貰った物だ。幾ら入っているのか分からねえが、これで黙って二人をこのバスの中に泊めてくれ、頼む」

こう言われて、車掌は慌てて包みを開けてみる。

「お客さん、百円も入ってます。ここ、こんなに」

車掌は今度は運転手の所へ走った。二人で何か暫く話し合っていたが、すぐに戻って来て、

「どうぞ」

とバスの中へ入れてくれ、二人が乗り込むとさっとドアが閉められた。

疲れきっていたとめは朝吉の回転の良さにまたしても助けられ、バスの椅子に倒れるように座り込んだ。さっきまでの人いきれか、バスの中は暖かくすぐに眠気が襲ってきた。車掌は二人に毛布を貸してくれた。自分達の使う物だと言う。

「強引に押し込んで済まんねえ、運転手さん」

「へえ、全く驚きました。こんなお客さんは初めてです。でも二人であんなに頂いちゃ申しわけねえですよ」

車掌と運転手の話によると、あまりにひどくでかい地震で、丁度ここに止まっていたバスが左右にがたがた揺れたかと思うと、五十センチくらい飛び上がったと言う。駅舎はぶっ潰れホームは陥没、線路はグニャグニャになってしまう、とにかく汽車だけは走らせなければ、と陸軍の工兵隊が大勢来て、線路だけは修復されたのだと言う。

「なんたってよう、震源地がよう、この湾内なんだからよう、熱海から先は東京の方まで線路は全滅でひでえもんさ」

「それでも東京まで行けるんかい?」

「ああ、線路が完全ではないので、のろのろ運転だけど行けるようだよ」

とめはうとうと寝込んだ。

「あれ、奥さんはお休みだ。俺達も寝るか」

「じゃ、お休み。一番の汽車に乗れるように起こしてくれるか?」

朝吉は立って、とめを長いベンチに横たえ足の方から毛布を掛けてやり、とめの荷物を枕代わりに頭の下に入れてやると、自分も反対側のベンチに横になった。狭いベンチで身動きも思うようにできなかったが、疲れきった身体にはありがたかった。

「お早うございます。眠れましたか?」

車掌は二人を起こした。まだ外は暗かった。

「お早う。お陰でよく眠ったよ。今何時かね?」

「五時ちょい過ぎです。そろそろ駅員も起きて切符を売り始めるからよう」

朝吉は狭いベンチから起き上がると大きく欠伸をした、背中や腰が痛く、腰が曲がったままだ。

「うっ、腰が痛え。だがこんな狭え所でよく転がり落ちなかったもんだ。梅ちゃん、寝られたかい？」

「お早う。私もよく眠ったわ、疲れちゃってたから。夕べの峠越えには参ったわ」

昨夜の箱根の峠道は、地震でずたずたに壊れた道を走って来たのだそうだ。道理でひどい道だった。身体はくたくたに疲れきって、バスを降りてからはもう一歩も歩きたくなかった。朝吉の機転でこのバスに泊まれたのは本当に嬉しかった。

「ゆんべはなんだかひどく疲れた様子だったよ。もう大丈夫かい？　でも無理を聞いて貰って助かったよ。ぼちぼち外へ出ようか。切符売り場の方へ行こう」

運転手と車掌に礼を言って外に出た。

「私、ご不浄を借りたいわ」

「うん、俺もだ」

堀立小屋の駅舎に入ると、もう駅員も起きていて掃除をしていた。

「お早うございます。お便所をお借りしたいんですけど、どこでしょうか？」

「ハイ、お早うございます。あそこの櫻の木の横にあります。少し曲がってますけど大丈夫です」

駅員は駅舎の庭前を指して言った。用を足し清々した二人は、少し離れた所にある手洗い場で手を洗い、顔も洗った。冷たい水は疲れと眠気を吹っ飛ばすようだった。辺りは大分明るくなってきた。

どこに泊まったのか、幾人か人影も見えてきた。

「東京まで二等二枚下さい」

「東京まで二等二枚、ハイ」

東京までは買えないと思っていたが、案外と簡単に買えた。

「良かったな」

「そうね。腰かけられるといいけど」

「うむ。熱海発となっているけど二等だから」

お喋りを交わしているうちに汽車が入って来た。

「ウワー、満員だわー」

とめは驚きの声を上げた。

「何、大丈夫だ。二等はがらがらだ」

いつの間にかホームには人がいっぱいになっていたが、二等に乗る者はいなかった。二人は誰もいない二等車の真ん中へ行って座った。

「あっあー」

朝吉は前の椅子に太くて毛むくじゃらの足を伸ばし、両腕を頭の上で逆に組んで大きな欠伸をした。誰もいない気楽さだった。

「腹減ったな」

とめも同じように朝吉の横に白い足を出して伸ばした。

「私も」

「どこかで駅弁でも買おう」

「この車両、ご不浄あるかしら?」

「あるさ。だけどさっき行ったばかりじゃないか」

「私、着物を直したたいの」

「ああそうか、この後ろの方にあったよ」

「あっそう。一寸直してくるわね」

とめは車両の後ろにあるお手洗いに入ると、内から鍵を掛け、胸に手を入れて身体に結わえていた晒しを外した。汗ばんだ布から四千円を取り出した。きつく締めた晒しの皺の跡が、白い乳房の下に赤いミミズ腫れとなって痒かった。晒しはしっとり汗ばんで湿っていた。油紙に包んだ四千円の札束はピンとして無事である。また包み直し、今度は着物の前をめくり上げ、腰巻きの上から下腹部にしっかりと巻きつけ、きつく結わえた。これからはこれだけが頼りだ。大切にしなければと思うと、巻きつける布に力が入った。着物を直し帯も直し、下腹部をポンと叩いて、

「よし、これでよし」

手洗いの前で、鏡に向かって己れの髪の乱れにびっくりして、濡れた手で梳き上げる。髪を直して席に戻った時、ガックン、と揺れて汽車が動き出した。

「ずいぶん長い停車だったな」

「東京へはいつ頃着くのかしら?」

やっと走り出した汽車はひどいのろのろ走行で、一昼夜もかかってやっと東京駅に着いた。とめも朝吉も疲れ果ててくたくたである。駅の時計は九時を指していた。

改札口を出て駅前のバスターミナルに出ると、美しかった日本橋の街並みは目前一帯焼け野原と化し、どこまでも見通せるほどだ。真っ黒く焼けただれた電柱だけが電線に支えられてやっと立っていた。タクシー乗り場に行くと、ここも長い行列だ。朝吉はバス乗り場を見に行っていたが、戻って来た。

(三四) 焦土深川

「梅ちゃん駄目だ。江東の方に行くバスはないよ。やっぱりタクシーを待とう」

小一時間も待ってやっとタクシーに乗り込もうとすると、運転手は、

「お客さん、どこまで?」

「深川へ行ってちょうだい」

「深川? 深川は駄目だ」

「どうして?」

「どうしてったって、なんにも知らねえんかよ」

「ねえ、どうして。どうして行かないの?」

「見てみろよ。日本橋だってホラ、見た通りの丸焼けだ。深川なんかなんにもありゃしねえよ。永代も焼け落ちてよ、渡れる橋は両国橋だけだ。緑町辺りでよけりゃ行ってもいいけどよ」

「いいわ、緑町でいいわよ。緑町は三丁目まで行ける?」

「ああ、じゃ乗んなよ」

やっとタクシーに乗せて貰うと、運転手は、

「隅田川の向こうは行きたくねえんだよな」

「どうして?」

「臭くってよう、人が死んで腐った匂いと、腐った人間を焼いた匂いとでひでえもんさ。これから行けば分かるけどよ、本所被服廠後なんざ四万人くらいの焼死人の山でよ、それを茶毘に付し終わったのがつい最近なんだ。風が吹くとその灰が飛んで来て、臭えのなんの、たまったもんじゃねえよ」

「今でも臭いの？」

「そうさ。あっちこっちの堀川にはまだ揚げきれねえ土左衛門が沈んでるってえ話でよ、おっかなくって、夜なんか行かねえさ」

「それじゃ、深川はみんな焼けちゃたの？」

「そうさ。なんにもありゃしないさ。あっちこっちの橋もみーんな焼け落ちてよ、車じゃ行けないんだ。歩いて渡るくらいのことはできるらしいけどよ。お客さんはどこなんだい？」

「平野町よ。亀久橋の所なの」

「へえー、料亭中むらのあった所だな」

「あら、知ってるの？　あそこも焼けた？　私の家なの」

「ああ、なんにもないよ。深川一の料亭でよ。タクシーの運ちゃんで知らない者はないよ。女将さんが気っぷのいい人で気前が良かったから」

とめは強い衝撃を受けた。

「ああ、やっぱり」

「早く平野へ行って！」

「気の毒だが平野へは行けねえんだよ。永代橋があれば一本道なんだが」

通り過ぎる日本橋の街は真っ黒に焼け落ち、一面の焼け野原と変わっていた。車はやがて両国橋を渡り、見下ろす隅田川は水も青く澄んで美しく見えた。先方に見えてきた江東地区のあまりにも無惨な姿に、二人は唖然として口も利けない。運転手は、

「この川から、毎日二つ三つの土左衛門があがるってことですよ」

とめは聞いていて、ごくりっと生唾を飲み込んだ。

「緑三丁目辺りでいいですか？」

「ああ、三丁目でいい」

今までずっと黙っていた朝吉がそう答えた。とめは驚いた。

「あらっ朝吉さん、深川辺りのこと知ってるの？」

「うん、俺は菊川さ。古い長屋に嬶《おかあ》と子供が住んでたんだ」

「ほらね、臭くなってきたぜ」

運転手の言うように、異様な匂いが鼻を突いてきた。

「ありがとうございました」

運転手は逃げるようにして走り去った。二人は緑三丁目の角に立った。そこを右に曲がり南に向かって歩くとすぐに菊川だ。変わり果てた街並みにとめも朝吉も茫然とした。見渡す限り何もない街は、無気味である。

「こりゃあ、ひでえ匂いだ」

朝吉は着物の袖で鼻を覆った。とめも同じように鼻を覆った。腐臭は鼻を突き、目まで痛く、胸が

悪くなって嘔吐《あげ》そうである。

「ここら辺が俺達の住んでいた所だ。なんにもないじゃないか」

「朝吉さんの家はどの辺だったの？」

「その角を曲がって一番奥さ。以前は角を曲がらなければ見えなかったが、今はここから丸見えじゃないか。何もないよ。早く平野の方へ行ってみよう」

「朝吉さん、それでいいの？　少し探してみたら」

「いいよ。臭くて堪らねえ。それに天気も悪くなってきた。雲行きが悪いぜ」

「でも探してみよう」

二人は朝吉の家のあった所まで行ってみたが、何もない。ただ焼け跡の灰の中をポクポク歩いてみるだけだった。

「えれえ匂いだ。こんな所にゃあいられねえ」

「どこから来るのかしら？」

「早く平野の方へ行こう。少しはいいだろう」

「そうね」

菊川町の朝吉の住まいだったという長屋跡には、焼け落ちたであろう柱や梁、板材などは何もなく、誰が片付けたのか綺麗になっていて全く何もなく、諦めて切り上げざるを得なかった。ここからだと平野町は南になる。二人は平野町に向かって歩き始めた。少し歩くと小名木川があり、大富橋も焼け落ちて仮橋が掛かっている。二人で渡り始めると大きく揺れて怖かった。

さらに南に歩いて次の角を右に曲がり、その次の角を左に曲がって南に進んで行くと三好町を通り抜ける。次が平野町だ。見慣れた平野町の姿はなく、無気味な焼け跡ばかりだ。前方に仙台堀川が見えてきたが、焼け落ちた亀久橋らしい所にはやはり分厚い板でできた仮橋が掛けてある。左手の角地が料亭中むらのあった所だ。

（三五）　骨を拾う

なんにもない。全くなんにもない。予想し覚悟はしていたとめは、愕然とした。屋根のない土蔵が二つ今にも崩れそうに、斜めになって立っている。母屋の玄関だったと思われる辺りに、とめが養女になった時の記念に置かれた三波石の赤石が、灰と泥にくるまって汚い石となって転がっている。石とともに植えられた記念樹の黐《もち》の木も燃えて、ただの棒杭のように真っ黒に燃えただれて立っていた。

植木屋の源さんが、

「梅ちゃんがよく水をやるから、俺の予想より早く太くなった」

と褒めてくれた黐の木だ。

「可哀相に。こんなに焼けちゃって、もう駄目かしら」

そう思うと涙があふれた。

「水が貰える木は弱い木になる」

源さんはそうも言っていた。

「強い木になって、また芽を出してね」

そう言い、その根元を見た時、根元と三波石の間から焼け切れた薄と秋桜の切り株があった。その切り株から小さく新しい芽が元気良く突き出ていた。

「あっ、芽が出てる！」

とめは思わず叫んだ。見る物一面真っ黒い焼け跡に、白い産毛に覆われた緑色の新芽は瑞々しく新鮮だった。

「お母さん達はどこへ行っちゃったのかしら。知ってる？　知ってたら教えて！」

言いながらその場に泣き崩れてしまった。

「おーい梅ちゃん、一寸来ないか」

土蔵の重くて動かない戸を押したり引いたりしていた朝吉がとめを呼んだ。涙を拭きながら朝吉のいる土蔵の方へ歩いて行ったとめに、

「梅ちゃん、早くおいで。骨があるよ、骨が！」

駆け寄って朝吉と並び土蔵の中を覗くと、何体かの白骨が皆同じ方向に並んで倒れていた。とめは、

「ああ、お母さん達だわ」

そう思った。

「中むらの人達だろうな。熱くてこの中に逃げ込んで焼死したんだろうぜ」

とめは思わず合掌し、

「お母ちゃん！」

声にならない声を絞り出し、わっ！と泣き崩れた。

「可哀相に。でも梅ちゃん、骨だけにでも会えて良かったじゃないか」

「そうね。朝吉さんのこと思えば骨だけでも幸せね。お父さん達、みんな逃げ場をなくして、ここ

へ逃げ込んで焼け死んだのね」

茫然として我を失っているとめに、

「それにしてもこの骨は、やにでかいぜ。頭蓋骨もこんなにでかいよ。男なら大男だ」

朝吉の声に、はっとした。

「関取だわ！」

一瞬、岩木山の面影が脳をよぎった。足首を捻挫したばかりに東京に居残り、私に逢うと思って、この中むらに遊びに来たのか？　逃げ場を失い、火勢に追いまくられてここに逃げ込み、熱風に煽られ気絶し、衣服は燃え肉は燃え、やっとこれだけの骨が燃え残ったのか？

「屋根がないのに瓦一枚落ちてないのも不思議だな。竜巻が起きたと言うが、吹っ飛ばされたのかな」

骨の上に蹲《かがみ》込んで号泣しているとめに、なんの慰めの言葉も言えずにいる朝吉は、何か言わないではいられなかった。

「なあ梅ちゃん、どれが誰だか分かるかい？」

とめは頭《かぶり》を振ったが、

「この大きいのは岩関よ、きっと」

「そうだろうな、あとは皆同じようなもんだな。この頭の方の骨を一つずつ持って帰りなよ。持って帰って供養してやろうぜ」

「いつまでも悲しんでたって仕方がないわね。ごめんなさい、泣いたりして」

「泣くのも供養さ。うんと泣いてやんなよ」

朝吉の優しい言葉が嬉しかった。

頭の方の骨を一つ一つ拾って風呂敷に包み、焼けて悲しい土蔵を出て朝吉ととめは二人で重い戸を閉めた。

「南無阿弥陀仏」

手を合わせ頭を深く下げると、涙があふれた。ここからどこへ行けばいいのか、とめは去りがたい思いに足は重い。

「帰ろうか?」

「ええ、一寸待って」

とめは三波石と黐の木の所へ歩いて行き、黐の木の焼けただれた肌に手を触れ、

「女将さん達に逢わせてくれてありがとう。やはり私の木よ、あなたは」

黐の木に別れを告げようとそこに座り込んだとめは、立ち上がる気力を失った。

「この木や石達と別れて私は一体どこへ行くの。どこへ行くっていうのよ。私の行く所なんてないんだわ。私はここに帰って来たんだわ」

お母さん達や岩木山もみんなここの土蔵の中で待っていてくれたんだ、私の帰ってくるのを待っていてくれたんだ、そう思うと立ち去ることなぞできない。

立ち竦んでいるとめを朝吉が遠くから呼んだ。立ち上がると、風呂敷の中で遺骨がカサカサ鳴った。

（三六） 簪

「梅ちゃん、そろそろ帰ろうか。その骨落とさないようにしっかり持って帰ろう」

「帰るって、私はどこへ帰ればいいの？　帰るとこなんてないのよ」

「俺の故郷《くに》へ帰ろう。良かったら一緒に帰えらんか？」

「私も一緒に行ってもいいの？」

「ああ、いいともよ」

「嬉しい。じゃ私、朝吉さん家《ち》へ行っちゃおう」

「俺ももう一度菊川へ寄って、何か探して帰ろう」

「そうね、それがいいわ」

「うむ。とめちゃん、どこか井戸はないのかい？　ここの家には」

「井戸？　井戸ならあるわよ、裏の方に。こっちよ」

井戸のある裏へ朝吉を案内したとめは、

「うちの井戸にも朝鮮人は毒を入れたのかしら？」

「それはデマだっていう話だぜ」

朝吉の言う通りだったのである。この当時、国民の上にのさばっていたのは軍人ではなく、内務省の官僚だったのである。官僚達はこの際、ありもしない朝鮮人の復讐などをデッチ上げて国民を混乱に陥れ、考えることさえ忌まわしい幾多の惨劇を演じさせた。常日頃朝鮮人に冷たい目を向け、日常の生活の中で差別し虐待し続けてきたことが、この非常時に逆襲となって現れると考え自らの行為に怯えた張本人は、内務官僚の役人達であった。

「水を汲み上げる物あるかい?」

「何もないわ」

「深いのかい?」

井戸を覗いてみた。朝吉は焼け跡をあちこち歩いていたが、どこからか焼け切れた電線を拾って来た。

「お水を汲んでどうするの?」

「あの石を綺麗に洗って、名前を書いて帰る」

「そんなことしてどうするの?」

「ま、とにかくその方がいい」

拾って来た電線の先を曲げて自分の手ぬぐいを結びつけ、水で濡れた手拭いを作って三波石を何回も何回も拭き綺麗に洗い上げた、石は美しい赤紫の地肌を見せて白い曲線が何層にも重なって現れた。

「よしっ、これで乾いたら中村梅吉って書いておこう」

「あらっ、それなら中村とめって書いてよ。本名はとめなの。梅吉は芸名よ」

「へえー、とめってのかい。あー、それにしてもくたびれたなー」

二人は少し乾いた石に腰を下ろした。

「そうね。お腹も空いてきちゃったし、とにかく疲れたわ」

暫くそこで休んでから乾いた石に、朝吉が拾って来た焼け棒杭で大きく、『中村とめ』と書き、その下に群馬県碓氷郡藤崎村一九一九と書いた。

「これでよしっと。雨で消えなければいいが」

書き終えると二人は中村の焼け跡を去った。黐の木に別れを告げ、とめは朝吉と元来た道を緑町の方に向かって歩いた。人影のない焼け跡は無気味である。深川周辺は寺の多い街で、倒れた石塔や墓台があっちこっちに見えて気味が悪い。仮橋を今度は一人ずつ渡った。掴まりどころのない橋は揺れると怖い。空模様は段々暗くなって、今にも降り出しそうになってきた。二人は早足で菊川町まで戻った。

「何か少し寒いな。風も出てきて匂いもひでえ」

朝吉は自分の住んでいた辺りの灰を足で蹴散らしていたが、

「やっぱりなんにもねえが、これでも拾って帰えるか」

「何かあったの？」

「坊主が履いてたんだろう。靴の底だよ、嫥の物は何も見つからねえ」

「あら、これ何かしら？」

とめは僅かに足を開いたV字型の黒い金具を拾った。長さ二十糎ほどか。

「朝吉さん、これ簪《かんざし》じゃない？」

「どれ?」

「そうよ、きっとそうよ。簪だわ」

朝吉はそれをじっと見つめていたが、ポロポロッと涙を流し鼻をすすった。故郷の藤崎で見合い結婚をし、東京に出てから深川で所帯を持ってから買ってやった簪かも知れなかった。夫から初めて買って貰った簪が嬉しくて、妻のきわはいつも髪に飾って離さなかった。

ここにこれがあったということは、きわはここで焼け死んだのか。息子の正男もともに死んだのに違いない。あれほど博多に一緒に行きたいと泣いたきわを、と思い返すと朝吉は、「済まなかった」という思いで泣けた。

きわと正男の遺体はどうしたのだろう。焼け落ちた家屋の残材は綺麗に片付けられていて何もない。軍隊が出動したと聴いたが、多分、陸軍被服廠跡にでも運ばれ荼毗に付されたのであろう。朝吉に分かろうはずもなかった。

この時期、世論の悪評高きは軍部であった。軍縮が叫ばれ、この不況時に無用の長物、税の無駄遣いなどと世評のやり玉に挙がっていた軍部は、この大震災を好機到来と捉え、大いに活躍した。

殆ど全国の聯隊が召集され、災害救助に当たった。死傷者救助に当たったのは衛生隊で、五個師団から六個師団がこれに当たり、日本全国から早いものは一日で、遅くても十日以内には一府四県にわたり、聯隊が戒厳地帯に集中した。交通や通信が断絶した折から被災者の救助をはじめ、鉄道、道路、橋梁、電信、電話の改善に従事し、彼らによる鉄道隊、工兵隊、電信隊などの苦労と功績は非常に感謝されたのだった。

きわと正男の行方も分からない朝吉は、僅かな遺品を懐に入れると、焦土に棒を立てて合掌した。

「そのうち雨になってくるかも知れねえ。梅ちゃん、待たせたな」

（三七）　牛丼すいとん

二人は鼻を押さえながら緑三丁目の角まで戻って来て、日本橋方面に向かって歩いた。

「タクシーは来ないのかしら」

「人のいない街だから、当てにならないよ」

両国橋に向かって二人とも黙りこくって歩いた。橋を渡り終えると、臭さも薄れて来て幾分楽になった。なおも歩いて日本橋三越本店前を左に曲がった所に《すいとん、牛丼》の立て看板を見つけた。

「梅ちゃん、飯喰ってこう」

「そうね」

シャリバテもあり、疲れ切った二人は粗末な堀立て小屋の屋台に腰を下ろした。

「あー、疲れたわ」

「いらっしゃい。なんにする?」

姐さん被りのおばさんが迎える。

「牛丼二つ、すいとん二つ」

「ハイハイ、二つずつね。あんた方深川の方から来たね?」

「うん、どうして分かるの?」

「臭いよ、少し」

「そう。分かるの、やっぱり」

「お待ちどう様」

「早いな」

「そうよ、牛丼なんて上に乗っけるだけだもん」

「全くだ。すいとんもよそればいいだけかい？」

「そうよ、早い方がいいでしょ。あんた方深川の人？」

とめは、自分達の今までのことを簡単に話して聞かせた。

「ふーん、東京にいなくって良かったねー。運がいいよ、全く」

これからのことを思うと運が良かったのかどうか分からない、と思った。

「それはひどいもんよ。私なんかそこの川へ飛び込んじゃった。熱くってね」

「そこの川？」

「そう、隅田川よ。幸い、丸太ん棒が近くに流れていてそれに掴まってて助かったの。でもね、火の粉と熱い風が降りかかって来て頭の毛が燃えるの。そのたびに水に潜って火を消すの頭の、腕だって同じよ。熱くっていつまでも丸太に掴まってられないし、丸太だって燃え出すから回すんだけど、一人で掴まってるわけじゃないから思うようにはいかない。生きた心地しなかったわよ。丸太に掴まりながら、熱さと疲れから沈んでっちゃう人も随分いたわ。私の頭見てよ」

と、被り物を取って見せた頭は、赤毛になってちりちりに焼けていて、耳は火傷でただれていた。

おばさん、と思っていた女の顔は意外と若く、三十くらいか。

「旦那さんはいるの?」

「旦那? うちの人かい。いたけど死んじゃったんだろうねえ、いまだに帰って来ないとこを見ると」

「行方不明なの?」

「そう。消防士だったんで、あの火事の最中に出て行ったきりさ。あの世で火消しやってんのかねえ」

「うむ、旨かった」

「ありがとう。五十銭だよ」

高いのか安いのか分からないような代金を払って外に出た。

「東京駅はどっちだい?」

「真っすぐ行きな」

店の中から声だけが飛んで来た。

「どっちへ真っすぐなんだ」

女も店の外へ出て来て西の方を指し、

「あっちだよ」

全くの焼け野原となった日本橋はどちらを見ても同じような風景と化してしまって、見当もつかない。疲れた身体を引きずって歩き出した二人の背後から、

「そのうち駅も見えてくるさ」

と言う女の声が追いかけて来た。教えられた通りに歩いて来たとめと朝吉は、ようやく東京駅に着いた。とめの顔に一粒雨が当たった。

（三八）帰郷

「あら、雨だわ」

「ここまで来れば、もう幾ら降って来てもいいやな」

風も出て薄ら寒くなってきた。

「群馬八幡まで二枚」

「エー群馬八幡はエー高崎か。二枚で三円六銭。上野乗り換え」

「上野からは混むかな？」

「分かりません」

ホームに出ると、足下を吹き抜ける風は冷たく、雨も混じっている。気のせいか深川の匂いがする。とめは自分の身体から匂うのかしら、と気になって袖を顔に当ててみたが分からなかった。日中の電車はさほど混雑するでもなく、上野駅に着いた。とめは上野駅は初めてである。朝吉についてホームに降り、改札口に降りた。検札を通り、少し歩くと信越線の時刻表が頭上にぶら下がっている。見上げると、上野発長野行き三時三十分がある。発車までまだ五十分もあったが、二人はこれに乗り込んだ。少し早いのか、誰も乗っていなかった。

「まだ早いようだな」

「そうね、発車まで三十分以上あるわ」

二人の荷物を網棚に上げてから、椅子に腰かけた朝吉は、

「そうか、三十分か。梅ちゃん、疲れたろう。駅弁でも買っとくか。一寸買って来るから待っていな」

「朝吉さん、一休みしてからにすれば？　疲れたでしょ？」

「うん、三十分じゃゆっくりもしてられねえ。すぐ行ってくらあ」

「そう。じゃあ、お酒もあったら買ってきてね。少し眠りたいのよ」

「酒かあ」

朝吉はあまりいい顔はしなかったが、駅弁を買いにホームへ降りて行った。

朝吉が出て行ってから俄に車内は賑やかになってきた。しかし彼はなかなか帰って来ない。時がたつにつれて席は一杯になって、

（朝吉さん、どうしたのかしら？）

とめは聊か不安になり、立ち上がって辺りを見回しているところへ、

「お待ちどう。心配だったかい？」

「うん、心配だったわ。どこかへ逃げちゃったかと思っちゃた」

「冗談もきついで。ホイ酒だ」

「ありがとう。あら、おつまみまで！　朝吉さんも飲む？」

「いや、俺は酒はいらねえ。飲めねえんだ」

「まあ、男の人にしちゃ珍しいわね」

「よくそう言われるよ」

「じゃ、悪いけど頂くわ」

栓に取り付いている小さな器に注いで飲む酒は、ずいぶん久しぶりのような気がした。疲れて渇いた喉に冷たい酒は旨い。二合瓶を空にした時、

「ここ空いてますか?」

初老のきちんとした身なりの夫婦が二人の前に立った。

「ああ、空いてる。俺そっちへ移るよ」

そう言うと、朝吉は身軽くとめの横から前の座席に移った。

「お互い、この方が楽でしょう」

「ありがとうございます。この方が遠慮なく足も伸ばせます。長旅には助かります。どちらまで行かれますか?」

「群馬八幡で降ります。高崎の一つ先です」

「はあ、近くていいですね。私どもは上田まで参ります」

発車間近になり、客はどんどん乗り込んで来て、通路も一杯になってきた。人々の話す言葉にも上州訛や秩父弁が聞こえるようになり、朝吉は久しぶりに聞くお国言葉に心が安らいだ。ホームでは間もなく発車するというアナウンスが聞こえている。駆け込みで乗り込む人々で車内はひどい混雑となった。

「早く乗って良かったな」

朝吉がぽつんと一言言った時、汽車は汽笛とともに走り出した。

とめは疲れた身体に少量だが酒が効いたのか、上を向いて眠っている。朝吉も腕を組んで窓辺に寄りかかり眠った。隣の老夫婦は震災にあった子供達に会いに行ったらしい話をしていたが、いつしか寝入ったらしく静かになった。

列車の車輪の音がガタンゴトンと大きな音に変わって、鉄橋を渡っている音に目覚めた朝吉は、股の方まで垂れ下がった自分の涎を慌てて拭った。

外を見ると列車は戸田辺りを走っているのか、荒川を渡っているらしい。広い川岸は一面の薄原で、薄は大きい風になびいている。この辺りは大した被害もなかったのか、土手も崩れたような箇所は見られない。風にそよいで大波を打つ薄の葉は青々と繁り、白い穂は輝く夕日に映えてピンクに光る穂波が美しい。

「ほう」

朝吉は久しぶりに美しい物を見たような気がした。東京駅を出る頃は雨模様だった空も、西の方から晴れてきている。相変わらず汽車はのろのろ運行である。空腹を感じ、上野駅で買った弁当を拡げ、とめの膝を叩いて起こして弁当を勧める。

「食べないか？　腹減ったろう」

「うん、食べる。けど疲れたー。あ、あー」

とめの大欠伸だ。

「私、お風呂にも入りたくなったわ。頭も痒いし背中も痒い。ねえ、朝吉さん家、お風呂貰えるかしら」

「ああ、風呂ぐれえあるだんべよ。なければ沸かして貰おう」

列車はのろのろだったが大宮駅に着いた。

（三九）関東平野

秋の日は早い。もう薄暗くなり始めている。幾人も降りなかったが、乗り込んで来る人は大勢で、車内は一層混雑した。弁当を食べながらとめは思った。

「朝吉さんと一緒に来たのはまずかったかしら。夫婦でもないのに」

これからは私一人で行動しなくてはいけない。朝吉さんに迷惑はかけられない。黙って弁当を食べていた朝吉は、

「随分混んできたな」

「朝吉さん、お弁当幾らだった？」

「何いいんだ。大したもんじゃないんだから」

「うん、でもそれじゃ」

食べ終わった弁当を片付けながら、さすがに疲れた。

「腰かけられて良かったけど、こうして三日も座りっぱなしも疲れるわね」

とめは立ち上がると思いっ切り後ろに伸びをした。右袖に入っている遺骨の重さを感じた。

「うーっ、いい気持ち」

そう言って力んだ時、汽車は発車してゴックンと衝撃を受け、弾みで尻餅をついてしまった。

「あーいい気持ち。私ってお行儀が悪いわね」

眠っていた隣の夫婦を起こしてしまった。

「あら、ごめんなさい。起こしてしまったわ」

「いいえ、大丈夫ですよ。大宮に着いた時から目は覚めてましたのよ。長旅のご様子ですね」

「ハイ、一昨日博多を発ってから、ずーっと汽車に乗りっぱなしなんです」

「ま、それは大変ですこと。博多から？」

とめと朝吉は博多からのことを、この初老の夫婦に全部話して聞かせた。

「ふーん、大変でしたのね。でもそれはいけないわ。ねえあなた、あなたがこのお嬢さんを連れて帰ったら？　あなたの奥様のご実家ではどう思うでしょう？」

「うーん、女房の実家か？　面倒なことになるかもな」

婦人は夫の方を向きながら言った。

「私もそう思いますけどね。あなたはどう思いますか？」

「うーん、僕もそう思うね」

「いいわ、朝吉さん。えーとなんてったっけ、群馬なんとかって駅で朝吉さん、一人で降りて。私は自分のことは自分でなんとかするわ。博多に帰ったっていいんだし」

「何？　梅ちゃん、いまさら何言ってんだよ。俺の家に行こうって連れて来たんじゃないか。今になって放っぽり出すわけにはいかねえよ」

「そうですよ。あなたがそう言って連れて来た以上、責任がありますよ。なんとかして上げなければ」

「どうですか？　今夜はお二人とも僕の家に来ませんか？　なあ、お前、いいだろう？」

「そうね、それはいい考えだわ。それからよく考えるのよ」

「一寸遠くてお気の毒ですけど、そうなさいな。大した家でもなく狭いとこですけど、おいでになって下さいまし」

「折角ご親切にそう言って頂きましても、ハイそうですかってわけにもいきません。気持ちだけちょうだいします」

「あなた、何言ってんですか。汽車はもう熊谷へ着きますよ。早く決めないとじき高崎ですよ」

朝吉は考え込んだ。長い間考えていたが、ようやく顔を上げ、

「梅ちゃん、今晩は梅ちゃんだけ上田に行かせて貰ってお世話になってくれ」

「朝吉さんはどうするの？」

「俺は群馬八幡で降りて、今夜は実家へ帰る。女房の実家にも行って実情を話してからすぐに上田に迎えに行くよ。それまでこちら様で待っていてくれ」

朝吉は上田の夫婦にそう頼んだ。夫婦は快く引き受けてくれた。

「あなたが迎えに来るまで、しっかり責任を持ってお預かりいたします。私はこういう者です」

老紳士は朝吉に自分の名刺を渡した。その名刺には、信州繊維専門学校、教諭、柳沢光一とあり、

「妻のふきです」

と挨拶された。

「俺は名刺は持ってないが石田朝吉と申します。あとで俺の住所と名前をこの娘に持たせますから」

「ここにあなたの名前と住所を書いて下さい」

紳士はもう一枚名刺を出して裏返し、万年筆とともに朝吉に渡した。群馬県碓氷郡藤崎村一九一九、石田朝吉と丁寧に書いて光一に返した。

「私は中村とめです。宜しくお願いします」

列車は既に熊谷を過ぎ、辺りは暗く、線路脇の家々の明かりが後ろに飛んで行く。熊谷を過ぎてからの列車は、かなり早いスピードで走っていた。遠くに見えた赤城山も段々近づいて大きくなっている。空は微かに黄色い光を残し、山脈《やまなみ》は黒く、くっきりと見えていた。

「梅ちゃん、今梅ちゃんが頂いた名刺の裏にも俺の住所書いておこうか」

「ん、お願い」

朝吉は全く同じ物を書いてとめに渡した。

「これなくすなよ」

「うん、大丈夫よ。絶対なくさないわ」

乗客は熊谷で大部分が降りて車内は静かになった。人いきれで暑いほどだった車内もいつか冷え冷えとしてきた。篭原、深谷での乗降客は殆どおらず、忽ち本庄駅に着いた。本庄を発ち神保原を過ぎると、榛名山が右手に見えてくる。

「朝吉さんはもうじき降りるの?」

「うむ。大分近くなったが、あと三つ四つ先だ」

神流川の鉄橋を渡ると新町駅である。新町駅を発ち、少し行った所で右に大きくカーブをすると烏川を渡る。昼間ならこの辺りは絶景の場所だ。右窓に赤城山を眺め、左の眺めは遠く浅間山を臨み、手前に妙義、荒船、秩父連山を川面に映し、下を見れば烏川の中腹に突き出した州に、あかしやの疎林が大陸的な姿で美しい。列車は真正面の榛名山塊に突入しそうな感じである。烏川の鉄橋を渡ると、左に大きく回り込んで、直線に入ると倉賀野駅である。

「榛名山ていうのは、あの山のこと?」

「そう、あれが榛名山だ。次が高崎、その次が群馬八幡だ。俺はそこで降りる」

「じゃ、いよいよお別れね。きっと来てね。もし来てくれなければ、私、朝吉さん家へ訪ねて行くから」

上野発長野行き各駅停車は、高崎まで通常だと三時間くらいである。二時間も余計にかかって、やっと群馬八幡駅に着いた。

とめと別れホームに降りた朝吉と、柳沢夫婦は窓を開けて別れの挨拶をした。朝吉は列車のテールランプが見えなくなるまで見送っていた。どこまでも長い直線のレールは、板鼻宿に入って碓氷川の鉄橋の手前で暗闇の中に吸い込まれるように消えた。

それから三時間、列車はようやく上田駅に着いた。上田市は市制施行後、まだ四年で日も浅いが、製糸工業が盛んで、なかなか賑やかな街である。駅を出ると、柳沢の妻ふきが、

「私どもの家は近いんですよ。すぐそこです」

と言った。久しぶりに歩くとめの足腰は痛くて、膝も腰も曲がったまま歩いているような気がした。

「お疲れになったでしょう。家に着いたらすぐに銭湯に行きましょう」

「ここを曲がると我が家です」

光一がそう言って、表通りを左に曲がって細い路地を入った。

「ここです」

街灯が点けられて明るくなり、辺りがよく見えた。小さいが門被りの松をくぐり、敷石を伝って玄関へ行く、さほど大きくはないが立派な構えである。光一が玄関の鍵を開け、

「さ、どうぞ。狭い所ですけど、ご遠慮なさらずに」

「お邪魔いたします」

ふきのあとについて座敷に上がらせて貰う。

「私、お茶の用意をして来ますので、お楽にね」

「いやあ、そんなに堅くならずに足でも出してお休みなさい。私も着替えてきますから、横にでもなってて下さい」

「はい、ありがとうございます」

なんともありがたい言葉であった。

光一が出ていくと早速ごろりと横になり、思いっ切り手足を伸ばし、腰を伸ばした。仰向けに寝ると背中と腰が痛かったが、いい気持ちだ。暫くそのままでいると、とろとろっと眠くなってきた。眠ってしまったら大変と起き上がったところへ、

「とめちゃん」

ふきがお茶を持って入って来た。

「銭湯へ行く前にお茶でも飲みましょ」

「あのーう、とめちゃんはお荷物が少ないようですけど、どうしたんですか?」

「ハイ、博多を出る時にあちらのお女将さんが、なるべく荷物は少ない方が長旅には楽だって言うものだから、そうしました。東京の焼け跡を歩いている時までは確かにそうでしたが、今になってみるとこれから困るだろうと思います」

「なるほど、そうでしたか。今夜は私の洗い古しですけど、それを着て下さい」

「ありがとうございます。お借りいたします」

「あっ、そうそう。お父さん、先に銭湯へ行って下さいな。私達、あなたがお帰りになったら、とめちゃんと一緒に行ってきますから」

「うむ、そうかい。じゃ、お先に行ってくる」

光一は手拭いを持って先に銭湯へ出かけて行った。ふきと話し込んでいると、間もなく光一は、良い風呂だったらしく真っ赤な顔をして帰って来た。

「お先に」

「まあ、あなた早かったわね」

「うん、いい風呂だったよ」

「あのね、とめちゃん、銭湯近いのよ。一軒置いた隣よ。近くていいでしょ」

「まあ、いいですわね」

「さ、私達も行きましょ。あなたお願いします」

なるほど近くて綺麗な銭湯だ。二人は広々とした檜作りの浴槽にゆっくり浸かった。幾日も風呂にも入れず、長旅の連続だったとめの身体は脂ぎっていた。浴槽から出るとふきの用意してくれた石けんを手拭いにつけ、肌が痛いほど擦った。色の白い肌は真っ赤になって光っている。

ふきは、とめの白い肌に驚き、しみやほくろも一つもない綺麗な身体を褒め、我が肌黒さに聊かのねたましい気分を味った。

「私、お髪を洗わせて頂きます」

「あれそうかい。私も洗おうかね」

髪を洗い終わり、銭湯を出ると随分時がたっていた。上田の夜の町中を吹き抜ける風は冷たい。

「おおう、寒い。湯冷めしないように早く帰りましょ」

「ハイ」

前屈みに洗面器を抱えて歩くふきのあとについて柳沢家に帰った。湯冷めするほどの距離ではなかった。ふきは部屋に入ると、

「とめちゃん、今夜は私と一緒の部屋に休んで下さいね。小さい家ですので」

ふきは布団の用意を始める。

「お手伝いします」

「ああ、ありがとう」

「じゃ、私は一寸用事がありますので、お先に休んで下さいね」

「ハイ、お先に休ませて頂きます」

ふきは部屋を出て行き、台所の方へ行ったようだった。暫くして戻って来て、

「お疲れになったでしょう?」

とめに話しかけたが、返事はなかった。とめは既に寝入っていて気持ち良さそうな寝息が聞こえていた。

ふきはまだとめに聞いてみたいことがいっぱいあった。とめの寝息を聞いて、自分も布団を顎まで引き上げて目をつむった。

翌朝、ふきは早かった。とめが目覚めた時には、台所の方で朝食の用意をする音が聞こえていた。とめは急いで起き布団を揚げ、音のする台所へ行った。

「お早うございます。遅くなってすいません」

「あら、お早う。随分早いじゃない。疲れてるんだから、ゆっくり寝てればいいのに」

「何かお手伝いします」

「いいのよ。じゃこちらでお顔を洗って」

ふきは機嫌良く洗面所に案内して、

「これで顔を拭いてね」

と乾いた手拭いを渡してくれた。洗面所には半紙の上に真新しい歯ブラシと塩が一山置かれていた。

が、光一のためのものかと思い、使わなかった。台所の方から、

「とめちゃん、そこに塩あるでしょ。それで歯を磨いてね」

「ハーイ。これ、私が使ってもいいんですか?」

「そうよ。それ使って」

歯ブラシに塩をたっぷり点けて磨いた。歯と口の中が気分爽快になった。歯ブラシを綺麗に水洗いして台所に行くと、

「その歯ブラシ、洗面所の竹筒に差しといて。幾日かいるでしょ?」

「ハイ、竹筒ですか?」

洗面所の竹筒に歯ブラシを差して来ると、

「じゃ、とめちゃん、このお盆をそちらの部屋へ運んでちょうだい」

台所の隣の六畳間に三人分の朝食を運び終えると、小さい茶碗にご飯を少しよそってお水とともに持って来たふきが、

「先ずご先祖様に」

と言って、仏壇に手を合わせてチーンと音を響かせてから座る。随分質素な膳である。光一はきちんと正座し、背筋を伸ばして両手を合掌し、親指に箸を挟んで目の高さに上げ、

「私と一緒に唱和して下さい。明治天皇の御製《ぎょせい》です」

と言うと、ふきも、

《箸とらば天地御代《あめつちみよ》のおん恵み君と親とのご恩味あえー》

高らかな声につられてとめも一緒に唄った。一礼し、

「頂きます」

とめは驚いた。学校の先生との食事は随分堅苦しかった。今までこんな儀式をしてから食事をした経験はなく、教育者の家庭と花街の家の差は大きすぎた。私のいられる所ではない、とめはそう思った。食事中、口を利いては叱られそうで、黙って早く食べた。

「ご馳走様でした」

「あら、随分早いのね。お代わりしてね」

「いいえ、もう充分頂きました」

「そう、遠慮しないでね。ああ、お父さん、今日私達、街へお買い物に行って来ます」

「ああそう。僕もまだ休暇も残っているし、一緒に行ってみようかね」

「ああ、お父さんも一緒に行きますか。ねえ、とめちゃんもお買い物あるんじゃない?」

「ええ、買いたい物ばっかしです。あのう、お二人で東京へは何しに行かれたのですか?」

とめは一番気になっていたことを聞いてみた。

「あのね、うちの長女が青山に嫁いでいるんだけど、連絡があって、あの震災でも大丈夫だって言って来ていたんだけど汽車が通るようになったので、お見舞いに行ってきたの。あの辺は大したこともなくて、門の石垣が前の方へずり出しただけで、人も家も大丈夫でした」

「そうですか。良かったですね」

「とめちゃんとこ大変なのに、後生楽な話でごめんなさいね」

「いいえ」

「ねえ、とめちゃん、あなたは何故博多に行ってらしたの? 運が良かったわね、博多に行ってたなんて」

とめは博多行きの事情と芸者である自分の身の上話をして聞かせた。

「まあ、あなた芸者だったの⁉」

ふきは急に顔をしかめ、目がつり上がって不機嫌になった。俄に荒い声になって、

「なんと人を馬鹿にして。私はお料理屋さんのお嬢さんとばかり思っていたわ」

そう言う顔色も青ざめて硬い表情になり、震えている。光一は慌てた。

「おいお前、なんてことを言うんだ」

「おお嫌だ、芸者だって。達磨だって同じじゃないか、ああ穢い！」

「バカヤロー。いい加減なこと言うなっ」

夫婦喧嘩になってしまった。

松林女学校の教授であるふきは芸者を家に泊めて一緒に風呂に入り、ともに枕を並べて寝たことに嫌悪を感じ、ひどく穢らわしい者を連れ込んだものと怒りに震えた。

とめはいたたまれず、着の身着のまま自分の小さな包みを抱えると、裸足で表へ飛び出した。どこがどこやら知らない街を夢中で走った。

「とめちゃーん、おーい、とめちゃーん、待ってくれー」

光一の叫ぶ声が聞こえた。朝とはいえ街はもう人通りも増えていて、髪と裾を振り乱して走る女と、ステテコ姿で初老の男が追いかける態は、朝から何の痴話沙汰かと、人々は面白おかしく立ち止まって見ている。これでは、先生に申しわけない。そう思ったとめは走るのを止めた。

「済まない、本当に申しわけない。家に戻ってくれないか。とめちゃん、頼む」

立ち止まったとめは荒い息をぜいぜい吐きながら、

「いいえ、戻れません、先生。私はなんとかやっていきます」

そう言うと、とめは行く当てもないまま歩き出した。

「そうか。一寸待ってくれ。すぐそこに僕の行きつけの床屋がある。いっ時そこにいてくれ。主人には僕が話をする。僕もあとからまた来る」

光一は、とめの身なりを見かねてそう言った。

「そうですか」

その床屋は近くにあって、光一は店の勝手口を叩いて主人を呼び出し、わけを話した。主人は頷いて店の入り口を開けてくれ、二人を中に入れてくれた。髪の匂いと化粧品の匂いが混じった床屋独特の匂いが鼻をくすぐる。光一は何度も詫びて帰った。愛想のいい店の主人は、

「朝から大変でごわした。芸者さんなんだって」

「ハイ」

「まだ早えから、暫くここせいて先生を待つがいいら。その形《なり》じゃどうしようもねえらずい」

そう言われて、とめは店の鏡に映った我が姿を見て、この姿で町中を走って来たのかと思わず吹き出してしまった。が、ふっと悲しくなり、泣きそうなった。

「ええ、ありがとう。このお店は何時に開けるの？」

「うちかい？　うちは九時からずい」

「もし宜しかったら、私が一番の客になろうかな。いい?」

「へえ、ありがてえんだが、日本髪はできねえら」

「いいのよ、ばっさり切っちまって。洋髪なんてどうかしら?」

「うーむ、洋髪ならできるけんど、折角こんだけ長えんにもってえねえらずい」

「いいのよ、やってよ」

「そうかい。じゃ、やってみるかー。だけんどうちはこれから朝飯らずい」

「あら、ごめんなさい。こんなに早くから飛び込んで来ちゃって、ごゆっくり召し上がって下さいな」

「じゃ、悪りいけんど」

主人は奥に引っ込んで行った。

とめは店の鏡の前に立って、乱れた姿を身繕いしながら、これでは光一がわけを話してくれなければ、床屋の主人とて店の中に入れてくれなかったに違いない、髪は振り乱れ、着物の胸ははだけ、裾も乱れて細い腰ひも一つで裸足である。着物といっても浴衣であるが、ここできちんと着直した。

「お早うございます。いらっしゃいまし。洋髪にするんずらか?」

床屋の女房が顔を見せて聞いた。色白のぽちゃぽちゃっとした可愛らしい女だ。

「そうなの。お願いします」

「なんでやすい? 家の人が下駄と帯を用意するようにって言うもんだで持って来たんだけんど、こんなもんでいいんでごわしょか?」

と言って、とめの所へ来ると、

「まあ、なんちゅ美しい人ずら。洋髪も似合うと思うらー。近頃は家にも洋髪にする人が来るずら」

「そう。じゃ、洋髪は慣れてらっしゃるのね?」

足を拭くようにと熱いタオルを出してくれる。火傷しそうな熱いタオルで足を拭き、借りた帯をきっちり締めて下駄をつっかける。

「お願いします」

散髪用の椅子に腰を下ろす。ふんわりと気持ちがいい。

「そんじゃ切りますけんど、いいですかい? ふんとにこんなになげーのに、もってえねえのう」

とめの腰の辺りまであろうかと思われる長い髪は、首の辺りからバッサリと切り落とされた。櫛と鋏を器用に使い、なかなかに手慣れた作業で洋髪らしくなっていく。

「こんなもんでどうずら?」

早々に仕上がって、合わせ鏡で後ろを見せてくれる。

「あら、いいわ」

とめは嬉しくなった。軽くてさっぱりとした髪はとても格好良く仕上がっていて、初めて見る自分の髪型に見惚れた。立ち上がって大きい鏡に全身を写し、合わせ鏡をしてみる。面白い妙な姿だった。髪は洋髪になったが、ふきの着古した地味な浴衣と、若いとめの洋髪は奇妙な組合せだ。

「いいわあ、とっても。お上手よ。旨くできたわ」

「お客さんは顔もええし色も白くって、外人みてえずら。こんじゃ洋服がいいだんべー」

「あれ、そうかしら。じゃ洋服買ってみようかな」

「そうらずい。洋服がいいずら。簡単に着られるしのう」

「そうね、この街ではどこに行けば買えるの?」

「駅前にスズランデパートつうのがあるらー。スズランせ行けば、なんでもあってらずい」

「そう、スズランね」

「今から歩いていけば丁度開店の時間らー。このめーの道をそっちに真っすぐに行けばすぐ駅ずら。その真向かいがスズランらずい」

（四〇）洋装

『ずらずら』を連発する床屋夫婦に見送られ、妙に軽くなった頭を風に吹かれながら駅の方へ向かった。

とめは自分の奇妙な姿を思うと、おかしさがこみ上げて笑ってしまった。知らない街は気が楽である。つい先ほど、柳沢ふきから達磨だ芸者だと蔑まれ、悔しさに歯ぎしりしていた自分だったが、今は髪を切ったせいか清々していた。女の命とまで言われる長い黒髪をバッサリと切り落としてしまったのである。だが、なんの後悔も残らなかった。光一に床屋に押し込まれたのも何かの因縁であろう。

商店街の歩道を歩いて行くと、スズランデパートの前に出た。開店したばかりのデパートは、まだ人がまばらだった。入口を入った所は履き物売場で、下駄、草履、靴が三等分されて並んでいた。バッグ類も和物二、洋物一くらいの割合で置かれていた。大きい声で店員が呼び込みをやっている。先に着る物を買う方が良かろうと思い、二階に上がってみる。目に入ってくるのは呉服物ばかりであり、洋服は奥まった隅の方に置かれていて淋しそうである。人形二、三体が洋服を着て立っていた。とめは、そのマネキン人形の前に立って見入った。

「いらっしゃいませ、お客様。お洋服でございますか？」

薄紫の洋服を綺麗に着こなした若い店員がとめを迎えた。

「ハイ。ええ」

とめがまごついていると、

「ありがとうございます。ではこちらへどうぞ」

奥のカウンターへ案内する。

「あのー私、洋服って着たことないのよ。全く分からないの」

「そうですか。ま、こちらにお掛けになって下さい」

「ハイ。ありがとう」

勧められるままに椅子に腰を掛ける。

「粗茶でございます。どうぞ」

別の店員の入れてくれたお茶のおいしかったこと。朝から走り回って渇いた喉に堪らなく旨かった。

「ああ、おいしい」

空いた茶碗にもう一杯ついでくれた店員は、

「で、ご予算はいかほどでしょうか？」

「どのくらいって聞かれても私、分からないのよ。幾らでもいいから、あなたにお任せするわ。お金はあるわ」

「あら、私にお任せ頂けるんですか？　嬉しいー」

店員はやっと打ち解けた声を出してくれた。若い店員は暫く頬に手を当てて考えていたが、

「お客様、一寸立って頂けますか?」

店員は立ち上がったとめの後ろに回って、

「お背中と首をスッと伸ばして下さい」

言われる通り背を張り胸を出し、首を伸ばして真っすぐ前を見る。

「一寸失礼します」

若い店員はそう言うとメジャーを出し、首の辺りから膝の後ろまでを計った。

「ありがとうございました。どうぞお掛けになってお待ち下さいませ」

と言うと、奥の方へ一人で歩いて行ったが、ややあって細長く平たい箱を両手に抱えて現れた。

「これを当ててみて下さい」

蓋を開けると栗色の上等な上下スーツを出し、

「こちらで着替えて下さいますか?」

とめを更衣室に案内する。更衣室に入ったとめに、目の前の大きな鏡が自分の奇妙な姿を映していた。店員がとめの後ろに立って、浴衣の上からスーツを合わせた。

「胸も測らせて下さい」

「えっ?」

「胸周りも測りたいんですけど」

とめの背中から手を回して、乳首の上で紐を合わせて鯨尺に合わせた。

「この服が丁度良さそうです」

「ずいぶん綺麗な色ね」

「秋口から冬にかけてこの色が一番だと思います。下着とブラウスも必要ですね。三階へ行きましょう」

店員と三階へ昇る。やはり洋品は隅の方であった。

「ブラウスは正絹がいいですよね」

「私、洋服って初めてで何も知らないし何もないのよ。だからいろいろ教えてね。着替えも欲しいし、三組くらい揃えたいの。お願いね」

三階の奥の方で眼鏡の男がとめを怪訝そうに見ていた。

「あの人番頭さん？」

「はい支配人さんです」

とめは咄嗟に悟った。

「私、お金は持ってます。今日は現金で全部お払いしますから、心配しないでいい物選んでちょうだいね」

こんな姿では疑われても仕方がないと思いながらも、つい大きい声で言ってしまった。

「ハイ、三組ですね。やっぱり私が選んでもいいんでしょうか？」

「お任せよ」

パンティ、生理用品に下着類から手袋、バッグ、靴、装身具、合いのコートに冬物のオーバーコートまで一切合切を店員の見立てに任せて買い込み、代金を現金で支払った。

先程の支配人や店長らしき男も姿を現し、とめに最敬礼をした。とめはその中から一組を着て帰ることにし、他の服は後日私が自分で受け取りに来るから預かって欲しいと言い、店員の案内で再び更衣室に入った。三十分ほどして更衣室から出たとめの姿は一転し、目を見張るばかりの美しさだった。更衣室で脱いだふきの浴衣は捨てることにした。

店員、支配人、店長から社長までとめを表口まで送って挨拶した。店員の見立てた合いのコートを羽織って外に出る。薄い空色の裾の広いフレーヤーから出た細くて格好のいい足は黒いハイヒールに決まって、背筋をピッと伸ばして歩くファッションは見事である。初めて履くハイヒールは少し怖いが、歩き方を教えてくれた靴売場の女の子の言葉を忠実に守って歩いた。この田舎町では一寸見かけられない容姿端麗さである。

「さっきはありがとう。すぐに分かったわ。どう?」

床屋に戻って来たとめは入口に立つと、両手を拡げてくるくるっと回って右足を斜め後ろに引いて、膝を少し折って見せた。

「ウワー綺麗。ウーン凄い。やっぱりね、こうなると思ったんずら。これで髪もぴったりと決まりだずい」

床屋の女房の喜ぶこと、事の外である。

「こうゆう人は、和服でも洋服でも何を着ても似合っちゃうんだいなー」

客の頭の手を休めて、床屋の主人もそう言って喜んでくれる。

「芸者だって達磨だって同じじゃないか!」

口汚く罵られ、居たたまれずに飛び出して来たが、容姿を変えたことで気分転換もできた。もう昼近くなっていて、とめはお腹が空いてきた。近くの食堂から出前を取ることになって、五人前のカツ丼を頼むことした。客は一人いた。四人分で良かろうと床屋の主人が言ったが、食べている最中に誰か来るといけないからと、変な計算をして五人前を注文することにした。

床屋の女房が郵便局へ電話を借りに行って注文してきた。間もなく汚れて黄色くなった白衣を着た食堂の若い衆が自転車で配達に来た。とめが代金を払い、床屋の店内で食事を始める。女房がお茶を入れてきた時、

「やっぱり運のいい奴が来やがったずら」

「おう、こんちゃー。おおう、こりゃあうんめーことやってやがんな。俺の分もあるんずら?」

「まっさか、おめーも運がいい奴だで。おめーが来るとは思ってなかったらー」

「ほほう、てえことは俺の分にもあるツーことずら」

とめの勘は見事に当たった。

「こっちの姐さんの奢りよ。おんなー礼言わんか」

「カツ丼なんざーふっつあな。ごちになんべ」

床屋の主人の同級生で大工だというその男は、恐縮してご馳走になった。

「随分綺麗な姐さんずら。どこから来なさったらー?」

とめは大体の話をし、床屋の親父が今朝の話の一部始終を語って聞かせた。

「そら、えれー話だのし。そんだこんであの婆様えばつっていらんだ。姐さん、これからどっけに

すらんずら?」

「うん?」

「これからどうするんだと?」

「私だってどうなるんだか分かんない、どこか芸者で雇ってくれるとこないかしら?」

「この辺で芸者って言えば、戸倉温泉か上山田温泉だんべ」

「誰か顔の利く人いないかしら?」

「おい棟梁、おめ顔利くんじゃねーけ?」

「何、幾ら俺だってあんな方まじゃー顔は利かねー。それによー、いまーひでー不景気で、温泉場も閑古鳥が鳴いてらぁ」

「なんとかならねえんずらか?」

「うん、お姐さん、働き口よりも今夜の泊まりどこを探す方が先じゃねーんずらかい?」

「そうなの。それが先なのよ」

「何も芸者でねえたっていいんずら。どこかで飲み屋を始めるとか何か方法はあるさ。そうさなー、海野宿まで行くと安くっていい宿があるが、あの辺はどうずら? 取りあえず安くて幾日も泊まれる所がいいんだんべ?」

「うんの? うんのって遠いの?」

「いいや、近いんずら。大屋まで行って歩くとじき海野ずら」

「棟梁、一緒に行って面倒見てやってくんない?」

床屋の親父にそう言われて棟梁、考えていたが、

「よっしゃ分かった。俺が行ぐべえ」

上田駅の待合室で待ち合わせることにして話は決まった。嬶にもわけを話して来るからと言って、棟梁は店を出た。

「これは先生にお礼のつもりなんですけど、渡して頂けますか？」

スズランデパートで用意した反物一反を、箱に入れのし紙を巻いた物を床屋の主に頼んだ。

上田駅から上りの汽車に乗り、棟梁はとめを連れて大屋駅で下車し、東へ向かって歩くと、江戸時代をそのまま再現したような海野宿に出た。中ほどまで歩いた所に大屋館という立派な構えの旅館があり、二人は大屋館の玄関に立った。

主人が出て来て棟梁はとめを紹介した。棟梁は主人と旧知らしく、暫く何やら話していたが、とめは快諾されてその時から大屋館の客となった。

「さ、こちらへどーぞ」

暫く待たされたあと、まだ若い女中に案内されて通された部屋は一階の奥まった小さな四畳半であった。

「少々お待ち下さいませ」

女中が出て行き、暫く待つと、

「ごめん下さいまし。お邪魔いたします」

背の低い太り気味の老女が現れた。お茶と宿帳をテーブルの上に置くと、

「いらっしゃいまし。お一人でお泊まりになられますそうで、よくおいで下さいました。私はこの宿の女将、ふくと申します。なんですか、前金でお支払い頂けますそうで、大変ありがたいことでございます」

「中村とめです。宜しくお願いいたします。お代はどのくらいになりましょうか？」

「そうですね、お食事の方は朝晩の二食で宜しゅうございましょうか？」

「ハイ、二食で結構です」

「で、どのくらいのご予定でご滞在になられますか？」

「うーん、それがまだよく分からないのよ。多分一ヶ月以上にはなると思います。そのうち私の連れ合いも来ることになりますが、その時になれば様子も分かると思います」

「左様でございますか。お連れ様がお見えになられましたら、お二階の客間にお泊まり頂くことになりますが、それまでこのお部屋でお願いいたします。ご覧のように、この部屋は客間ではございません。ご婦人がお一人でお泊まりと伺いましたので、この部屋に決めさせて頂きました。この隣の部屋が女中部屋でございまして、私どもでも、またお客様の方でも安心してお使い頂けると考えましたものですから」

「お気遣いありがとうございます。で、お幾らくらいになりますか？」

「ハイ、一ヶ月以上もいて下さるということでは、ハイ、大勉強させて頂きます。一日二食以外のお召し上がり物は別勘定ということで、一日三円の日割り勘定ということでいかがなものでしょうか？」

「ハイ、一日三円ですか。ありがとうございます」

一ヶ月九〇円である。とめは取りあえず百円を出し、これで月末精算ということにした。

「どうせこれだけでは足りなくなると思いますが」

と言って女将ふくに百円を支払った。

「ほんに前金で頂くなんてありがたいことでございます。只今領収書をお書きいたします」

と言い、宿帳を取り上げ、

「ここにお客様の御住所とお名前をご記入お願いいたします」

とめは一瞬どうしようかと思ったが、焼けてしまって今はもうない深川の住所を記入した。その横に中村とめ、と書き添えて宿帳を返した。

「まあ、東京の方でございましたか。深川の方が一番ひどかったとか。大変でございましたでしょ。ではご主人様がお見えになるまで、ごゆっくりとお休み下さいませ。何か不都合なことやご用の時はご遠慮なく私なり女中達にお申し付け下さいまし。すぐに領収書をお持ちいたします。少々お待ち下さい」

女将は畳に額をつけるように深々とお辞儀をした。中村のお女将さんから貰った三千円も預けた。気が楽になったとめは上着を脱ぐと、ごろりと横になった。懐にはまだ八百円ほどが残っていた。女将が去り、一人になった部屋は寒々として寂しさを感じた。旅館へ着いた時、亭主は、

「山村さんのお紹介《はなし》ならば」

と言っていた。棟梁は山村と言うらしい。

「俺が保証人になってもいいが?」

と言ってくれたが、宿泊代は一ヶ月二ヶ月は前金で支払うからと言って、山村の好意を辞した。つい先ほど知り合ったばかりの赤の他人に保証人になって貰うわけにはいかない。棟梁は、この女、金は持ってるなと直感した。

畳に横になったとめは疲れが出たか、虚脱感に襲われた。

「私はこの世の中で本当に一人になってしまった」

切ない思いがこみ上げてきた。この広い世の中で「とめ」と声をかけてくれる人は誰もいないのかと思うと悲しくなった。

「ごめん下さい。お邪魔いたします」

若々しい声で、女中がお茶を持って入って来た。

「これを女将さんから預かって参りました」

「ああ、ありがとう。何かしら?」

「領収書とお預かり証だそうです」

「預り証ね。ありがとう」

預り証を確認する。

「ハイ、確かに」

「あのー、今晩のお夕飯はいつ頃お運びしましょうか?」

「いつでもいいわよ」

「そうですか。今日はこれから外出なさいますか?」

「いいえ。疲れているので、今日はもう寝たいのよ」

「ハイ。では御布団を敷いていきましょう」

若い女中が布団を敷き終わって出て行く時、

「ああ、もしかして私眠っちゃってたら起こしてね」

「ハイ、分かりました。ではごゆっくりお休みなさいませ」

三つ指を突いて襖を閉め、若い女中が去ると、とめはスカートを脱いだ。上着とともに衣紋掛けに吊し、ブラウス、スリップ、ブラジャー、ストッキングを外しパンティまでも脱いだ。デパートで用意しておいた薄い肌着を着てから旅館の浴衣を着て布団に潜った。久しぶりの布団でのびのびと横になった。洋服ってのも案外窮屈な物だなーと思った。素ッポンポンの丸裸も気持ちがいい。

「ブラジャーなんて、なんでするんだろう?」

あまり大きくないとめの胸には不要の物のように思えた。疲れているのですぐに眠れると思っていたのに、目だけが冴えてなかなか寝つかれない。いろいろな想いが果てしもなく頭の中をかすめていく。

どこか早く住む所を探さなければ、早くなんとか働かなければ、お父さん、女将さん、お母ちゃん、玉江叔母ちゃん、岩木山のお骨も届けなければ、博多にも電話をしなければ——。

想いは走馬燈のようにとめの脳裏を止めどもなくよぎっていく。どう眠ろうと焦っても眠れそうにない。思い余って起き上がり、廊下に出た。隣の部屋で女中達の声がしていた。外から声をかける

と、

「どうぞ」

と内から障子が開いた。

「寝つけないので、冷や酒を一本ちょうだい」

「ハイ、すぐにお届けします」

待つほどもなく、

「お待ちどう様でした」

見れば一合徳利一本と杯一つである。

「あら、ごめんね。冷や酒一本て言ったのは一升瓶一本のことなのよ。これはこのままでいいから

お酒一升持って来てよ。それにおビールのグラスもお願い。先に言わないでごめんなさい」

「へえー、一升ですか？」

「そう、一升よ」

一升瓶はすぐに届いた。驚く女中に、

「なかなか眠れなくて、我まま言ってごめんなさいね」

「お疲れなのよ。疲れすぎると眠れないこともあります」

「あなたも飲む？」

「とんでもない。飲めないんです」

「じゃ、一人で飲もっと。もし眠ってたら起こしてね。起こしても起きなかったら、夕飯はそのま

ま部屋に置いといてね」

女中が去ると一人でコップ酒をやる。小皿の落花生の殻を破り薄皮を剥きながら、冷たい酒を呷った。五合ほどで止めて布団に入った。冷や酒は空きっ腹に利いてほろほろっと睡魔が襲った。横になったとめはこてっと眠った。

（四一）　実家

群馬八幡駅の改札口を抜けて待合室から駅前の広場に立った朝吉は、ほの暗い広場から闇を透かして前方を睨んだ。北に伸びる田圃の中の一本道は、歩いて行く人は一人もいない。駅近辺に二、三軒ある商店ももうみんな閉めていて、真暗な夜道である。その道を二丁ほど抜け出ると、通称榛名街道と言われる道路と交差する。それを左に曲がって半丁ばかり行った左奥に朝吉の実家がある。

田圃では稲刈りが始まっており、稲架《はざ》に掛けられた稲束で道は一層暗くなっていて気味が悪い。実家には両親と弟夫婦に二人の女の子がいて、六人で農業と副業の達磨造りをやっている。実家はもう寝たのか、灯りも消えて真っ暗だ。潜り戸を叩くと、弟が起きて顔を出し、

「誰だい？」

「俺だ。朝吉だ」

「なんだ、兄んちゃんけえ」

「うん、遅くに済まんな」

家に入ると弟の女房も起きていて、

「夕飯はまだなんだんべ、兄さん。お湯にも入《へ》えってくんない」

と大騒ぎである。両親も起きて来て、おふくろは朝吉に、

「二人で来たんかい？」

と聞いた。一人だと言うと、

「きわと正男はどうしたんだえ?」

と一番先に聞いた。朝吉は東京の惨状を両親に語った。おふくろは泣き出し、

「なんで、みんなで博多へ行がなかったんだい?」

と朝吉をなじった。

「てめえべえ、博多へ行って助かりやがって、きわの家へなんてって言いわけができるか、どの面《つら》提《さ》げて行ぐんだ?」

泣きながら言う母の言葉に返す言葉もない朝吉は、下を向いて黙っていた。見かねた弟の嫁が、

「兄さん、お湯が沸いたから入えってくんない」

と助け船を出してくれた。

久しぶりの実家の五右衛門風呂だ。ゆっくり入って、長旅の垢を流し上がってくると、弟の嫁は下着から浴衣まで真っ新を揃えて出しておいてくれた。いい気持ちだった。お茶が入って、震災の話に夜は更けていった。

「そんなわけで、今日はなんの手土産もねえんだ」

「兄ちゃん、お土産どころじゃあんめえに、とにかく兄ちゃんだけでも無事帰えれて良かったのう」

「明日早くにきわの家い行って、二人のことをどうするか相談してくべえ。朝と一緒に儂も行ってくらあ」

と、朝吉の親父。

「お父っつあんも行ってくれるんかい？　ありがてえ。どう切り出したもんか困ってたんだ」

「なあに。できちまったこたあしょうがあんめえ。行って話してくべえ」

翌朝、遺品を改めてから朝吉は父親と上郷のきわの実家を訪れた。

きわの実家では、朝吉親子を見て驚きつつ迎え入れた。朝吉はきわの両親に事の始終を語った。きわの母親は、二人を見た時から大体の察しはついたと泣いて言った。朝吉は懐から遺品を取り出すと、

「どう探しても、これしかめっからねんです。遺体はどこに運ばれたんか見当もつかねえ。とにかくこれでお葬式を出して、お墓も造りてえと思います」

「朝ちゃん、一寸待ってくんない。そんなに急いで葬式を出さねえたっていいんじゃねえかい？ひょっこり帰って来ねえとも限らねえし、一年か二年ぐれえ待ってんべえ。それでも帰えって来ねえ時にゃ、諦めて朝ちゃんの言うように葬式を出してやんべえ。ねえ、下郷の旦那さん」

「うむ、そうだのう。こっちのおっかさんの言う通りだ。儂もきわと正男を待ってやりてえ」

結局暫く待ってみようという話になって、朝吉は親父とともにきわの実家を辞した。あれだけの災難の起きた真っ只中にいたのだ。絶望的ではあるが、生還を待ってやるのが愛情なのかも知れなかった。朝吉は、きわと正男の遺品をきわの実家に預かって貰おうとしたが、

「朝ちゃん、きわは朝ちゃんにくれた娘だ。朝ちゃんが持っていてくれるんが一番いいだんべえ。肌身離さず持っていてやってくんない」

「へい、そうします。俺がずーっと懐に入れて、正男ときわが帰ってくるのを待ちます」

家に着くと、親父がすかさず言った。

「朝、二人の遺品は家の仏壇に預かるべえ。そいつを持って歩いていちゃあ、よいじゃあねえだんべえ」

「そうして貰うとありがてえ。上郷のおっかさんにゃどうにも敵わねえ」

朝吉は、とめが待っている上田に行きたかったが、どうすべきか迷った。二、三日実家で思案の日を過ごしたが結局考えは纏まらず、いつまでもここにいては弟の嫁に迷惑をかけるばかりだ、両親とて具合が悪かろう、と考え、

「俺は東京に行く。落ち着いたら連絡する。上郷の家にもそう言っといてくれ」

そう母に告げて家を出た。

（四二） 朝吉上田へ

母と弟の嫁は、駅まで送ると言って達磨造りに汚れた手を洗いかかったが、強く断って群馬八幡駅まで一人で来た。

上田駅まで切符を買い、汽車に乗る。柳沢光一の名刺一枚が頼りの朝吉は、名刺を懐から出して見直し、上田駅に降りた。駅前は広く賑やかだった。大通りは駅前で左に大きく曲がって北に真っすぐ伸びていた。左手に小さな交番が見えた。交番の巡査は親切で、寒い風の吹く外に出て来て、

「ここから五十メートルほど行くと左に入る路地があるらー、路地を入えって突き当たりの左が先生の家ずら」

一方、柳沢家は先日から大喧嘩で大変である。とめを追って出た光一が家に戻ると、玄関のガラス戸は開かない。いくら叩いても呼んでも返事もない。怒った光一はガラス戸を叩き割って家に入った。台所に行ってみると、ふきが向こう向きで椅子に座っていて顎を上げて怒っている。光一はふきの前に回ると、

「バッカヤロー」

口よりも早い平手打ちが、ふきの頬に飛んだ。ふきは頬を両手で押さえて床に崩れ落ちて泣き伏し、悔しさに真っ青になってぶるぶる震えていたが、泣き叫ぶ声で、

「あんな穢らわしい女が私より大事なんですか⁉」

「ウルセエッ、穢らわしいかどうか分かるか？」

「芸者なんか穢らわしいに決まってます！」

「バッカヤロウッ、そんなこと分かるか！　責任持って預かりますって言ったこと忘れたのか！」

「あなたが勝手に言ったんじゃない。私はそんなこと言ってません！　私しゃ知りません」

「このーっ」

もう一発平手打ちが飛んだ。ふきは悔しさに大声を上げて泣きわめいた。それからこの二、三日口も利かない。

柳沢家の玄関に立った朝吉は、脇柱の中ほどに小さな張り紙を見た。『石田朝吉様、とめちゃんのことは、この先の柳沢理髪店で尋ねて下さい』と書いて画鋲一つで止めてあった。手に取ってみると、光一の名刺で理髪店への地図も書いてあった。

名刺を見ながら柳沢という理髪店を探した。理髪店の主人は、海野宿の大屋館にとめがいることを教えた。朝吉はその足で大屋館を訪ね、玄関先で来意を告げると、ほどなくとめが飛び出して来て、

「朝吉さん‼」

とめは朝吉の胸に抱きつくと、わあわあ泣き出した。

「とめちゃん、どうしたんだい？」

「朝吉さん、私騙されたの、騙されちゃったのよ。悔しいー！」

「どうしたんだい、一体？　落ち着いて話せよ」

とめの部屋に入ってお茶を一杯貰ってから、やっと泣き止んだとめの語った話はこうだ。一昨日、街へ出た帰りにこの近くをぶらぶら歩いていたら、一軒の売り家を見つけた。土地付きで千五百円って書いてあり、その家を覗いてみたら中に男の人が二人いて、話をしたらすぐに売るって言うんで、一度宿に帰って千円持って行って、その家を千五百円で買った。その場でお金を払って領収書を貰って帰って来た。そして昨日、お掃除でもしようかと思って掃除道具を買って来てその家に行ったら、知らない人が家に上がり込んで掃除をしている。びっくりしてその人に、

「あんた、この家は私の家です。勝手に上がり込まれちゃ困るわ」

って言うと、

「この家は私達が買ったんです。あんたこそ何言ってんだい」

って言う。そしてこれが私達が買った証拠だって権利書を見せられたという。私こそお金を払ったんだと言って領収書を出して見せたら、領収書くらい私達だって持ってると言って、出して見せたという。二百円の領収書だったので、私は千五百円も払ったんだから私の物だと言ったら、私達は権利書を持っている、権利書を持っている者の勝ちと言われた。昨日、法務局へ行って主人の名前で登記も済んだし、この家は私達の物だって威張っている。

「私は権利書なんてことは全然知らなかったから」

と言い終えると、またわぁーっと泣いた。宿の女将は、

「昨日は急に千円出してくれって言うし、どうも様子がおかしいと思っていたんずらが、そうゆうことだったんですか。買う前になんで私どもに一言相談してくれなかったんずら」

「だってお金さえ払えば、他人《ひと》に迷惑をかけずに済むと思ってたんですもの」

「もう登記も済んじまったのかい？　どうしようもないな」

登記が済んでいなければまだ何とかなる、と思っていた朝吉も、これではお手上げだ。とめに会う早々がこの騒ぎである。

「とめちゃん、お前さんは世間のことはなんにも知らねえんだから、そうゆう大事なことは誰かに相談してやらねえと駄目だ」

「千円出してくれって言われた時、私が何も聞かなかったのもいけなかったんずらが、まさかこんなことになっているとは思いませんでした」

「なあに、命に別状があったわけでもあるめえし、いいじゃないか。なあ、とめちゃん、諦めない」

「そうね、私が馬鹿だったんだわ。仕方がないわ。忘れるわ」

とめの無知さ振りが招いた災難であった。とめにとって上田は御難続きである。どうも上田の辺りは、とめとの相性が良くないようだ
ご主人がおいでになった、ということで、とめの部屋は今夜から二階になった。朝吉ととめには今夜は初めての夜である。入浴をともにした時から、とめの気持ちは昴ぶっていた。二人の夕食が運ばれたが、とめは残っていた冷酒を一人で飲んだ。

「朝吉さんも飲めるといいのに」

「俺も飲んでみてえと思う時もあるよ」

「何で飲めないいんかしら？」

「いいから一人で飲みなよ」

「ああ、おいしい。こんなにおいしいのに、ごめんなさいね」

酒はなおさらとめの興奮を煽った。二階の客室には二人のほかは誰もいない。この静けさも二人をかき立てた。とめは自分から朝吉の胡座の上に乗って行った。朝吉のそれは、黒田にも岩木山にもない感覚だった。抱き合う二人は夢中で激しく腰を振った。久しぶりの朝吉は堪らず射出った。濡れた二人の股間を綺麗に拭いたとめは、朝吉の逸物を暫くは両手で握って弄んでいたが、再び元気になった朝吉のそれは反っくり返って見事な姿となった。朝吉はとめを下敷きにすると、とめの中に押挿入《おしい》れた。入る時の痛さにとめは悲鳴を上げた。朝吉の腰が上下するたびに微かに痛みも感じたが、いつしかそれは快感に変わった。

「そんなに激しく動かさないで、ゆっくりやって」

「うむ、痛いのかい？」

「うん、痛いの、少し。頭が太いんだもん」

「これに慣れると、ほかの男が物足りなくなるらしいぜ」

「そんなに大勢とやったの？」

「お前だって、随分大勢だろうが」

「あら私？　私が芸者だからそう言うのね。私、二人だけよ」

「本当かい？」

「そうよ。岩木山と黒田様の二人だけよ」

「そうかい。じゃ病気の心配はないな」

「あら、病気の心配してたの？　私の方こそ警戒しなくちゃ」

「なあに、俺は大丈夫だ。殆どが仲居ばかりだったからな」

挿入《いれ》たままの会話も楽しく、いつしか痛みも消えていい気分になってきた。朝吉の動きが段々早まって力が入ってきた。朝吉の毛むくじゃらの太い足に白く細い足を絡ませたとめも下から激しく腰を突き上げて悶絶し、絶叫した。とめが極まったのを確かめるように、朝吉は動きを止めて暫くはそのままでいた。とめの身体の蠢《うごめ》動きを楽しんでいるのだ。長い朝吉のテクニックに再三頂上を極めたとめが、

「もう駄目！」

そう叫んだ。反り返り、大きく震える腰に合わせるかのように、朝吉も一緒に極まり果てた。

かつてない陶酔、男の味を初めて知ったとめであった。年齢《とし》の違う四十男の熟知しきった性技である。とめが狂乱したのも無理はなかった。とめのあられもない呻き声に、朝吉は慌てて頭から布団を被せた。寒風吹きすさぶ海野宿の熱き夜は更けていく。

（四三）玉江の結婚

夏風邪を引いて店を休んでいた久米蔵は幸運であった。元気で深川の料亭中むらに出ていれば、焼死していたかも知れなかった。

久米蔵の祖先は鹿児島であるが、次男の父は東京の大学院を卒業後研究員として大学に残り、結婚後に四谷に移り住み、久米蔵はその黒島家の次男として産まれた。姉も二人いて、賑やかな家庭に育った。父も兄も大学の教授であったが、できの良くなかった久米蔵だけが板前の道に進んだ。

料亭中むらで恋仲となった玉江を家に連れて来て両親に会わせると、両親は一目見た玉江を大層気に入って、早く結婚するようにと言ってくれた。兄よりも早い結婚となったが、大正十二年二月八日、四谷の自宅で結婚式を挙げた。鹿児島からは久米蔵の祖父母も来てくれ、秩父からは玉江の両親が栄とともに出席、料亭中むらの主、中村実太郎夫婦が仲人となって挙式も済んだ。四谷の父の家は大きい家なので、当分は自宅の二階に住むことになって、そのまま二人は四谷の家で暮らしていた。

玉江は久米蔵の母に気に入られて、もう一人娘が増えたかのように、玉江、玉江と可愛がられた。苦労している玉江はこの母親にも気を配り、神経も遣った。

「玉江、まだ赤ちゃんはできないのかえ?」

「あのうー、お母様。それができたような気もするので、近いうちにお話しようと思っていました。久米蔵さんにはまだ話してないんですけど」

「あれそうかい。それは良かったわね。久米蔵にはあなたからお話しなさいね。じゃ、私が診て頂いてる先生にお電話して上げるから、すぐに行って診て貰いなさい」

「お医者様ですか?」

「そう、産婦人科のお医者さんよ」

玉江は驚いた。こういう時は産婆が診てくれるものとばかり思っていた。

「先生は男の人ですか?」

「そうよ、男の先生ですよ」

「嫌だー、男の人なんて恥ずかしいー」

「何言ってるんですか。今は普通よ、それが」

「ハイ」

「じゃ、今日電話しておくから、明日にでも行ってらっしゃい。今晩、久米蔵にはあなたからお話してね」

「ハイ」

その晩、久米蔵に話すと大層喜んだ。お姑の紹介で翌日、家から近い西村産婦人科に行って診て貰った。来年一月末が出産予定だという。

お目出度続きの黒島家は喜びに溢れていたが、九月一日の大震災で不幸が見舞った。

江東一帯の大火で久米蔵の働いていた料亭中むらも焼失し、家族全員が焼死の模様であった。玉江の姉の栄もいなくなった。不幸中の幸いは、夏風邪を引いてお店を休んでいた久米蔵が助かったことで、ともかく何よりだった。料亭中むらに幾ら電話をかけても繋がらない。戒厳令下の街は出歩くことさえできない。玉江の心配は増すばかりだ。岩田帯を巻き大きくなったお腹を抱えている玉江に代わって外出した久米蔵は、四谷の辺りは大した被害もないが、下町の方へは行くことができないと言う。

黒島家は木造のしっかりした家だったが、それでも被害はあった。居間の壁は下の方が崩れ落ち、屋根の瓦も何枚か剥がれて落ちた。障子や雨戸も立て付けが悪くなっている。出入りの大工に修理を頼んであるが、なかなか来てくれない。久米蔵は兄と二人で屋根に登って瓦を直したり、できそうな所は慣れぬ手つきで修理した。兄と交わす言葉は、

「焼けなくて良かった」

であった。

幾らかけても繋がらなかった博多の大寿楼に、やっと電話が通じたのは震災から二ヶ月くらいたった頃であった。

「玉ちゃん？　玉江さんけ？」

受話器の向こうで興奮したえんの声ががなっている。えんによると、とめは半月くらい前に東京に帰ったという。

とめちゃんは一体どこへ帰ったのだろう？　玉江の胸の内に新たな心配の種が湧いてきた。久米蔵に話すと、とにかく料亭中むらの焼け跡に行って見て来るということになった。中むらの焼け跡から久米蔵は、変な住所と中村とめの名前を書き取って帰って来た。玉江は早速、群馬県碓氷郡藤崎村一

九一九中村とめ様宛手紙を書いて送った。

二週間ほどして『受取人不在』として返されて来た。玉江は落胆したが、とめへの手がかりはここしかなかった。諦めずに毎月手紙を送ったが、そのたびに返送された。三年ほどこれを続けたが同じことだった。それからは年に一度にしようと思い、諦めた。

久米蔵も毎月、料亭中むらの焼け跡に行ってみたが、なんの変化もなかった。一年ほどすると焼け跡も段々整理され、元の地主らによって復興の始まっている所もあった。持ち主の現れない地所は市により没収されるという話を聞いた久米蔵は、料亭中むらには二人のお嬢様がいたはずだ、あの方達が現れなければあの土地は市に没収されてしまう、社長夫婦と養子縁組しているとめちゃんがいない今、あの二人のお嬢様が名乗り出てくれないと大変なことになってしまう——久米蔵は心配になって、父親に相談した。父の答は簡単だった。

「そうか。それならお前があそこへ料理屋を建てれば良いではないか」

「お嬢様が現れて、何か言った時はどうします」

「心配することはない。その時はお返しすればいいのさ」

「でも、それでは」

「心配ない。養子縁組している人に権利はある。お前の女房はその人の叔母だろう。お前達にも権利はある」

「そんなもんかな」

「しかしまあ、常識のあるお方ならなんにも言わないと思うが、何か言われた時にはお返しする気持ちでいればいいではないか。その時にはまた相談するさ」

「しかしお父さん、僕には資金がないですよ」

「資金か。うむ、そうさな。鹿児島のお祖父《じい》ちゃんに相談してあげよう。お前が貸して頂くってことでどうだね?」

「お祖父ちゃん、貸してくれるかなあ」

「まあ、相談してみることだな。しっかりした計画を立てられたら、私に見せてくれ。良かったらお父さんが下話はつけてやる」

「お父さん、ありがとう。玉江とも相談して鹿児島のお祖父ちゃんに電話します」

翌日、久米蔵は一本の大きい立て札を作って、料亭中むらの焼け跡に立てて来た。が、一ヶ月たっても二人のお嬢様からはなんの連絡もなかった。市の物にされてしまうのならばと、玉江も同意してくれて、父から祖父に下話を始めて貰うことにした。

鹿児島の黒島家は旧家で資産家であった。祖父からは、父子《おやこ》して一度鹿児島に来るようにとの連絡があり、父の学校の都合で正月休みを利用して鹿児島へ行くことになった。祖父は玉江も連れて来るようと言ってきたが、一月は臨月である。大きなお腹の玉江を連れて行くわけにはいかない父と子は、十二月の末、鹿児島へ向かった。

間もなく曾孫の顔が見られるという祖父は、元気で機嫌良く迎えてくれた。

「そいはよか話しバイ。やってみやんせ。若かうちじゃ」

七十半を過ぎた祖父は、久しぶりの孫の顔を見て上機嫌で応援を約束してくれた。設計士に依頼し大工の見積もりができしだい、また鹿児島に来て詳しい説明をすることになった父子は、鹿児島での豊かな正月をゆっくり過ごして東京に帰った。

大正十三年一月十三日、玉江は元気な女の児を出産した。お七夜も過ぎ、女の児には『富子』と言う名前がつけられた。

久米蔵は料亭建築に本格的に取り組み始めた。先ず市に対して建築許可の申請をして、市の厳しい建築主の審査を受け、許可が出るまでに半年かかった。

現場立ち会いの時、中村の二人のお嬢さんが立ち会いに来ていて久米蔵は驚いた。久米蔵の申し立てにより、市で探し出したという。旧中村の名を残してくれるなら自由にしてくれていいと、二人のお嬢さんは実にあっさりしたものだった。おとめさんという人が見つかった時には、承諾を得て欲しいとそれだけを言った。実家のことは殆ど何も知らなかったお嬢様方と暫し雑談のあと別れた。久米蔵は数日してでき上がった見積書を携え、玉江と富子を連れて鹿児島へ発った。

「女の児はええのう」

丸々と太った富子を抱いて祖父は上機嫌で三人を迎えた。何枚も重ねた見積書と経営計画書を祖父の前に出すと、

「よか、儂しゃよう見えんけん。必要なだけ電話でん何でん言うてこんね。すぐ送るけ。但しな、ようけ儲かったらこん爺に返さんね」

目の中に入れても痛くもなさそうに曾孫を抱きっ放しの祖父は、そう言った。鹿児島の伯父夫婦にも気に入られた玉江は、夫と富子とともに勧められるままに一週間も滞在し、東京へ帰った。

「あとでまた送るけん、今日の所はこれだけ持って行け」

祖父は久米蔵に五千円持たせた。

それから約一年、真新しい料亭はようやくにして完成した。久米蔵はその後も祖父から融資を受け、料亭中むらと命名し、営業を開始した。

以前の料亭中むらの構えにはほど遠いが、その頃には周囲にぽつぽつ料亭もでき始めて、昔の面影はないものの、結構繁盛してきていた。

（四四）　脅迫

朝吉はとめよりも早く目覚めていた。

「さて、今日はどうするか?」

あれこれ思案するうち、とめも目覚めたようである。

「目が覚めたか。今朝もやるか?」

「うん、したい!」

「うふふ、お前も好きだな」

朝吉はとめの股ぐらをまさぐっていく。

「うっふん」

早くも興奮して鼻を鳴らすとめに、

「よく濡れてるぜ」

「ばっかん」

朝吉は手を引いて、

「今朝は止めておこう。また夜にしよう」

「ああん、馬鹿!」

「さっ起きよう。旅館の連中に笑われるぜ」

「そうねっ」

とめも思い切りよく起き上がった。二人が廊下に出て洗面所で顔を洗い、部屋に戻ると、

「お客様、朝飯をお運びしても宜しいでしょうか?」

女中が訊ねに来た。

「ハーイ、お願いします」

とめは昨日のことなぞ忘れてしまったかのような明るさで、賑やかな表情に戻っていた。急いで夜具を片付けるとめに、

「まあ、私どもがやりますものを。申しわけありませんね。さあ、ここへ置きますから、奥様、お給仕お願いいたしますね」

二人の女中はそう言うと、部屋を出て行った。

「飯喰ったら昨日の話の売り家へ行って見ようか?」

「あんな所もういいわよ、行かなくっても」

「そうはいかねえ。腹の虫が治まらねえ」

「また行ってみてどうするのよ?」

「どうするか分らねえ。とにかく行ってんべえ」

朝飯が済むと二人は着替えた。とめはデパートの店員が勧めてくれたグレイのスーツを着て白いカーデガンを羽織り、金のネックレスをすると白い肌に美しく輝いた。

「朝吉さん、私変わったでしょ?」

とめの変身のことに一言も触れない朝吉にそう言ってみた。

「うん、洋服もいいな。早く着られていい」

「早く着られるからいいの？　それだけ？」

「うん、なんだい？」

「ばっか、つまんない」

朝吉は昨日のままの紬縞の着物姿だ。妙な組み合わせの二人は例の売り家まで歩いて来た。中で夫婦らしい二人が掃除をしている様子だ。

「お早う」

朝吉は声をかけて表の戸を強く開けた。びっくりした二人は顔を見合わせていたが、

「お早うございます。なんでしょうか？」

気の弱そうな男がのこのこ出て来た。

「ちょいと面ぁ貸してくんな」

びっくりしたように女も出て来た。とめの姿を見て、ぎくっとした。

「あっ、あんた！」

喉に詰まったような声を上げた。

「この家を買ったってのはお前えらか」

大きな目玉をぎょろりと剥いた朝吉の顔は恐ろしい。

「あのう、どちら様で？」

「俺かあ、名乗るほどの者でもねえが、こういう者《もん》だ」

言ったかと思うと、着物の襟に手をかけ、ぐいっと引っ張るとパッ！と背中を丸出しにした。度肝を抜かれた夫婦者はその場にへたり込んでしまった。朝吉の背中一杯の彫り物は、細かいしだれ柳の地模様に大きな般若の面が口を一杯に開けて怒っていた。

「般若の朝吉だ、分かったかっ。てめえらにこの家を売ったこの家の主を連れて来い！」

真っ青になって震えていた二人は、こう言われると少し落ち着いたか、

「今はいません」

とたんに朝吉の罵声が飛んだ。

「バッカヤロー、いねえのは分かってらー、だから連れて来いって言ってるんだ！　このうすのろめがっ」

「どこにいるのか知りません」

「毎日ここへ来てるんだろうが？」

「昨日は来ませんでした」

「いいか、来たら般若の朝吉が用があると言ッとけ。近くに泊まっているから毎日来るとな。いいかっ？」

「ハイ、言っときます」

「それから、お前らが持っている領収書を見せて貰いてえ」

夫婦者はどうしたものかともじもじしている。

「バッキャロウー、早く出せ。取り上げやあしねえ」

女が震えながら領収書を差し出した。

「見せて貰うだけでいいんだっ。お前のも見せな」

とめからも領収書を出させて見比べていた朝吉は、ふん、と頷くと、

「やっぱりな」

と一人言を言っていたが、

「嬶ちゃんよ、これはあとで必ず返すから、その野郎に会うまで暫く貸しといてくれないか？」

震えながら女は黙ってこっくりした。

「ええ邪魔あしたな。毎日来るからな」

そう言い捨てると、丸出しの背中をすぽっと着隠した。

「行こう」

朝吉はとめを連れて、肩で風を切って帰って行く。

「朝吉さんて凄いのね。私も震えちゃった」

「とめちゃんが震えるこたぁあんめえ」

「毎日ここへ来るの？」

「ああ来るさ。千五百円も黙って取られるこたぁあんめえ。返《けえ》ってくりゃあ儲けもんだ」

それから毎日、朝吉はとめを連れてその家の前を往復した。三、四日は見掛けた夫婦者もそのうち姿を見せなくなった。幾日往復しても、そこはもう空き家同然の家になってしまって、戸が開かなく

なってしまった。ある日朝吉は、

「よし！　ここは俺達が入ろう」

と言い出した。

「大丈夫かしら。権利書が無くてもいいの？」

「構うこたあねえさ。そのうち野郎が持って来るだんべ」

大屋館の主人にもその話をしたところ、それは一寸どうかとも思うが、面白いやり方かも知れないと言う。なんにも荷物のない二人は、翌日そこに移り幾日か住むことになった。家の周りには人家はなく、遠くに農家が点在するのみである。国道から一段下がった所で、日当たりは良いが淋しい場所だった。この辺りは坂の多い所で、南に向かって傾斜していて静かである。国道も千曲川沿いに曲がっていた。とめが何故この場所を選んだのか、何が目的でこの家を選んだのか、朝吉には分からなかった。とめに問うても、

「なんにも考えないで買っちゃったの。売ってたから。私って馬鹿ね」

「全く馬鹿だ」

「先日床屋さんで、飲み屋でも始めたら？なんて話が出たの、そんで私ね、ここで飲み屋やろうかな、なーんて考えちゃったの」

「へー、ここで飲み屋かい？」

「あら駄目？」

「うーむ、一寸淋しすぎやしないかい？　とめちゃんが始めれば盛るかも知れねえが、やはりもっ

と場所を選んだ方がいいぜ」

「別の所がいいってことね」

「そうかい、そんなこと考えてたのかい。それも悪くもねえかも」

「朝吉さんもそう思う?」

「そうさな、何かやらねえと食い詰めてまうぞ」

「そうね」

「とめちゃんがそう考えるなら、それでもいい。それならもう少し賑やかな所を探す方がいい。こんな所へ千五百円とは高すぎらあ。せいぜい二百円ってとこだ」

「取り戻せるかしら?」

「その野郎が姿を見せねえことにはどうにもならねえ」

「ねえ、私一人でここにいてみようかしら。朝吉さんがいたんじゃ怖くって来ないかも知れない。権利書貰えばいいんでしょ?」

「権利書の見方分かるかい? 抵当物件になっていないかどうか確かめねば駄目なんだ」

「そんなに難しいの?」

「第一高過ぎるよ、千五百円なんて」

「そう言われればそうね。私って馬鹿ね」

「そうだな、また大屋館へ帰って様子を見よう。うんま、今日は天気もいいし、どこか遊びに行ってみよう。ウーン、懐古園にでも行ってみようか」

「私、まだ買いたい物がいっぱいあるの。街の方がいいな」

「上田の街でなくてもいいじゃないか。小諸だっていい店はあるだろうさ」

「コモロ？」

「そうさ、小諸だよ」

（四五）千曲川

二人は小諸の懐古園に行くことになって、大屋から汽車に乗った。

小諸の駅を出ると、すぐ懐古園の大門が目の前に迫ってきた。ゆっくり歩く二人に、黒々とした櫻の太い幹が城の昔をしのばせてくれる。古城の中を南の端まで歩いて深い堀の橋を渡ると、石垣の上はそそり立つ崖である。見下ろせば千曲川の急流が逆光に輝いて目に痛い。

とめは生まれてこの方、こうした心の安らぐ散策をしたことはなかった。心の中まで洗われる思いだった。もちろん、藤村の千曲川旅情の歌なぞ知らないとめであった。幼い時から花柳界で育ち、幾多の人に揉まれた半生は幸せには縁遠い生活だった。川面を見つめる心の内は、藤村と同じ想いであったことだろう。

「ウワー、綺麗。川が光ってる！」

いつまでも立ちつくして動こうとしないとめに、

「東小諸の方へ行って見ようか？」

朝吉はとめを誘って小諸駅まで戻って来ると、線路脇の細い草道を歩き出した。山頂だけが白い雪を被った浅間山が左手に大きく迫っていた。

「ウワー、大きい山ね。綺麗だわ」

「うむ、浅間山だ」

線路脇に建つ家々に見え隠れする浅間山は、歩むに連れて大きくなってくる。小諸、東小諸、おとめ、平原と駅間は短く、おとめからは小海線も分かれていて、みつおかとなかなか賑やかである。朝吉は飲み屋をやるなら、このくらいの街の方が面白いかも知れないと思った。どこかに不動産屋はないものかと注意深く探しながら歩いた。東小諸駅を過ぎ、おとめ駅に近くなった所に、不動産の看板が見えた。

「こっちへ行ってみよう」

疲れたのか、とめは黙ってついて行く。

「朝吉さん、どこへ行くの?」

「うん、不動産屋へ行ってみようと思うんだ」

「そう」

とめは口数が少なくなった。

暫く歩くと、朝日不動産と書かれた小さな店があった。朝日不動産と白い切り字が透明なガラス戸に貼ってある。

「こんにちは」

「はい、いらっしゃい」

奥まった所に、小さな机に向かっていた大きく太った男が、立ち上がって小さい声で応えた。鼻眼鏡で新聞を読んでいたようだった。

「どうゆうご用件でしょう?」

「この辺にお店の売り物はありませんか？　小さくっていいのですが」

「小さいお店って言われましても、どういった物がいいんでしょう？」

「飲み屋の売り物なんてえのはありませんか？」

「飲み屋ねえ。うーむ、ないこともないが、平原の方ならあるんだがねえ。この辺がいいんでしょうか？」

「遠いんでしょうか？」

「何、そんなに遠くはないんです。いいお店ですよ。行ってみますか？」

「見せて下さい」

二人は不動産屋の親父について店を出る。

「これです」

入口の壁にびっしり貼られたチラシを親父が指さす。二人は屈み込んで小さな紙を読んでみる。飲食店、平屋建て二十坪、土地四十二坪、五百円、応談と書かれていた。

「どう？　とめちゃん」

「うん、見たいわ」

「じゃ、お願いします」

「ハイ、歩いて行きましょう。平原の駅のすぐ前ですから」

疲れているとめも二人のあとについて歩いた。平原の駅が見えてきて、駅の手前の踏切を渡って右に行くと、駅の真向かいにその店はあった。太い櫻が二本あり、その中間に店はあった。店の入口の頭上には赤く小さい提灯が五つ、埃を被って風に揺れていた。

「最近までやっていたようだな」

朝吉が言えば、

「そう、つい最近までご商売をしていたようです。人の話ですが、これがこれを作って、旦那が怒って追い出したそうです」

不動産屋は小指と親指を交互に出してみせる。

「へー、そんで売りに出したんかい」

「その男は店の常連だったそうですよ」

不動産屋の親父は持って来た合い鍵で戸を開けて、二人を中に案内した。掃除もしておらず汚れていた。一回り見回した朝吉は、

「これじゃ、大改造しないと使い物にならんな」

「このままでは使えませんか?」

「うん、これじゃどうしようもないね。応談ってあったが、誰と話すんだい?」

「ここの大家と話し合って下さい。私は、話が成立すれば仲介料を頂きます」

「仲介料は誰が払うんだい?」

「それは、もうお買いになる方と決まってます」

「へー、そういうんかい。どうする? とめちゃん」

「うん、いいわ」

「じゃ、申し込むか。いいかい？　とめちゃん」

「うん。私、朝吉さんにお任せよ」

「よし、決めた。お願いします、いつ話しに来ればいいのかな」

「明日ではどうでしょう？」

「明日でいいかい？　とめちゃん」

「ええ、いいわ」

「では明日、もう一度ここへ来て下さい。エー、今時分にしますか？　大家を連れて来ますから。奥さんがおやりになるんですか？」

「ええ、そうなんです」

「こんな綺麗な人がおやりになれば、きっと大繁盛ですよ」

明日の今時分に来ることになって、二人はその店をあとにして、再び小諸駅の方に歩いた。途中、食堂に入って食事をし、一休みしてから小諸駅に向かった。

「私、やっぱり上田に行きたい。普段着が買いたいのよ。スズランへ行きたいわあ。そこならなんでも揃うし、まだ預けてある物もあるのよ」

「そうかい。じゃ、そうすべえ」

上田駅に戻って真っすぐスズランデパートへ行くと、先日の女店員がニコニコ顔で迎えてくれた。

「いらっしゃいませ。先日は沢山ありがとうございました、お洋服とっても良くお似合いで素敵です。まだお預かり物もあります。今日はお持ちになりますか？」

「ええ、今日もいくらかお買い物もあるの」

「ありがとうございます。で、今日は何を？」

「今日は普段着が欲しいの。またお願いね」

「ハイ。普段着はやはりお洋服ですか？」

「着物がいいわね、着慣れているから。でき合いはあるのかしら？」

「ええございます。こちらへどうぞ」

和装の物がずらりと並んだ呉服のコーナーへ案内される。

「やはり、お腰からでしょうか？」

「そう。何にもないの。紐だって一本もないの」

「そうしますと、もうお羽織までご用意なされた方が宜しいかと」

「そうね。じき寒くなるわね。こちらの冬は寒い？」

「ええ、寒いんですよ。風が吹くと一層寒いんですよ」

「じゃ、襟巻きもいるわね？」

「ハイ、あった方がいいと思います。今日も私に全部お任せ願えますか？」

「ええ、お願いするわ。あなたなら安心よ」

「ありがとうございます。で、今日は何着くらい？」

「そうね。取りあえず五着分くらいはお願いしたいわね。私って脂性なのよ。すぐに汚れちゃうのよ。肌襦袢と長襦袢は多い方がいいわね」

「随分と買い込むもんだな」

と朝吉が言えば、

「これでやっと幾らか揃ってくるのよ。全部なくしちゃったんだもの。全く大変だわ」

今日の買い物は嵩張って大変である。所在なさそうにあちこちをぶらぶらしていた朝吉は、

「よくもまあ、こんなに買い込んだもんだ。こんなにあるんじゃ、店の人に運んで貰った方がいいで」

「そうですね。このほか先に買って頂いた物もありますので、当店の方でお宅までお運びいたします」

「ほんと？　じゃ、海野宿の大屋館まで運んでちょうだい」

「ああ大屋館さんですか。よく存じております」

「私、あそこに泊まってます。中村とめって言います」

「中村とめ様でございますね。お届けは明日になりますけど、宜しゅうございますか？」

「ええ、いいわよ。じゃこれで」

「ありがとうございます。ちょうだいいたします。少々お待ち下さいませ」

支払いを済ませて朝吉と外に出る。

「女は大変だなあ」

「あら、朝吉さんの着物も買ったのよ」

「へえ、そらあ済まねえな」

帰りに二人して柳沢の床屋へ寄った。床屋には客は一人もおらず、暇そうにしていた。床屋夫婦は大騒ぎで迎えてくれた。

主人の話によると、その後の先生の所は大変らしい。ひどい夫婦喧嘩で、二人は今でも口も利かないらしい。朝吉が来ていることも知っていて、ふきはえらく恐れ、般若の朝吉って言うんだって、と震えているという。狭い街のこと、あのように派手に振る舞えば、いっぺんに人の噂に上ることは見え見えで、朝吉の計算通りになっていた。「責任を持ってお預かりいたします」と言いながら、玄関払いを喰らわせたのだ。との話を聞けば、なんともひどい話である。

上田に着いた朝吉の耳に入ってくる話は悪いことばかりで、怒った朝吉は、柳沢の婆あへの脅しも含めて、般若の面を丸出しにして見せたのである。

（四六）　柳沢家

「未だに口も利かねえんじゃ、しょうがねえなあ。仲良くなれるようにしてやっか」

「あら朝吉さん、どうするの？」

「なあに、手土産でも持って、とめちゃんと二人して今夜にでも行ってみるかい？」

「嫌だ！　私、絶対嫌よ。あんな馬鹿にされた所なんか行くもんですか」

「一晩厄介になったんじゃないか。忘れてやんなよ」

「朝吉さんて、案外優しい所もあるのね」

「案外とはひどいな。とめちゃんには優しくしてるつもりだぜ」

「あらごめんなさい」

喋っているうちにとめの髪も仕上がり、朝吉の頭もさっぱりと刈り上がった。

「そうして貰えれば先生ん所も助かるんずら。お姐さん、旦那の言うようにしてやってくんねえずらか？」

床屋の主人にも頼まれ、とめは仕方なく返事をした。今晩、二人して柳沢家へ行くことになってしまった。

「穢い私が行っちゃ、また塩を撒かれるんじゃないかしら？」

「そんなことあねえずら。先生の家には俺が連絡しとくかんね」

その夜、二人は柳沢家を訪ねた。既に話は通っていて、先生夫婦は玄関先まで出迎えて、

「ささ、早く上がって下さい」

と大騒ぎである。婆さんは、外に立っているとめの袖を引っ張るようにして、

「ごめんなさいね。よく来て下さいました」

泣かんばかりである。

「夕飯を作って待ってたのよ」

「夕飯は喰ってきました」

「まあ、こんなに早いのに、もう食べたんですか。折角一緒に食べようと思って待っていたのに。ま、とにかくお上がりになって。どうぞ、どうぞ」

と、二人を奥の部屋に押し上げるようにして案内する。

朝吉は正座をし深々と頭を下げ、私が留守中とめが一方ならぬお世話になったときっちり挨拶する。ふきは黙って、ただ俯いているのみであったが、光一が、

「お二人とも今夜はよく来て下さいました。お陰様で我が家もこれで明るくなります。全くお恥ずかしい限りで、若いお二人に教えられ感謝しております。またちょいちょい遊びに来て下さい」

ふきが竹皮に包んで持たせてくれた赤飯を抱えて、柳沢家を辞し大屋館に戻ったとめは丁場に顔を出し、遅い帰りを詫び、明日の朝は食事はいらないこと、今夜もう一度お風呂に入れさせて貰いたいと言い、部屋に上がった。

終い湯だがすぐに入れるというので朝吉とともに入った。浴槽で、とめは朝吉に相向かいに跨って

行った。朝吉の首に両腕を巻いて、毛むくじゃらの胸に乳房を押しつけて静かにしているのがとめの好きな仕種であった。朝吉が静かに動かすと、とめは気持ち良さそうにいつまでもそうしていた。長湯をした二人は、互いに洗い合って揚がった。

「私、一杯やるわ」

「俺あ、冷てえ水が飲みてえ」

とめは下に行き、大きな土瓶に水を貰って来た。女将さんが切ってくれた沢庵を食べながら、酒と水で一杯やる。先刻の先生の家の話に花が咲く。

「先生達喜んだな。婆も反省したんだな」

「どうだかね。私、先生の言葉をあの婆さんから聞きたかったわ。それより私、朝吉さんて本当に偉いと思うわ。時によっては脅かしてみたり、頭がいい証拠ね」

「あんまりおだてるない。明日はあの家買っちまおう。俺も、五百円くらいならある」

「あら、お金だったら、私だってまだあるわよ」

「そうかい。それは改造の費用にしようぜ。とめちゃんが先に買った方はことによると捨て金になるかも知れねえが、仕方がねえなあ」

「あんな所、もうどうだっていいのよ」

「あの店は大改造だな」

「どうするの?」

「うむ、二階に増築して、上に住んで下で商売ってのはどうだい?」

「そうね、それいいわね。お風呂場も作ってね」

「大工を捜さんといかんな」

「あら私、大工さんなら知ってるわ」

今日一日よく歩いたせいか、疲れて眠くなった。二人は布団に入ったが、新しくお店が持てるという希望と興奮に、なかなか寝つけない。

「とめちゃん、眠ったかい？」

「ううん、目ばかり眠いけど、駄目だわ」

朝吉はとめの股間を押し開くと、そこに手を触れた。よく濡れているのを確かめると、体を乗せていった。若い二人は、この時が過ぎなければ眠れなくなっていたのである。

次の日、平原の駅に着いた二人は、約束の時間よりもまだ大分早かった。

「少し早すぎたな。近所の様子でも見てくるか」

二人は店の周囲《まわり》を一回りしてみてから、東の方へ歩いて行った。暫く行くと、その道は広い道に突き当たった。広い道を通り抜けてさらに東に進むと、やがて右に曲がって信越線の踏切を通り、南に向かって伸びていた。この辺もやたらと南下がりで、ここまで来ると人家も疎らで、あちこちに農家が点在するのみであった。あとになって、とめがこの辺りの農家の嬶連中にいびられ、泣かされることになるとは、二人とも予想だにしていなかった。

「戻ろうか？」

「うん」

（四七） 契約

平原の駅前の店に戻って来ると、不動産屋は既に店を開けて待っていた。

「やあ、こんにちは。昨日はどうも。お待ちしておりました」

「こんにちは。先刻の汽車で来たんですけど早すぎまして、周りを少し歩いて来ました。どうもお待たせしたようで」

「こちらが大家の松本一《はじめ》さんです」

「松本です。宜しく」

「石田朝吉です。わざわざどうも」

「中はもう見て貰ったようですね」

「うん、大体は。しかし水回りはどうなってるんだね？」

「ハイ、井戸が家の中にあります。ここです」

松本は台所に案内した。

「井戸が家の中にあるのは珍しいですな。今でも水は出ますか？」

「呼び水を入れてやればすぐにでも出ますよ。信州の冬は寒いので、家の中に井戸を掘る人もいるのです。ポンプが凍らないように」

「なるほど、うまい考えだな」

松本に案内されて、一回り店の内外を見て来た二人へ、

「石田さん、下見が済みましたら、私の店にいらっしゃいませんか。ここではお茶も入りませんので、詳しいお話は私の店で話し合って下さい」

朝日不動産の店に行くことになって、三人は店の親父のあとに従った。道々、大家の松本は、朝吉ととめの妙な組み合わせを不審そうな目で見ていた。洋装できらきらの女と、木綿縞の着流しの男のふてぶてしさが気になっていた。朝日不動産の狭い店に着くと、

「失礼なことを伺いますが、お二人はご夫婦ですか?」

松本は気になっていたことを一等先に聞いた。夫婦ではないが、夫婦みたいなものさと朝吉は笑った。

「で、どちらからおいでになりました?」

焼け出されて上田まで来た経緯をこと細かにとめが話した。

「へー柳沢先生にねー。私の実家も養蚕農家ですし、私も柳沢先生には教わったことがあります。学校でもあの先生は繭の専門です。繭の方では有名な先生です。奥さんも松林女子の先生です。でもよくあとでお訪ねになられましたね。なかなかできないことですよ。私も、そうゆう方なら安心です」

不動産屋の女房が愛想よく出て来て、お茶を入れた。焦げ茶色の饅頭が大きなお皿に山のように出て来た。

「家は話が纏まりそうな時は、いつもこの饅頭なんです。小倉のつぶ餡がとても旨いんです。さあ、

沢山食べて、話を纏めて下さい」

店の親父はこの饅頭を自慢して勧めた。

今日は日も良く、お天気もいいし、茶色の饅頭は縁起が宜しいと話し巧みに会話を進め、松本も気分がいいと一割値引きして、四百五十円と値段も決まった。明々後日が大安でいい日だから、売買契約を完了しようということになった。朝吉は懐から財布を出し、百円札一枚を松本の前に置き、

「今日は仮契約ということで、手付け金として百円払います。但し、違約があった時には倍返しでお願いします。朝日屋さん、一筆書いて下さい」

朝日不動産は快諾し、百円内金として仮契約書ができた。松本が自署し、押印して朝吉に渡した。

「これでこちらに籍が移せます。この人と結婚し、こちらに入籍します」

とめは驚いたが、嬉しかった。朝吉さんがこんなことまで考えていて、こんなにちゃんとした人だとは思っていなかったから、

「結婚は初めてですか?」

松本が聞くと、

「妻も子供もいたが、深川で焼死した様子で死亡の確認もできず、なんの届けもできていない。こういうのは一体どうなるんですかね?」

朝吉の悩みの一つである。

「これからまだ役場への届け出とか、雑用が色々ありますね」

「先ず住む所が完了してから、ぼちぼちやりますよ。法務局の方は、不動産屋の方で全部やってく

れますよね？」

「ハイ、登記の方はうちで全部やりますから」

この会話は、とめにとっては驚きの連続だった。家を買うということはとっても大変なことで、その手続きの煩雑さと言い、契約だの仮契約だのと難しいことばかりであった。大根一本でも買うかのように、よく分かりもしない相手に大金を手渡して家が買えたと思っていた自分が恥ずかしくなった。

三日が過ぎ、本契約の日になった。朝吉ととめは朝日不動産に出向いて行った。既に松本は来ていて、すぐに契約は完了し、現金で支払いも済ませた。店は二階に改造して一階も改装しなければならない旨を切り出せば、松本も不動産屋も、

「知り合いに大工がいるから、頼まないか？」

と言う。とめは、

「私も知っている人がいるから、その人に頼みます」

と答えた。二人が不動産屋を出たのは、午後三時を過ぎていた。晩秋の日落ちは早い。風も出て来た。信州の山風は強くて冷たい。早足で平原の駅に着くと、

「どこかで夕飯を喰って帰えるべえ」

「そうね、私お寿司が食べたい」

「寿司かい？」

「カツ丼が食べたいんでしょ？」

「たまには握りの旨えのを食うか」

「カツ丼だっていいのよ」

「そんなこと言ってちゃ決まらねえ。上田まで行くか」

「それじゃ、早く大屋館に知らせないと悪いわ」

とめは駅の電話を借りて、大屋館に連絡を済ませた。平原の駅で待つこと約一時間、二人はこれに乗って上田に着いた。朝吉は通りに出てからも、何軒もの寿司屋の前を通り過ぎた。

「ねえ、どこのお寿司屋に入るの?」

「うむ、少し上等なとこがいいと思ってな」

尚も歩いて街の中へ入り、角を一つ曲がった左手に大きな寿司屋が見えた。『大和鮨』と白地に墨書された看板が見えた。近づくと立派な店構えである。庭には植え込みも繁り、綺麗に手入れされている。玉砂利の中に敷かれた鉄平石にも水打ちされたばかりで、気持ちがいい。

「いらっしゃいませ!」

入った左手がカウンターになっていて、中の板前衆も威勢がいい。カウンターのネタケースの前に腰掛けた朝吉は、とめも座らせると珍しいことにビールの注文をした。

「朝吉さん、おビール大丈夫?」

「うむ」

「私、冷酒頼んでいい?」

「ああ好きな物を飲んだり食ったりしてくれ。契約も完了したし、新しい門出を祝おう」

お好みで食べたい物を食べ、久しぶりにとめも冷酒を沢山飲んだ。朝吉は一本のビールが飲みきれなかった。

「信州の山でも、江戸前の握りが食べられるのね」

「だから高くつくんじゃないのかい」

田舎のことだ、大したことはあるまいとたかをくくっていたが、結構いい値段を払って店を出た。

外は既に暗く、そのまま上田駅に戻って大屋館に帰った。

（四八）　朝吉の凄腕

翌日、とめは一人で上田に行き、柳沢の床屋を訪ねた。

「山村さんて言ったたっけ、棟梁に連絡つくかしら?」

「山村かい?　あいつは毎日来るけんどなんの用ずら」

店の改造を頼みたい旨を話すと、

「奴は今日はまだ来ねえけんど、来たら話しとくずら」

「じゃまた明日参ります。郵便局はどこかしら?」

床屋のかみさん、外まで出て来て教えてくれる。郵便局はさほど遠くはなかった。局で公衆電話を借り、博多の大寿楼に電話を入れた。繋がるまでに随分時間がかかった。

「もしもし、大寿楼です」

懐かしいえんの声である。相手がとめと分かると、えんの声は一段と大きくなってとめや朝吉の様子を聞いた。博多を発って以来の一部始終を語る二人の会話は、長い電話となった。えんと話したことによって、玉江叔母さんが生きていることが分かった。しかしどこに住んでいるのかまでは分からなかった。えんは、こっちに来んしゃればよか、と言って泣いた。

長電話の礼を言い、精算して局を出たとめは駅の方に向かって歩いた。陶器屋を探しに行ったのである。スズランデパートの前を通り、角を右に曲がって三軒目の辺りの向こう側の通りに、小川陶器店という店が目についた。往還を横切ってその店に入って行くと、店内は何故か冷んやりとして寒かった。

「いらっしゃいませ」

愛想のいい親父がニコニコ顔で迎えた。とめは黙って店内をゆっくり回って見た。徳利がずらりと並んだ棚の前で立ち止まって眺めていると、

「何かご商売の方でしょうか?」

「ええ、でも今日は下見だけね」

「はい、ありがとうございます。随分と勉強させて頂きますので、お気に入りの物がございましたら是非、私どもの店をご利用下さいませ」

と、上田弁を混ぜない綺麗な言葉で話した。

「瀬戸物屋さんは寒いのね」

「ヘイ、置いてある物が物ですので、どうしても冷えてしまいます」

「お邪魔様。また来ます」

店の外に出たとめは宿に帰るつもりで上田駅まで来たが気が変わり、柳沢の床屋に寄って髪を綺麗にして帰ることにした。

「いらっしゃい。あれどうしたんずら?」

「お髪、綺麗にして頂こうと思って」

「でもまだ綺麗ずらね」

「いいのよ。おかみさん呼んで」

「へイ」

女房に髪を洗って貰い、鏝《こて》を当て直して綺麗さっぱりとした頭になった。早く山村に連絡するように頼み、宿に帰った。朝吉も出かけていて大屋館にはいなかったが、夕暮れ近くになって帰って来た。

「朝吉さん、どこへ行ってたの?」

朝吉の語るところによると、とめが出かけたあと、朝吉は例の千五百円の家へ行ってみた。丁度運良く二人の男がいてここの家の者かと尋ねると、そうだと言うので、

「ふざけるんじゃねえ、この野郎っ！　これは俺んちだ!!」

と怒鳴ると、二人は飛び上がって驚いた。

「よくも騙しやがったな」

一人の男の胸ぐらを突き上げ、首根っこを押さえ込んで締め上げると、もがきながら、

「くぅくぅ苦しい！　放してくれっ」

尚も締め上げて領収書二枚を出して見せつけると、

「済まねえ、申しわけねえ。はは、放してくれ」

「この落としめえはどうつけるんだ?」

と言いざま土間にねじ伏せ、髪を掴んで泥を喰わせた。脇にいた男は震えながら、

「旦那、勘弁してやってくんない。ここに権利書があります。これを渡しますから、どうか勘弁し

てやって下さい」

これを聞いた朝吉、押さえ込んだ男の頭髪から手を放し、立ち上がった剣幕はもの凄かった。

「うるせえっ、てめえら二人で攣《つる》んでやがったんか。そんな物はいらねえ、家もいらねえっ」

「えっ、家もいらねえんですかい？」

「いらねえったら、いらねえんだ。この馬鹿野郎っ‼　いらねえから金を返せ。金を返さなけりゃあ警察に突き出すだけだ」

「ヘエ、金は返します。返しますから警察には届けねえで貰いてえ」

「よし！　金を返《け》えすか？　返えせば文句は言わねえ。じゃ三千円返せっ！」

「えっ、三千円？　旦那、千五百円ですよ」

「うるせえっ、バッカヤロウーッ。人を騙くらかしやがってそれで済むと思ってるんか。俺を誰だと思ってるんだ」

「俺は今、二千円だけしか持ってねえ。二千円にしといてくれ」

「よし、その二千円をよこせっ」

震えながら差し出したその金を、ふんだくるようにして取り上げた朝吉に、

「旦那、これで帳消しにしてくんない」

「馬鹿野郎！　あとの千円は貸しだ」

野郎どもは真っ青になって逃げ帰ったという。

「俺が暫く行かねえでいたもんだから安心して来てやがった。五百円ばかり儲かったぜ。うわ

は、、、、」

朝吉は気分良さそうに高笑いした。

「権利書を持ってたってことは、あの人達に返されたのねきっと」

「多分そうだろう」

「やっぱり三千円は取っちゃうの？」

「なかなかあとの千円は無理だんべよ」

「警察に届けるって手もあったのね」

「届けなくって良かったじゃないか、は、、、、、」

「朝吉さんて凄いのね」

「ところで梅ちゃん、この二千円俺にくれるかい？」

「いいわよ。私もう駄目だと思ってたんだもの、どうするの？」

「うむ、この金を街に寄付したらどうかなと思ってさ」

「折角取れたのに、上げちゃうの？」

「嫌かい？」

「ううん、朝吉さんのいいように使って」

「そうかい。じゃ、そうさせて貰うよ。あとできっといいことあるぜ」

「そうかしら？」

「そうさ。俺達他所者《よそもの》だからな」

「街が貰うかしら？」

「旨いこと言えば貰うさ。しかし寄付は店が繁盛するようになってからにするさ」

「繁盛するといいわね」

「で、とめちゃんはどこへ行ってた？」

「私のお髪を見てなんとも思わなかった？」

「うん、分からなかった」

「ふん、つまらないのね。床屋さんに行ってたのよ、綺麗になったでしょ？」

「うん」

「うんだって。うふゝ、分からなかったくせに。そんでね、大工さんに頼んだの」

「会えたのかい？」

「ううん、来なかったわ。明日会うの」

「そうかい。俺も二人の大工に当たって来た」

「えっ、それじゃ三人になっちゃうじゃないの」

「三人で結構じゃないか。三人に見積もらせればいいじゃないか」

「どうゆうこと？」

「三人のうち、一番いい仕事をして一番安い見積もりを出した者にやらせればいいんだ」

「ふーん、朝吉さんてなんでも知ってるのね」

「うふふ、まあな」

このくらいのことは誰でも知っている、と言いたかったが、言わずに笑った。

（四九）建築見積もり

「明日は俺も一緒に行って、その大工に会ってみてぇ。見積もりの話もしてえから」

翌日の昼過ぎ、とめと一緒に柳沢の床屋に行って、山村という大工の顔を見て朝吉は驚いた。山村の方はそれ以上に腰が抜けるほど驚いた。山村は昨日の空き家で会った二人組のうちの一人だった。

「石田です」

朝吉は澄まし顔でそう言った。山村棟梁は真っ青である。

「おい棟梁、どうしたんだっ、挨拶しねえかっ」

床屋の親父は、黙って震えている山村を見かねて怒鳴った。

「やや山村です。昨日はどどうもすいませんでした」

「平原の駅の前に小っちゃい店を見つけましてね。改造したいんですが、見積もりをして貰えませんか」

「へい」

「三軒の相みつになる。なるべく早く見積もりしてくれないか。東小諸の朝日不動産で細かいことは聞いてくれ」

山村にすれば昨日の今日である。度肝を抜かれたのは言うまでもない。しかし朝吉は昨日のことなぞ一言も触れない。人違いか？　山村は我が目を疑ったりした。相棒がとめから千五百円を騙し取った時、情報料として七百円を貰っていた。だが昨日は逆に千円を取られた恐ろしい相手であった。この仕事を受けるべきかどうか迷った。ろくに儲けもない仕事なぞしたくない。請けなければまた怒鳴られそうだし、この不景気で暇になり、仕事もない棟梁だ。

「ヘイ、朝日不動産に聞けばいいんですね?」

大震災の煽りを受けて建築資材は急騰し、大工の手間は上がり、田舎では暇な建築業界であった。そのうえにこの不況である。これより四年後、昭和二年には金融恐慌が起こるという大不況の真っ最中である。

「じゃ、頼みましたよ」

とめを促して外に出た朝吉に、床屋と山村は愛想を言い言い送り出した。

「どうする?」

「どうするってなんのこと?」

「このまま宿へ帰るかい?」

「うん、まだ早いけど帰りましょう」

二人は大屋館に戻り、早風呂、早夕飯で早目に床に就いた。


それから半月ほどたった頃、三軒の大工の見積書が揃った。朝日不動産からは権利書とともに登記証も届いた。やはり松本の紹介した大工は、自分で建てた家だけに一番良くできた見積もりで安心できそうだった。見積書をつぶさに見比べる朝吉である。山村の見積もりはひどく安くお粗末である。

朝吉は、とめと相談のうえ、松本が世話してくれた高橋建築に頼むことにした。取り壊しから完成まで四ヶ月近くかかった。とめと朝吉は殆ど毎日現場に通って作業を見、茶菓子の接待をした。しっくりとした高級感のある、とめのお気に入りの店ができ上がった。二階は二部屋だが、住み良さそうな居間と寝室ができた。一階は半分が営業ホールとなり、半分が調理場である。調理場の裏手に風呂場もできた。どちらへも井戸からじかに水が汲めるようにできている。

屋号は『おとめ』と決めてあって、暖簾は既にスズランデパートから届いていた。開店をいつにするか、暦を見て大安吉日の十二月三日を選んで決めた。

赤い花輪が二十数本並んで立っている。大工達は、これらが風で吹き飛ばされないように角杭を打って止めた。花輪の中に、朝吉にも分からない名前のものが一本あった。朝吉が不審がると、山村が、

「旦那、この高見沢つうんは俺の相棒ずら。奥さんにお詫びのつもりなんだがねえ」

と言えば、

「あの馬鹿野郎が、こんな物で千円稼ぎやがって」

と言って笑った。

「明日は落成祝いをやるから、その野郎にも来るように言って、こいつを渡してくんな」

白い封筒に入った招待状を二通手渡した。

翌日夕方から落成の祝宴が始まった。大工は下職全員が招かれ大勢が来た。柳沢の床屋も先生も夫婦で招かれたが、先生の妻ふきは欠席した。先生は妻の欠席をくどくどと何回も詫びた。大屋館の夫

婦もにこやかに朝吉達に祝辞を言って座った。その隣に山村が座り話し込んでいた。山村の隣には、とめを騙して千五百円を取った男が小さくなって座っていた。賑やかな宴は遅くまで続いた。皆に酌をして回る朝吉は、貫禄いっぱいだ。

　この店の主人公となるとめは、今夜のために用意しておいた着物を着た。灰色がかった紫地に白い小花をあしらった江戸小紋に、シックな銀地に金糸の花模様が美しい西陣帯が洋髪に良く合ってひときわ光った。美しいとめは、来客にえらく人気があった。宴も最盛期《たけなわ》を過ぎ、来客も一人去り二人去りするようになった頃、店の表に姐さん被りでモンペ姿の女三人が店の中を覗き込んで帰って行った。宴も静かになって、高橋棟梁と不動産屋の社長、旭が残った。旭らは、山村とその相棒の高見沢の話がしたかったようであったが、朝吉は、

「いや、もう交際のない人達だから、何も知らない方がいい」

と言った。

　とめが残飯や食器の後片付けを終える頃、旭社長も高橋棟梁も帰り、二人だけになった。二階に上がって一休みしたあとで、今夜の来客のお祝い金を開けて記帳した。

「ねえ随分来てくれたわね。賑やかで良かった」

「うん、良かったな。とめちゃんも大変だったな」

「ううん、私はなんにも。朝吉さんが作ってくれた物を出しただけだから。三十人は越えてた？」

「うん、山村と高見沢が百円ずつ包んだよ。花輪も出してくれたし。俺はこの店の客になってくればそれでいいと思って招んだんだが」

「どのくらいになった？」

「五百円以上になったよ」

「ヘエー五百円？　良かったわね」

「柳沢の婆さんが来なかったな。先生が何度も謝っていたっけが」

「ねえ、朝吉さん。三日から開店だけど、お客さん来るかしらねえ？」

「なあに大丈夫だんべえ。とめちゃんが店にいりゃあ、大繁盛するさ」

「そんなにうまくいくかしら？」

「心配かい？」

「そう、何となく不安なの」

「そんな先のことを心配したって仕方があんめえ」

「そうね」

「疲れたで。はあ寝べえ」

「うん、お風呂入る？」

「風呂炊いたんか？」

「ええ、初風呂だから、合間を見ながら炊いたの」

「そうかい、じゃ入るか」

特別に洗い場を広く贅沢に作った檜の風呂である。いつものようにお互いの身体を洗い合ったが、小さい浴槽で二人一緒というわけにはいかなかった。

「浴槽、もっと大きく作れたら良かったわね」

「うん、贅沢は言ってられねえよ。しかしいい香りだな」

いつものように長湯をし、二階に上がって床に入った。部屋も畳も夜具まで全て新しく、木の香り、畳の香りも真新しい。

「いい香りね。新築みたい」

「二階は新築だぜ。俺達は新婚だ」

「朝吉さん！」

とめの生理はいつも不規則で、今月もいつになるのか見当もつかない、が、しかし今まで一度も妊娠したことがない。

「ねえ私、赤ちゃんできないのかしら？」

「うん」

「私、朝吉さんの赤ちゃん欲しいわ」

「商売できなくなるぜ」

「だけど私、妊娠ってしたことないのよ」

「赤ん坊なんかできねえ方がいい、煩せえだけだ」

「朝吉さんって赤ちゃん、嫌いなのね？」

「煩せえだけだってば」

「このままの生活してて妊娠したら、赤ちゃん生んでもいい？」

「俺あ嫌だな」

「どうして?」

「うん、どうしてもさ」

「バッカ」

とめは朝吉の上で激しく身を揉んで極まり躰をのけぞらせて震えた。朝吉も同時に果てた。一つ布団に寝ていては躰が休まらないと朝吉が言い出してから、久しぶりに一緒に寝たとめの興奮は激しかった。

「今夜も別々に寝るの?」

「うん、もう寝る」

「そう、もう寝るの」

「うん」

朝暗いうちから起き、落成祝いの準備に忙しかった朝吉は、飲めない酒を飲まされ酔いも疲れも回って、もう鼾をかいていた。

翌日から二人は開店の準備に追われた。先ず掃除からと始めてみると、隅から隅まで埃だらけで大変だった。

店のメニューは朝吉が下書きした。早く出せて簡単で、旨い物をと考えると難しかった。これをとめが街の書家の所へ依頼して、立派に仕上がった物を客の見易い所へ貼った。二人汗だらけになって働いているところへ、

「やあ、夕んべはご馳走さん。どうかね?」

朝日不動産の社長が顔を出した。

「とめちゃん、社長が来てくれたでお茶飲もう」

お茶が入って、四方山話のあと旭社長は、

「開店の朝、新聞に折り込み広告を入れたらどうかね? 本日夕開店と書いてね」

と提案した。現在では珍しくもないことだが、当時としては珍しいアイデアであった。二人は早速印刷屋へ行き、チラシを注文した。十二月三日の朝、五千部のチラシが配られることになった。

「いよいよ明日から商売ね。どうなるかしら?」

「うん、大丈夫、大丈夫。とにかく俺は店には顔を出さねえからな。損をしねえように、客に舐められねえようにうまくやってくんな」

「だけど、馬鹿が来たら追い出してね」

「うん分かった。今夜も早く寝べえ」

大丈夫と言いながらも、朝吉にも一抹の不安はあった。不安を踏み消すように大股で階段を上って二階に座った。布団を敷き終わったとめが、

「今夜は?」

「うん、しねえ」

「へーえ、珍しいのね」

「明日は初舞台だから身を清めておこう」

「ふーん、ではあれは穢いってわけ？」

「なんだ、したいんか？」

「うんしたい。うーんとしたいの。だけどしない」

「なんで？」

「なんでって、とめは助平だと思ってるんでしょ？　だから」

「じゃ、寝よう」

「お休みなさい。たまには休もうね」

連日の開店準備に追われていた二人は疲れも溜まっていて、早々と深い眠りに落ちていった。

（五〇）　おとめ婆さんの愚痴（虐め）

「こんにちは。また来ましたよ。遅くてごめんね」

「こんにちは。いらっしゃいませ。いつもの通りで？」

「そう。いつもの通りね」

「へい、どうぞ」

いつも通りグラスになみなみと注がれた冷酒は受け皿にもこぼれて、カウンターに立つおとめ婆さんの前に押しやられる。

「頂くわ」

目だけを上げて長さんに視線を送る。その目のなんとも言えぬ艶っぽさ。長さん、ぞくぞくっとし、惚れ惚れするのである。ごくごくっと飲み干す飲みっぷりは、いつもながら誠に見事で、白く透けるような細い喉は、酒が通るたびに躍る。毎度のことながらさすがーッと感心する。

「ハイッ、お代わり」

早い。早いが、最近は二杯目になると長い話が入るようになってきた。長さんの聞き上手もあって、長話になってくる。

「そんでね、開店したら、まあ繁盛で繁盛で毎日大変なの。世の中不況だっていうのに広告のせいか、近所に飲み屋がなかったせいか大繁盛なのよ。朝吉さんが作る『おでん』も旨いって評判になってよく売れたわ」

「儲かりましたね」

「ええ儲かって、もうウハウハだったわ。そんなことで浮かれていたら、お灸を据えられたわ」

――開店して暫くした時、農家の親父風の男とやはり農家のかみさん風の女三人が朝の九時頃、表の戸を叩いて、まだ寝ていた二人を叩き起こした。とめ達にとっては、朝の九時は早かった。応対に出ると、いきなり男が突っかかって来た。

「いつ住み着いたか知らねえが、区の方にも連絡して貰いてえ」

「幾んちか前え開店祝いみてえなことを大勢えでやってたっけが、俺等家《おらめ》の隣保班にゃなんの沙汰もねえずら」

「班の交際《つきえ》えしねえ気なんだんべえ」

どうやら男はこの地域の区長で、女達がそれぞれ班長のようだ。さすが知恵者の朝吉にも抜かりがあった。うかつだった。平謝りに謝って、それぞれに清酒二本ずつ持たせて、

「区や班の皆様にどうぞよしなに」

と言って渡した。

「『おとめ』だとぅ？　なんとも太え奴らだ！」

口々に悪態をつきながら帰って行った。田舎住まいの難しさを思い知らされた第一弾だった。

それから半年ほどたった夏の終わり、農家の嬶が真っ赤になって怒鳴り込んで来た。

「俺等家の畑どうしてくれるんだっ、田圃みてえになってるじゃねえか！」

と言う。

何も知らないでいたのだが、裏に出て見たら、なるほど家の下水が溢れ出ていて、桑畑いっぱいに流れ出ている。これも謝って十円一枚握らせて帰って貰った。すぐに大工を呼んで相談したが、

「こりゃあ、新しく掘らねえとどうにもならねえ」

と言われた。

この辺りは下水道がなくて、下水を捨てる所は井戸を掘って流すのだそうだ。早速新しいのを掘ることになったが、早くても一ヶ月くらいはかかるという。構わず商売してたら、今度は違う女が怒鳴り込んで来た。

「俺等《おらが》家の桑畑は一体《いって》えどうなんずら。長靴履かなきゃ畑え入えれねえずら。夏蚕《なつご》が穫れなかったら弁償してくれるんずらか?」

仕方なくまた十円握らせた。

「こんがもん貰いに来たんじゃねえ。馬鹿にすんない」

と威張っている。あと十円出すと、ふんだくって、

「早く直してくんな!」

と言ってやっと帰った。それから毎日来て、

「早う直せっ」

と怒鳴る。穴掘りの人も大変で、出てくる土は石ころばかりで掘りにくいらしい。やっとでき上がって新しい方へ流せるようになって、

「これで何年くらい流せるの？」

「そうさな。使い方にもよるけんど、五年から十年ってとこだんべぇ」

「いっぱいになったら、また掘るの？」

「そのうち古い方が使えるようになるさ」

と言う――。

「えらい大金がかかったでしょう？」

「そう、お金がかかったのよ」

婆さん幾らかかったか言わなかったが、もう一杯飲んで帰って行った。かみさん大急ぎで暖簾を入れ、昼休みにする。

「おとめ婆ちゃん、最近は愚痴になってきたんね」

「芸者時代の話は面白かったな。だけど本当は上田での苦労話が喋りたいんだろうぜ、きっと。喋りたくても話を聞いてくれる人もいないんだ」

「そうね。あんたも我慢して、よく聞くんね」

「ああ、貴重な話だと思って聞いているのさ」

翌日もまたとめさんは同じ時間にやって来た。

「いらっしゃい、いい按配で」

「そうね、いいお天気ね。ハイ、ありがとう。いつも大サービスね」

「ヘイ」

「またお喋り聞いてくれる？　お喋りって言うより愚痴ね」

「どうぞ聞かせて下さい。毎日が楽しみなんで」

「ほんと、嬉しいわ。じゃ聞いて」

――下水の心配もなくなって商売を続けていたある日、朝吉に召集令状の赤紙が来た。

「またこんな紙ッぺらが来やがった。早く寄付しときゃあ良かったかなあ。仕方がねえ。俺が往く前に、岩手にだけは行ってくべえ」

岩手県へ行き、岩木山の実家を訪ねてお骨を届けた。既にお墓はできていて、親兄弟達に随分喜ばれ、供養してから帰ってくれって言われて三日間も屋敷台という所に滞在した。

岩手へ行く以前に朝吉は実家へ行き、女房きわと息子正男の石塔を実家の墓地に立てて供養した。その後平原で近くの寺の墓地を買い、中村の養父母と母栄の石塔を建てて供養したりして、朝吉は、市に寄付をしようとしていたお金を全部使い果たしてしまった。

「市に寄付するなんて言ってたけど、できなくなっちゃたのよ。あのお金、市に寄付できていたら、もしかすると赤紙は来なかったかも知れないね、今思うと。それで近所の農家の小母さん達にさんざん虐められて、私、朝吉さんに、彫り物見せて脅かしちゃってよって何度も頼んだけど、それやっちまうと商売に障りが出るってんでやってくれないのよ。私が最初に十円握らせたのがいけなかったんだけど」

それからは入れ替わり立ち替わり、難癖をつけて来るようになった。

「畑が臭くってしょうがねえ」

「下水は直しましたっ!」

すかさず言い返すと、

「酔っぱれえがションベンはする、糞はする。臭くってなんねえ、げろも吐いてある。汚ねえたってありゃあしねえ。早くどかしてくんなっ!!」

それこそ毎朝のように早くから叩き起こされ、誰かしら文句を言って来る。そんな最中に、朝吉に赤紙が来て兵隊に取られたのだ。朝吉の兵役は二度目だと言う。朝吉は応召兵であったが、とめはそんなことは知らなかった。

櫻の咲く四月初め、とめ一人に見送られて朝吉は淋しく出征して行った。それからは、近所の虐めが一層ひどくなった。

とめが一人でお店を切り回すようになった五月頃、初めて回覧板が回って来て、今年の道普請は何月何日に施行するから駅前に集合するように、と書いてある。駅前といえば店の前である。当日、地域の人達が大勢集まって来て、お店の前でガヤガヤやっている。店の中まで聞こえるように、大声で喋っている嬶がいる。

「家じゃ回覧板が回って来るんが遅くって、道普請があるなんて今朝まで知らなかったんずら」

回覧板なんて初めて回って来たので、どこへ回せばいいのか分からない。とめは困って駅長に相談したが、駅長とて分からず、

「隣で聞け」

と言う。その隣というのが遙かに遠くで何軒もあって、どこの家に持って行けばいいのか分からな

い。

「こんにちは。回覧板なんですが、こちら様で宜しいんでしょうか?」

こう聞いても皆仕事をしていて、誰も口を利いてくれない。放し飼いの犬は吠えつくし、恐ろしくて回覧板を放り出して逃げて来た。とめは、遅くなっては皆さんに申しわけないと思い、お店から出て行くと、皆が一斉に、

「わあー」

と笑った。

「あんな格好でよく出て来たもんだ」

「着物に下駄履きで、道普請ができるんずらか?」

「道普請だつーんに、箒を持って来たずらよ」

と笑ったり馬鹿にしてたりはいい方で、

「父ちゃんが兵隊に行ってから、ケツでも商売してるつう話しずら。ああ、やだやだ!」

（五一）　大啖呵

大勢で言いたい放題言っている。

とめは悔しさに口が引き攣って咄嗟に何も言えなかった。ムラムラっとした頭の中に、料亭中むらのお女将さんの声が飛んだ。

「とめっ、負けるんじゃないよっ‼　お前は辰巳芸者だよっ！」

女将りんの声がとめを奮い立たせた。ここで黙っていちゃ一生舐められちゃう、そう思うと力一杯の声で怒鳴り返した。思ったよりドスの利いた太い声が出た。

「馬鹿野郎ッ‼　舐めんじゃねえっ。今躰売ったって言ったのは誰だっ！　出て来やがれっ‼」

この啖呵は効いた。とめの剣幕に怖じけついたか、皆シーンとなってしまった。尚も一歩踏み出して、

「出て来いってんだ！」

静まり返った群衆は一歩下がった。とめはくるりと後ろを向くと、店の中へ入ってしまい、表の戸をぴしゃりと閉めた。悔しくて店のテーブルに突っ伏して泣いた。そして何日もお店を休んでしまった。

しかし、いつまでも休むわけにはいかない。また暖簾を出したが、以前のようには客は来なくなってしまった。たまに来る客も態度が悪く、

「おでんが旨くねぇ」

なんて言うのはいい方で、

「今夜どうだい？」

相手にしないで素見《すま》していると、

「へっ芸者のくせえして。すましてるんじゃあねえ」だの「今夜一発させろ」「やらせろ」だのって、客質は下品でいやらしい。やたらとお尻を触ったり胸に手を入れたりし、ひどい輩は股に手を入れたりする。邪険にすれば、すぐに来なくなってしまう。とめは、男の人（朝吉）の存在は偉大だったとつくづく思った。

暖簾を仕舞って閉店しようとする時がまた大変だ。眠ったふりをしている客に、

「お店閉めますよっ、閉店します」

「う、ううう」

幾ら言ってもぐずぐずしていて動かない。一人になったら何かやってやろうという魂胆なのだ。追い出すようにしてやっと帰って貰う。

後片付けを終えて、やれやれこれでやっとお風呂に入れる。と今度は、着物を脱ぎ始めると、外の様子がなんとなく変な予感がする。おかしいと思って息を詰めて気配を探ると、何かガサゴソ音がする。やっぱり覗きだ。覗き見だ。小さな節穴が抜けていて、そこから覗くのであろう。いつ抜かれたのか全然知らなかった。どれだけ見られたのかしら、と思うと悔しくなった。

「よーし、思い知らせてやろう」

頭にカーっと血が昇った。

「目ん玉ぶっ潰してやるから」

そう思って節穴の下の桟に簪を用意しておいた。幾日かしたらまた覗いている。知らぬふりして、節穴のそばへ行って乳房で節穴を塞いで簪を手に持つと、乳房を外すと同時に、

「えいっ」

と、ひと突きした。

「ぎゃー」

凄まじい声が聞こえた。

「のろまよね。私が戸板のそばへ行ってオッパイで節穴を塞いだのに、逃げもしないで覗いているからよ。ど助平がざまあ見ろっ！」

そう思うと胸が清々した。あのまま家に帰っても、覗き見していてやられたとも言えないだろう。

次の日、包帯で頭をぐるぐる捲きにした男が女房につき添われて駅から出て来るのを見かけた。その男はよく店に来た客で、手癖の悪い客だった。つき添っていた女房は、以前に悪態を言いに店に来た農家の嬶《かか》あだった。何か言って来るかと思ったが、何も言っては来なかった。

「よく実行したねえ。目玉は潰れちゃったな」

「そうね。だけど悔しくって！　亭主が留守だと思って人を馬鹿にしくさって、罰が当たったのよ。目ん玉の一つくらい貰ったっていいさ。あんた方にはこの気持ちは分からないだろうね」

「……」

長さん、黙って頷くしか答えようもなかった。当時を思い出したか、とめさんは興奮し、怒りがこみ上げて来たように見えた。

「で、旦那はいつ頃帰って来たんですか?」

「戦争が終わって五年くらいだったかなー。いつだったか忘れちゃったよ。出征するとすぐ山東の方にやられて、それからずーっと向こうにいたんだって。戦争が終わってからは、ロスケ(ロシア兵)に連れて行かれてシベリアだったそうよ」

「そうかあー、旦那もお姐さんも苦労したなあ」

近所では余所者《よそもの》扱いで、店に来る客にも愛想がつきてきて飲み屋にも嫌気がさしたところへもって、戦争でお米もお酒も配給になり、商売もやりにくくなって、丁度いいやと思っちゃって飲み屋をやめた。何もしないわけにもいかないから、うどん屋に変えた。一時はうどん屋も良かったが、段々材料が買えなくなってきてうどん屋も駄目になった。

戦争中は配給券が配られ、お米は一人一日二合だったが、食料がなくなってくると、米に代わって麦になり芋になり、段々ひどくなって一糎ほどの黒い短麺が配給になったりして、とうとう薩摩芋の蔓が配給になった。それもサイロから出した物で真っ黒く、ベトベトして腐ったような匂いのする、とても食べられるような代物ではなかった。

その配給日ですらも回覧板が来ないと、いつ配給があるのか分からない。回覧板も来ないので何も知らないでいたら、ある日皆が配給籠を背負って通るのを見かけた。配給所へ急いで行ってみると、お米の配給をやっている。除け者にされている悔しさに、涙が止まらなかった。

「大変だったんだなあ。話を聞いただけでも頭に来るね。その頃は、欲しがりません勝つまでは、なんて言ってたんだよ」

「へー、お兄さんもそんなことよく知ってたねえ」

「ええ、小学校三、四年頃だったかな」

「お兄さんは幾つの時に戦争が終わったの？」

「えー、六年生の時だったかな」

暑い暑い夏のお盆様の最中、天皇陛下のお言葉があって長かった戦争も終わり、もう空襲もなく良かったと思ったが、戦地から引き揚げてくる人が多くなって食糧事情はますます悪くなった。とめも闇屋になって出歩いた。小麦粉に集中した。近所の農家とは折り合いが悪いから遠くへ行った。とめが求める物は小麦粉に集中した。小麦粉が手に入ると、うどんを打って売った。これは良く売れた。戦後初めてのお正月が来る時、陸軍の衣料の放出があって、とめも外套を一枚貰った。お粗末な外套で、色も悪いし織り目も荒く、薄い生地だった。

お正月が来て村の新年会があり、その帰りに『おとめ』でうどんを喰ってぐべえということになり、皆で寄ってくれた。村の偉い人や顔役らしい人、区長、世話人などである。

その人達の着ている外套は凄い豪勢な物で、まるで将校さんの集まりのようであった。暖かそうな厚物で、襟なぞも別の毛皮のついたのもある。ああ、去年の暮れに配給になった物だわってとめは思った。こういう人達が選んで取った滓が私に配られたのか。そう思うと悔しさは一層募った。

「あらあら今日も長話で愚痴っちゃった。ごめんなさいよ。おいくら？」

「へイ、九百円です」

「じゃ、これでお釣りはいらないよ、おかみさんごめんね」

「ハーイ、おとめさん、ありがとうございました」

お姐さんが草履の音をさせて出て行くと、かみさん、愛想良く送り出して暖簾を入れた。

（五二）　新円切り替え

秋も深まり、公園の木々の葉も殆ど落ちて、烏川から吹き上げて来る風も日々強くなり、落ち葉を集めた小さな竜巻が田圃の冬草の上をくるくると移動している様が見られるようになったある日、寒そうにしたおとめ婆さんが長さんの店にやって来た。

「こんちは。寒いわね。今日は出前してくれる？」

「へい、いらっしゃいませ。出前ですか、珍しいですね。で、何を？」

「カツ丼三つとラーメン二つ」

「ハイ、カツ丼三人前、ラーメン二人前で」

「そう。お幾ら？　先に払って行くわ」

「少々お待ちを」

長さん、小さい計算機を押して計算する。

「えー、二千七百円です」

三百円の釣り銭を受け取ると、

「今日はね、東京からお客様が来たのよ。じゃ、お願い」

「ありがとうございました。すぐにお届けいたします」

アイロンの利いた白いエプロンのおとめ姐さんの粋な後ろ姿に声をかけて、かみさんと二人で作業にかかる。早速できたラーメンとカツ丼を出前箱に入れて、婆さんの家まで歩いて行く。

「お待ちどう様でした」

「あら、早いわね」

美しい中年のご婦人が早足に立って来て、

「あれおいしそう。お幾ら？」

「へ、もう頂いております」

東京からの客人は、とめさん夫婦より随分若そうな夫婦とその娘らしかった。若い女性は、おとめ姐さんを若くしたような美人である。

「あらまあ、田舎では出前にもお椀がつくの？」

「ヘエどうも。こちら様は特別でして」

「そうなの、ふーん」

「ここんちのは旨《う》んめえんだ。早く食え」

爺さんの甲高い声を聞きながら長さん、店に帰って来る。

その翌日、今日も空っ風が吹きまくっている。

「こんちは」

外は砂埃が舞い上がっている。風に舞う暖簾を避けて、おとめ婆さんが目をしばたきながら入って来た。

「うわーっひどい風ね。ここんちは風当たりがいいわね。昨日はどうもありがとう。おいしかったって器下げてね」

「ヘイ、ありがとうございました。今日はこれで？」

長さん、左手で飲む真似をすれば、とめさんニヤッとして頷く。満杯に注がれた冷酒を前に押しやりながら、

「また昔話を聞かせて下さい」

「昔話は泣き言ばかり、愚痴ばかりだけれどいいの？」

「ええ、それが聞きたくて待ってるんですから」

「お姐さん、いらっしゃいませ。これどうぞ」

と長さんの女房。殆ど毎日飲みに来るとめさんのためにわざわざ作った糠漬けである。胡瓜、茄子、人参の彩りも鮮やかで、漬かり加減も頃合いのおいしさである。

「まっ、おいしそう。お見事ね。頂くわ。ありがとう」

「いいえ、たまにはね。今日のは丁度頃合いに漬かってたもので」

「アラー、何とおいしいこと。さすがね。なかなかこうはいかないのよ」

「いつでも丁度いいってわけにもいきませんものね」

「これを見ると私も上田の頃を思い出すわ。お客様に喜んで頂こうと思って一生懸命糠漬けを漬けたの。だけど毎度出していると、お客ってこのくらいの物出して当たり前になっちゃうの。それになかなかこのように丁度いいときに出せないのよねッ。少し若すぎたり漬かりすぎたりして出さずにいると、『おい嬶ちゃん、早く漬け物を出しない』なんて言うし、全く頭に来ちゃうんだ。女将さんも

そういうことってあるでしょっ？」

「そうですよ、お姐さん。全く同感です」

とかみさんも強調する
「なのよね。それにそうゆう人ってただぽりぽり喰ってるだけで、味なんか分かってないの。旨いも不味いもない」

「ほんとその通りですね。漬け物って大変ですね」

かみさんが出した糠漬けのためにおとめ婆さんとかみさん、漬け物談義に花が咲く。ひとしきり喋ったあとで、かみさんが食器を洗い始めると、

「お兄さん、もう一杯ね」

「へい」

「また話していい？」

「ハイ、聞かして下さい」

グラス満杯の冷酒をつつっと一口飲んで、受け皿のこぼれ酒をグラスに返しながら、

「私ね、朝吉さんが残して行ってくれたお金が千円あったの。私達って銀行って所に縁がなかったもので預けたりしなっかったから、大恐慌の時も損しなかった。で、そのお金使わないように大事に持ってたわ。戦争が終わって一年近くたった時、新円切り替えってえのがあって五百円損しちゃった。どんなにお金があっても、五百円しか使えないんですって」

この新円切り替えとは、金融緊急処置令により、旧円の流通が昭和二十一年三月七日をもって禁止

され、一人当たり五百円に限り旧円に印紙を貼って使うことが許されたという処置である。この緊急処置令は、第二次世界大戦後、悪化した日本のインフレを収束するために、日本銀行券預入令とともに執られた金融非常処置で、昭和二十一年二月十七日現在における各金融機関の預貯金を封鎖して、その現金支払いや融資を法令に依って厳しく規制したのである。

「うーん、そんな話聞いたこと覚えてるよ。俺はまだ小っちゃかったからよく分からなかったけど、へーえ、その時分の五百円って大金だったんでしょうね」

「そうよ。どうせ使えなくなっちゃうんなら、全部うどん粉にしておけば良かったのよ。その頃ならまだうどん粉も買えたのに」

「うどん粉も買えた?」

「そうよ。でもね、うどん屋って大変な重労働なの。塩水で捏ねて、踏んで寝かせてまた踏んで寝かせ、それから伸ばすのよ。私は躰が軽いから、上に乗って足で踏んでもうまく伸ばすことができなくて大変なの。それを前の晩にやっておいて翌朝早く起きて麺棒に巻いて打つの。うどんのことなぞ何も知らずに始めちゃったものだから、もう大変だった。仕方がない、朝吉さんが帰って来るまでと思って、この細い躰で頑張ってやって来たの」

（五三）　朝吉復員

「旦那はいつ頃帰って来たんでしたっけ？」

「二十五年頃だったかなあ」

「へーえ。でも割に早く帰れて良かったですねえ」

「良かったんだかなんだか。どこの乞食爺が入って来たのかと思ってたら『とめ、俺だい』なんて言うじゃないの。私ゃもうびっくりしちゃって、腰が抜けそうだった」

朝吉だと分かってても暫くはそばに行けなかった。その姿を見れば情けなくて悲しくて、とめは泣いた。ひどい姿で服はボロボロ、髭も髪も伸び放題、よちよちとやっと歩いている病人のように見えた。

「本当に病人だったのよ」

「病人？　なんの病気ですか？」

「肺病。肺結核なんだって」

驚いて上田病院へ連れて行ったら、すぐに入院隔離された。もうお金のかかること。凄いお金がかかるので、とめは死にもの狂いで働いた。食糧難の時代で、うどんも売れてどうにかなったけれど、躰の休まる時はなかった。夜店を閉めてから洗濯をし、朝早く起きて洗濯物を干してからうどんを打ち、朝飯を食べてから今日一日の仕込みを全部済ませ、上田の病院へ行き朝吉の汚れ物を抱えて上田の街で買い出しをして店に帰ると、昼の開店時間ぎりぎりで、一休みしてお茶を飲む暇もない、きりきり舞のとめである。

病人の居る一ヶ月は早い。すぐに支払日が来る。この間支払いが済んだと思ったらもう次の支払日が来る。いっぺんに支払いできなくて病院に泣いて頼み、二度に払ったこともあった。そのうちにペニシリンという薬ができて、これだとすぐに治るのだそうだけど、何しろ高い。朝吉さんを早く治してあげたくて、医師と相談しても、

「もう少し待ちなさい」

「どうして?」

「そのうち健康保険でペニシリンが使えるようになるから、保険薬になってからでも大丈夫だから、それからにしなさい」

「もう少しってどのくらいかしら?」

「それは分からないが、とにかく待ちなさい」

先生にそう言われて待つことにした。が、とにかく辛かった。そのうちペニシリンも大分安くなったようだったが、それでもとめは、それから十年くらいは働きづめに働いた。

保険でペニシリンも使えるようになり、朝吉も段々良くなってきて肺結核もすっかり治り、退院することができた。でももう朝吉は働けなくなっていた。歩けずによぼよぼになってしまい、手も足も力がなく、思う通りに歩けないのだ。

それからはとめが、うどん屋のおっ嬶《かあ》で働いてきた。そして去年、県から立ち退きの話が来た。佐

久から長野まで新しい道路ができるので、立ち退くか代替え地を選ぶか決めてくれと言って来た。朝吉と相談すると、

「俺はもう年も年だし、働けねえから故郷へ帰りてえ」

とめももう疲れた。丁度いいと思った。

「私ももう疲れちゃったわよ。夢中で働いてきたけど、もう七十二よ」

「へー、七十二ですか?」

「そう、七十二」

「とってもそんなに見えないですよ」

「お世辞言っても駄目よ」

「長野は冬季オリンピックの開催地に決まったから、いい道路ができるんだ」

「なんだか知らないけど、朝吉さんが藤崎へ帰りてえってんで、こっちに来たってわけよ」

「先日の東京からのお客様は、どうゆうご関係で?」

「お代わりちょうだいね。女将さん、漬け物とってもおいしい」

「ハイ、お代わりどうぞ」

（五四）群馬県へ

「お喋りしてると、飲んだのかどうか分かんなくなちゃう」

「済いません」

「この間の人達ね、私の従姉妹なんですって。私、そうゆう人が居るのを全然知らなかったの。お母さんの妹に玉江叔母さんがいて、その叔母さんの娘夫婦なの。若い娘がいたでしょ、あの娘はあの夫婦の娘なの」

「叔母さん夫婦はもういないのかな?」

「そう、何年か前に亡くなったんですって。あの夫婦が今の料亭中むらの主人なのよ。毎年、返されても返されても手紙を出し続けていたら、今年になってやっと、その人はこちらにいますって返事が来たそうよ。喜んで会いに来たの」

会いに来たわけは、料亭中むらの跡地は養女のとめの物であるが、持ち主のいない地所は市に没収されるというので、玉江叔母さん夫婦が料亭を建てて新しい料亭中むらを造った。その地所の相談に来たというのである。

「お姉さん、どうしましょう?」

と言われてとめも困った。本来、とめには二人の姉がいる。この人達が生きていれば、その人達の物であろう。しかし難しい問題である。とめの独断で決められないことだ。とめはこの問題の地所を放棄することにした。

「私は何もいらないよ。お前さん達、そのままやってりゃいいやね、私がどうにかなってしまったら、その時面倒見ておくれよ」

そう言って客人を帰した。

「そうですか。じゃ、お姐さん、老後の心配はなくなりましたね」

「どうなんかね。私、もう二杯飲んだかしら？　お喋りしてたら分からなくなっちまった。もう一杯ちょうだい」

「ヘイ、もう一杯」

「これで三杯目かしら？」

「そうです」

「本当は私があそこに中むらを再興できると良かったのよね。板前の朝吉さんもいたし、二人の持ち金を合わせれば五千円ぐらいはあったのだから。上田なんかへ行っちゃって、虐められに行ったようなものだった。今頃こんなこと言ったってどうしようもないけど。ごめんなさい。いつもいつも泣き言ばかりで。ハイ、お勘定して」

「ハイ、どうもありがとうございました。九百円です」

「あっ、そうそう、餃子一枚焼いてよ。爺ちゃんのお土産、これでご機嫌取るの。最近いつも遅くなるでしょ、機嫌が悪いのよ」

さんざん喋って疲れたのか、餃子が焼ける間何も喋らず、ぼーっとした表情で外を見ていたおとめ

さん、

「秋は日暮れも早くて淋しいわねえ」

そう言って餃子の皿を抱えて帰って行った。

十二月に入って寒い日が続いた。今日は特に悪い日で、朝からの曇り空が暗いうえに風が吹き、時折風花の舞う嫌な日だ。店への来客も少なく、出前も暇だった。表では暖簾が風に舞って大揺れに揺れている。

「こんな悪い日じゃあ、おとめ姐さんも来ないだろうし、もう暖簾を入れようか」

「そうね、もう入れちゃうね。そう言えばおとめさん、ここんとこ幾日も見えないんね」

「そうだな、一週間くらい来ないのかな」

二人でそう話している時、表でガチャンと大きな音がして、表のガラス戸に誰かがぶち当たった。

「何だ?」

「あっ、誰か外で転んでるっ」

「酔っぱらいか?　早く出て見ろ」

カウンターの中で長さんが怒鳴る。

「嫌だ私、おっかないよ」

長さん、大慌てで表に飛び出した。

「あれっ、おとめ姐さん、どうしたんだ?」

ガラス戸に寄りかかるようにして、おとめ姐さんが倒れていた。額には大きな瘤を作って血が流がれている。

「ん、何か背負《しょ》ってるなあ」

背中に大きな唐草模様の風呂敷包みを背負ったまま倒れていた。かみさん、奥に走って薬品箱を持って来て、急いで額の傷口を消毒し、瘤の上からテープを貼る。顔に流れた血は、水で絞ったタオルで綺麗に拭いてやる。血が飛んで汚れたエプロンを脱がそうとすると、

「痛いようー」

と言って泣き出した。

「どこが痛いんだろ?」

肩と肘を揉んでみてもなんともなさそうだ。さらに下を見ると、泥に汚れた手のひらが裂けている。

「こりゃあ、医者に連れてった方がいいかな?」

「このくらい消毒しとけば大丈夫よ」

この騒ぎで、表を通る人や近所の衆が集まって来た。

「どうしたんだい、この人どこの人だい?」

「あんまり見かけねえ人だな」

「なんだいこりゃあ、変な物背負い込んでるで」

「ええっ? こりゃあ中華鍋と菜箸じゃねえか」

なるほどおとめ姐さんが背負っている風呂敷の結び口から出ている物は、中華鍋の柄と長い菜箸の先のようである。

「お姐さん、こんな物を持ってどこへ行くんですか?」

と話しかけ、へたり込んでいるおとめ姐さんを抱え上げ、

「ま、中へ入《へ》えんない」

長さん、店の中へ抱え込み、小座敷の上がり框《かまち》に腰を掛けさせて風呂敷包みを下ろしてやる。

「皆さん、済みません」

集まった人達にそう言ってかみさん、表戸を閉める。どこで転んだのか、おとめさん、両膝も痛め血を流している。

「可哀相に、痛そう」

「お姐さん、今日はどうしたんですか? どこへ行くんですか?」

「あ痛たた」

かみさんが消毒したり薬を付けるたびに泣き声を上げる。

「ったく、しょうがねえなあ」

「そんなこと言ったって、こんなに怪我してるんだもの。可哀相よ」

見れば両膝はひどい怪我である。

「お姐さん、どうしたんですか。もうお家へ帰りましょう」

「お兄さん、タクシー呼んでくれる?」

やっと口を利いてくれたおとめさんがこう言った。

「タクシー？　お姐さんどこへ行くんですか？」

「追分けよ。追分けまで行きたいのよ。お友達が居るの」

かみさん、長さんの背中を突っついて長さんと目が合うと首を振った。頷く長さん、

「お姐さん、今日は止めときましょうよ。こんなに手も膝も大怪我をしてるし、天気も悪いから明日にしましょう、明日に」

「そうよ。明日がいいですよ、お姐さん、明日にすれば」

「そうかい」

と素直に頷く。

「かあちゃん、お姐さんを家まで送って行ってくんない」

「そうね、私送ってぐね。お姐さん、立てる？」

おとめ姐さん、かみさんの肩に掴まって立ち上がったが、足が震えてなかなか歩き出せない。

「歩けないんみたいよ」

「どうするか？」

「お父さん、おんぶしていってやって」

「おんぶ？」

渋い顔の長さんへ、

「いいじゃない、お父さん。こんな綺麗な人おんぶできるなんて、滅多にないでしょ」

「馬鹿言ってんじゃねえ」

とかなんとか言いながらも、お姐さんをおんぶした長さん、お姐さんの意外に軽いのに驚きながら、朝吉爺さんの待つ家まで送って行った。

「こんにちは」

声をかけると爺さんが出て来た。

「ヘイ、何だね?」

長さんにおんぶされたお姐さんを見て、

「どうしたんでえ?」

「ハイ、家の前で転んじまって少し怪我をしたようですので、連れて来ました」

「そうか、そりゃあご苦労だったな。なんだか二、三日前《め》えから変なんだい。少しおかしかったんだ。ヘイヘイ、こけえ降ろしてくんな。どうもどうも」

爺さん、座布団の上にお姐さんを座らせようとすると、

「あいたた、痛いよう」

おとめ姐さん、大きい声で泣き出す。

「膝を痛めてますから、足を伸ばしてやった方がいいと思います」

腰の曲がった爺さん一人では手に負えない。長さん、座敷に上がり込んで手伝う羽目になった。

「布団を敷いてあげた方がいいですよ」

「俺にゃ布団は敷けねえ」

「布団はここですか?」

と言いながら、押入れらしい襖を開けてみれば、干したこともないようなしっとりとした重くて薄い布団が積み重ねてある。何やら変な匂いがプーンと来る。急いで一組を敷いて、泣いているおとめ姐さんを抱き抱えて布団の上に寝かせる。抱えた頭を枕の上に静かに乗せて震える足を撫でてやると、いつしか気持ち良さそうに寝息を立てていた。

「こんにちは」

声をかけてかみさんが入って来た。

「あれ眠っちゃったの? これ持って来ました」

お姐さんが背負って来た唐草模様の風呂敷包みである。

「何でえ、こらあ?」

「奥さんが持って来たんです。ここへ置いてきます。お父さん、何か手伝うことある?」

「うん、大丈夫だ。お姐さん、今眠ったとこだから俺も帰る」

「私、先に帰ります。お店開けっ放しだから」

「うん」

朝吉爺さん、お姐さんの風呂敷包みを開けてみて、

「こんな物を持ってどこへ行こうつうんだ。全くボケやがって困ったもんだ」

先ほどからもしかしたら、と思っていた長さん、爺さんの言葉に、

「やっぱり」

と思った。

「じゃ、これで帰ります。なんでもお手伝いしますから、何かあったら言って下さい」

「やあ、どうもありがとう。お世話になったな」

爺さんもこれから大変だなあと思いながら、長さんも店に帰って来た。

「お母さん、あれはどうもボケだな」

「私もそう思う。きっとそうよ」

「お茶でも飲もうか」

「お父さん、手を洗ってよ。美人のおみ足が触れて良かったでしょ?」

「うん、普段綺麗な足だなあって思っていたけど、ああして触ってみると皺が寄っていてざらざらしていたよ」

「あらそう、お茶入ったよ。早く手を洗って来てね」

「汚げに言うなよ」

「フーン、ボケちゃたんだ。可哀相に。小諸から藤崎に来て急に暇になっちまって毎日ボケーっとしていて、昼になるとお酒を飲んで昼寝をしてるんでしょ。あれじゃあボケちゃいますよ。可哀相、小さい頃から苦労の連続で肉親には縁が薄く、さんざん他人に虐められて働きづめに働いてきたのにボケちゃう。ひどすぎるわ!」

「ほんとだ」

「年寄りになってからお店が売れて、お金が入ってやっと楽になり、働かなくともいいようになって、さてこれからという時にボケちゃうなんて、可哀相だわ。こっちに来てまだ四ヶ月よ！」
それから一週間ほど後、お姐さんは東京の従姉妹夫婦に引き取られ、爺さんは養老院に入れられた、と長さんは聞いた。

完

あとがき

何気なく軽い気持ちで書き始めた『おとめ』でしたが、主人公・とめは明治の生まれであり、主に大正が舞台の人でしたので明治のことも大正のことも調べなければならなくなりました。なお、関東大震災については、『大正大震災誌』（改造社）、『震災にゆらぐ』（筑摩書房）、『関東大震災と朝鮮人』（みすず書房）を、方言については、『ＮＨＫ国語講座・方言の旅』（日本放送協会）、『方言風土記』（雄山閣）、『全国方言資料第二巻関東甲信越』（日本放送協会）を、国鉄運賃・時刻表等については高崎市立図書館の資料をそれぞれ参考にしました。また、当時の米の値段については高崎市豊岡公民館長・鈴木重行様よりご教授頂きました。ご協力頂きました各位に厚く御礼申し上げます。

平成十二年二月十五日

白鳥萬翁

著者略歴

白鳥萬翁（しらとり・まんおう）

本名・矢沼常男。

昭和８年４月、埼玉県熊谷市に生まれる。

昭和24年３月、秩父郡野上町新制中学校卒業。

昭和25年８月、東京銀座・いさみ食堂へ入所。

昭和30年４月、大洋漁業株式会社入社。

大型船舶乗組員として乗船。

司厨部員として乗船したが、会社の都合により機関員とされる。

この間、南北水洋捕鯨、赤道マグロ、北洋鮭鱒、北洋底曳漁に出漁。

昭和45年、退社。

昭和50年、群馬県高崎市で飲食店開業。

平成８年、閉店。

平成９年、脳出血発病。脳出血による左上下肢機能障害２級の判定を受け、現在リハビリ中。

平成10年、某パソコンOA講習受講。現在は高崎市在住、インターネットで遊んでます。

おとめ

初版第１刷発行　2000年３月15日

著　者　白鳥萬翁
発行者　瓜谷綱延
発行所　株式会社 文芸社
〒112-0004　東京都文京区後楽2-23-12
電話　03-3814-1177（代表）
03-3814-2455（営業）
振　替　00190-8-728265
印刷所　株式会社 平河工業社

乱丁・落丁本はお取り替えいたします。

ISBN 4-8355-0135-7 C0093